LIEBE VERBOTEN, KÜSSEN ERWÜNSCHT

KARIN LINDBERG

Impressum
Copyright © 2022 by Karin Lindberg
Alle Rechte vorbehalten.
Lektorat: Dorothea Kenneweg
Korrektorat: Sybille Weingrill, Ruth Pöß - www.das-kleine-
korrektorat.de,
Covergestaltung: Casandra Krammer - www.casandrakrammer.de
Covermotiv: © ZeninaAsya, AndreYanush, Ozerina, nadyakr –
depositphotos.com, Nazarii M – Shutterstock.com
K. Baldvinsson
Am Petersberg 6a
21407 Deutsch Evern

Herstellung und Druck über tolino media GmbH & Co. KG,
Albrechtstr. 14, 80636 München. Printed in Germany.
Fragen zu Produktsicherheit an: gpsr@tolino.media.

PROLOG

Es roch nach teurem Leder, Rauch und torfigem Whisky. Im Herrenzimmer des exklusiven Clubs loderte ein wärmendes Kaminfeuer, das Vinzents Innerstes nicht erreichte. Seine Laune entsprach dem trüben Januarwetter, er versuchte gar nicht erst, das zu verschleiern. Vinzent ließ den vierundsechzig Jahre alten Macallan in seinem Tumbler kreisen. Sein Vater, dessen würdevolle Erscheinung sich perfekt in die gediegene Umgebung einfügte, saß ihm gegenüber. Seine aristokratische Haltung war nicht antrainiert, sondern angeboren. Sein Vater war hier genau in seinem Element. In einem Club wie diesem traf er seinesgleichen, schon viele Geschäfte waren hier angebahnt und besiegelt worden. Hin und wieder bestand er nun darauf, dass Vinzent ihn begleitete. Sein Sohn war nach Beendigung des Studiums in die Gesellschaft eingeführt und als Nachfolger präsentiert worden. Dabei wurde von Vinzent selbstverständlich erwartet, dass er die Klappe hielt und sich im

Hintergrund als würdig erwies. Wie heute. Die ältere Ausgabe seiner selbst, zumindest optisch gesehen, war von Kopf bis Fuß in edelste Stoffe gekleidet. Nicht verwunderlich, immerhin beruhte darauf ihr Familien-Business. Ihr Imperium. Eines, das Vinzent weiterführen sollte. Sein ganzes Leben war daraufhin ausgerichtet, und bald würde es so weit sein. Zumindest auf dem Papier. Vinzent zweifelte jedoch daran, dass Klaas Voss jemals in der Lage sein würde, seinem Sohn die Verantwortung tatsächlich zu überlassen. Vinzent rechnete nicht mit einem baldigen Rückzug seines Vaters aus dem Geschäft, und er wusste, dass das auf Dauer mit ihnen beiden vermutlich nicht gut gehen würde. Ihre Zukunftsvisionen unterschieden sich grundlegend, dabei war Klaas Voss noch nicht einmal bereit, sich die Ideen seines Sohnes auch nur anzuhören, geschweige denn miteinzubeziehen.

»Hast du dir die Entwürfe für die neue Kollektion und Kampagne angesehen?«, erkundigte sein Vater sich gerade.

Natürlich hatte er das. Und sie gefielen ihm nicht. Zu klassisch, zu edel, zu langweilig. Und vor allem in puncto Nachhaltigkeit gab es für das Haus Voss einiges aufzuholen. Vinzent hatte das Gefühl, der Geschäftsplan der Marke Voss steckte in Teilen noch im letzten Jahrzehnt fest. Im Westen nichts Neues, schoss es ihm durch den Kopf.

Vinzent hingegen sprühte geradezu über vor Ideen, aber sie wurden stets als nicht markenkonform abgeschmettert. Dabei musste jedes Luxuslabel sich immer wieder neu erfinden. Und auch wenn sein Vater ihm noch nicht zustimmte, wollte Vinzent trotzdem nicht mit seiner Meinung hinter dem Berg halten. »Selbstverständlich, wenn ich mir einen Kommentar erlauben darf ...«, fing Vinzent daher an und räusperte sich, aber sein Vater hatte gerade einen Bekannten entdeckt und winkte dem Herrn mit der goldenen Brille zu. Es war ein Privatbankier, mit dem die Familie Voss seit Jahren verbandelt war. Vinzent atmete tief ein und spürte, wie sich alles in ihm verkrampfte.

»Entschuldige mich einen Augenblick«, fügte sein Vater höflicherweise noch an, dann erhob er sich, schloss den obersten Knopf seines Jacketts und schritt auf den Neuankömmling zu. Die beiden älteren Herren verhielten sich wie zwei Gockel, jeder streckte die Brust weiter heraus als der andere. Bloß keine Schwäche zeigen, bloß keine offene Flanke bieten. Wenn das Freundschaft bedeutete – so malte sich Vinzent seine Zukunft nicht aus.

Vinzent starrte ins Leere, während er mit den Zähnen knirschte. Dann trank er seinen Whisky in einem Zug aus und stellte das Glas mit einem Klirren auf den blank polierten Mahagonitisch. Er lehnte sich ins dunkle Leder zurück und überschlug seine Beine. Genervt guckte er ins Feuer. Gott, er hatte es so was von satt, die Nummer zwei zu sein. Noch schlimmer war nur, dass seine Zukunftsvisionen kein Gehör fanden. Er wollte die Kollektionen verjüngen, mit nachhaltigen Stoffen arbeiten und das Image der verstaubten Edelmarke aufpolieren und auch für jüngere Kunden attraktiv machen.

Nun, an diesem Tag waren Vinzents Ambitionen wieder einmal ins Leere gelaufen, er würde daran nichts ändern, also orderte er sich einen weiteren Drink. Er hatte seine Bestellung gerade aufgegeben, als sich jemand ungefragt zu ihm setzte. Vinzent wollte einen unwirschen Kommentar von sich geben, als er erkannte, dass es sich bei dem Ankömmling um seinen Freund Götz handelte. Die beiden kannten sich bereits aus Kindertagen; Götz war der Sprössling einer Kaffeedynastie und hatte mit ganz ähnlichen Problemen zu kämpfen wie er. Allerdings hatte sein Freund dabei deutlich weniger Anpassungsprobleme als Vinzent. Götz hatte längst akzeptiert, dass es dazugehörte, in gewissen Kreisen präsent zu sein, um anerkannt und ernst genommen zu werden. Seltsam, dass der Kaffeemillionär trotzdem einer seiner besten Freunde war, andererseits auch wieder nicht. Auf Götz war Verlass, man konnte ihn zu jeder Tages- und Nachtzeit anrufen, zudem war er absolut loyal und auch von lästigem Gockelgehabe war bei ihm keine Spur zu finden. Gott sei Dank.

»Moin«, grüßte Vinzent mit einem Kopfnicken und war tatsächlich erleichtert, dass er nicht länger allein in dieser düsteren Umgebung abhängen musste. Der Nachmittag konnte also doch noch eine gute Wendung nehmen.

»Hallo, mein Bester«, erwiderte sein dunkelblonder Freund.

»Du siehst genauso begeistert aus wie ich«, meinte Vinzent mit einem spöttischen Lächeln. »Darf ich dir einen Whisky anbieten?«

Die Bedienung stellte gerade sein zweites Glas ab. »Wieso nicht, ich nehme das Gleiche wie mein Freund hier«, äußerte Götz seinen Getränkewunsch selbst.

Kurz darauf stießen sie miteinander an. »Was ist los, hat dir jemand Juckpulver in deinen hübschen Kaschmirpullover geschüttet?«, stichelte Götz süffisant grinsend. Ihm war natürlich nicht entgangen, wie es um Vinzents Laune bestellt war.

Der verdrehte die Augen. »So ungefähr. Erzähl mir mal lieber etwas, was ich noch nicht weiß.«

Götz trank einen Schluck, ehe er antwortete. »Du siehst aus, als könntest du eine gute Party vertragen.«

Vinzents Stimmung hellte sich schlagartig auf. »Du kennst mich, da kann ich nicht Nein sagen.« Tatsächlich war das das Einzige, was ihn aufmuntern würde. Erst ein wenig feiern, ein paar gute Getränke, dann die Gesellschaft einer hübschen Frau. So würde er für einen Moment vergessen, wie frustrierend sein Leben manchmal sein konnte.

Götz zog ein schwarzes Samtkästchen aus seinem Jackett. Er klappte den Deckel auf, und ein riesiger Klunker funkelte im schwachen Abendlicht.

»Ach du grüne Neune«, stieß Vinzent hervor.

»Du könntest dich ruhig ein bisschen für mich freuen«, erwiderte Götz beleidigt.

»Ist es das, was ich vermute?«

Götz packte den Ring wieder weg. »In der Tat, es läuft wunderbar mit Miriam, ich möchte den nächsten Schritt wagen.«

»Wie lange kennt ihr euch? Sieben Monate?« Vinzent hob eine Augenbraue.

»Acht«, korrigierte ihn sein Gegenüber.

»Oh, natürlich, das ist ja eine halbe Ewigkeit. Bist du dir sicher, dass du dich an die Kette legen lassen möchtest?« Vinzent erschauderte allein beim Gedanken daran, das Bett nach der Hochzeit nur noch mit derselben Frau teilen zu dürfen. Von Untreue hielt er jedoch nichts, genauso wenig wie von festen Beziehungen.

»Du bist ein Arsch, Vinzent. Miriam ist perfekt. Meine

Eltern lieben sie, sie ist wunderschön, klug und einfach bezaubernd.«

Vinzent verdrehte die Augen. »Mich musst du nicht überzeugen.« Er behielt den nächsten Kommentar für sich, denn er konnte sich beim besten Willen nicht vorstellen, dass Götz sich das mit der Hochzeit gut überlegt hatte. »Meine Mutter macht auch Stress, dass ich heiraten soll. Und? Man kann den Eltern nicht alle Wünsche erfüllen«, erklärte er stattdessen und leerte sein Glas. »Vielleicht sagt Miriam ja Nein.«

Götz schnaubte. »Manchmal frage ich mich wirklich, ob ich mit dir befreundet sein möchte oder nicht. Wie auch immer. Ich muss mich nicht dafür rechtfertigen, dass ich mich bereit für die Ehe fühle.«

»Hört, hört«, witzelte Vinzent. Dann hob er abwehrend die Hände. »Tut mir leid, Götz. Ich hatte einfach einen miserablen Tag. Ich werde dir nicht in deine Beziehung reinreden. Aber irgendwie hatte ich etwas von einer Party gehört? Das ist es, was ich brauche.«

»Eben.« Götz nickte. »In Miriams WG steigt heute eine Party, komm doch mit.«

»Ui, du machst den Antrag vor allen Leuten, stimmt's? Dann gibt es wirklich kein Zurück mehr.«

»Vinzent!«, drohte Götz mit finsterem Blick.

»Ja, ja, schon gut. Ich bestell mir noch einen Whisky. Heute lasse ich es krachen. Auch einen für dich?«

Götz grinste. »Nein, danke. Wenn ich nachher nur lallen kann, sähe das nicht gut aus.«

Vinzent schüttelte amüsiert den Kopf. »Dir ist es wirklich ernst damit, na schön, meinen Segen hast du jedenfalls.«

»Na, besten Dank auch, ich wollte dich nämlich fragen, ob du mein Trauzeuge sein möchtest.«

Damit hatte Vinzent zwar nicht gerechnet, aber er lehnte natürlich nicht ab. Fast war er jetzt sogar ein bisschen gerührt. »Wenn ich eins kann, dann ganz sicher einen genialen Junggesellenabschied für dich planen. Bin dabei!« Auf einmal war er gar nicht mehr schlecht gelaunt, sondern bester Stimmung. Mit der Aussicht auf eine Feier nahm der Abend doch noch eine angenehme Wendung.

KAPITEL
EINS

Der Tag konnte nur noch besser werden. Rebecca stand im vollgedrängten Bus und klammerte sich an ihrem Koffer fest. An der nächsten Kurve bremste der Busfahrer so scharf, dass Rebecca fast gestürzt wäre, stattdessen landete sie auf dem breiten Rücken eines ungepflegten Herrn. Sie murmelte ein »Entschuldigung« und stieg an der nächsten Haltestelle aus.

»Halleluja.« Sie schloss kurz die Augen, als sie die eiskalte Hamburger Abendluft einatmete. Mit dem nächsten Schritt platschte sie in eine dreckige Pfütze.

Auch das noch. Die teuren Wildlederschuhe waren danach garantiert nicht mehr zu retten. Verdammt.

Ganz ruhig, mahnte Rebecca sich. Sie musste die miese Laune abschütteln, ehe sie zu Hause in der WG eintraf. Miriam feierte heute ihren Geburtstag, und da waren Rebeccas Problemchen zweitrangig. Vielleicht hatte sie ihren größten Auftraggeber nach der Szene heute ja auch gar nicht verloren, dachte Rebecca und schnitt sich selbst eine Grimasse.

Die Wahrscheinlichkeit ging gegen null. Warum hatte sie ihr Temperament bloß nicht zügeln können? Es war nie eine gute Idee, wenn man in die Hand biss, die einen fütterte. Andererseits, sie hatte ihre Prinzipien, und die wollte Rebecca nun mal nicht verraten.

Sie setzte ihren Weg fort, kurz darauf stand sie vor der Tür und kramte nach ihrem Schlüssel. »Meine Güte, diese Handtaschen sind aber auch immer zu voll«, stieß sie genervt aus, als sich die Tür auf einmal wie von Zauberhand öffnete.

»Rebecca«, frohlockte Miriam mit einem breiten Lächeln. »Mir war doch, als hätte ich was gehört.« Sie trug einen Handtuchturban auf dem Kopf und ansonsten nur Unterwäsche. Zwischen den Zehen hatte sie Watte, offenbar hatte sie sich gerade die Fußnägel lackiert. Zusammen mit ihrer Freundin Nathalie bewohnten die Mädels zu dritt die alte Kapitänsvilla am Hamburger Stadtrand in Altona. Die Miete war erschwinglich, was auch daran lag, dass es im Haus einige Mängel gab, tropfende Wasserhähne und einen feuchten Keller. Sie bot aber mindestens genauso viele Vorteile: große Zimmer mit hohen Decken und einem ganz besonderen Charme, den die drei liebten. Sie hatten sogar einen kleinen Garten, der zu dieser Jahreszeit allerdings ziemlich trostlos und verwildert wirkte. In diesem Moment sprangen die Straßenlaternen an.

»Happy Birthday, Liebes«, trällerte Rebecca, umarmte ihre Mitbewohnerin fest und drückte ihr einen Schmatzer auf die Wange.

»Danke! Aber sag es nicht zu laut, ich weiß nicht, ob ich die dreißig wirklich feiern will ...« Miriam trat zur Seite, und

Rebecca schmiss die Tür hinter ihnen ins Schloss, nachdem sie ihr Gepäck über die Schwelle gewuchtet hatte. Dann betrachtete sie ihre ruinierten Schuhe. Ja, die waren definitiv hin. »Du bist süß, willst du die Party etwa absagen? Ist ja nicht so, als ob deine Uhr schon laut ticken würde, außerdem bist du die Einzige von uns, die einen echten Freund hat.«

Rebecca entdeckte die dritte Mitbewohnerin. Nathalie saß auf dem breiten Fenstersims und lackierte sich ebenfalls gerade die Nägel, ein Headset blinkte an ihrem Ohr. »... ooo Süßer, ja, genau so ... und jetzt fass dich selbst an ...«

Miriam und Rebecca grinsten. »Kundschaft ...«

»Manchmal frage ich mich, ob ich bei einer Sexhotline nicht auch besser aufgehoben wäre als im Modelbusiness.« Rebecca seufzte. »Ich hätte nie gedacht, dass man mit ein bisschen am Telefon stöhnen und Sextalk so viel verdienen würde. Nathalie hat anscheinend alles richtig gemacht.«

Miriam zuckte die Schultern. »Ich könnte das nicht. Aber sag mal, was ist los mit dir? Du siehst total gestresst aus. Lief es nicht gut beim Shooting in Frankfurt?«

»Es war alles gut, bis zu dem Moment, als ich gefordert habe, dass sie meine Bilder nicht zu Tode photoshoppen.«

»Oh. Das haben sie nicht akzeptiert? War doch nie ein Problem bis jetzt?« Miriam schaute mitfühlend, sie wusste, dass Rebecca gerade deswegen Model geworden war – um zu zeigen, dass auch kurvige Frauen, die nach gängigem Ideal nicht perfekt waren, hübsch waren. Nicht nur einmal hatte Miriam sich Rebeccas flammende Reden über wahre Schönheit anhören müssen.

»Tja, da sitzt ein neuer Typ auf der Stelle – und der mag es anscheinend nicht natürlich. Darauf kommt gleich die nächste Frage: Warum buchen sie ein Curvy Model, wenn sie doch an meiner Figur herumbasteln wollen? Etwas weniger an den Hüften, schlankere Oberschenkel, aber die Titten dürfen ruhig groß bleiben. Solche Arschlöcher.«

»Ja, das ist blöd, ich verstehe dich, dass dir das nicht gefällt, wenn deine Fotos retuschiert werden. Und was ist dann passiert? Bist du etwa ausgeflippt?«, wollte Miriam wissen. Sie wusste, dass Rebecca ihr hitziges Temperament oft nicht bändigen konnte und ihr Herz auf der Zunge trug.

Rebecca fuhr sich mit der Hand über die Stirn und atmete geräuschvoll aus. »Tja, die wollten einfach nicht akzeptieren, dass ich natürlich dargestellt werden möchte und nicht verbessert bis zum Geht-nicht-mehr.« Sie malte Gänsefüßchen in die Luft. »Ich habe nun mal ein paar Dellen am Hintern und Röllchen am Bauch und stehe dazu. Das habe ich denen auch so gesagt – und dass sie sich die Bilder in die Haare schmieren können, wenn sie doch etwas daran verändern. Ich habe allerdings keine Ahnung, was in meinem Vertrag steht, da muss ich noch mal nachlesen. Ich glaube, dass ich beim Abschluss darauf bestanden habe, ein Mitspracherecht zu haben, aber ich weiß es nicht mehr genau. Jedenfalls ...« Sie räusperte sich und merkte, dass ihre Wangen heiß wurden. »Ich habe ziemlich getobt ... Das war nicht klug von mir. Ganz und gar nicht.«

»Ich bin so stolz auf dich.« Miriam drückte sie fest. »Dass du für das, was dir wichtig ist, einstehst, ist großartig und richtig! Scheiß auf den Auftrag!«

Rebecca wollte es auch so sehen, aber Rechnungen zahlten sich leider nicht von selbst, sie war auf die Einnahmen angewiesen. »Danke – aber gerade weiß ich nicht, ob ich nicht einfach nur blöd bin. Wenn ich diesen Kunden verliere, habe ich ein Problem. So rosig läuft es ansonsten gerade nämlich nicht. Die Modelabel tun alle so, als ob sie was ändern wollten, und dann sind es doch wieder nur die viel zu Mageren, die die Entwürfe präsentieren und auf den Covern der Magazine abgebildet werden. Es ist so mühsam, Miriam. Aber egal, heute ist dein Tag, ich will nicht die ganze Zeit jammern. Was kann ich helfen? Ist doch sicher noch was vorzubereiten.«

»Ja, du böser Junge, genau so. Ah, das ist so gut, ah ...«, stöhnte Nathalie gerade am Ende des Raums ins Headset und zwinkerte Rebecca und Miriam zu. Dabei wedelte sie mit ihren frisch lackierten Nägeln in der Luft, um sie zu trocknen.

Miriam schüttelte amüsiert den Kopf und machte eine obszöne Geste. Rebecca grinste und hielt sich die Hand vor den Mund, um nicht loszugackern. Sie liebte ihre verrückten Freundinnen und das gemeinsame Leben in ihrer kleinen Wohngemeinschaft.

»Die Getränke stehen schon im Garten, ist ja kalt genug, Essen wurde auch geliefert, es gibt eh nur ein paar Häppchen. Und ansonsten? Alles schick würde ich sagen.« Miriam zuckte die Achseln. »Nur ich noch nicht.«

»Oh, ich bin mir sicher, dass Götz dich so leiden mag – aber was sagen die anderen Gäste, wenn du in Unterwäsche auftauchst?«

»Eben. Ich schmeiß mich gleich in ein Kleid, das wird schon.«

»Dann ist also alles fertig? Nur ich komme zu spät. Mist.« Rebecca guckte sich um. In der offenen Küche standen eine Menge Gläser in Kisten vom Caterer herum. Miriams Freund war reich und mochte nicht aus Plastikbechern trinken. Sie hatten schon öfter darüber gescherzt, dass ab sofort nur noch Kaviar gut genug war, wenn Götz zu Besuch kam. Aber

Miriam lachte darüber, sie guckte noch immer durch die rosarote Brille, dabei war sie keine Luxusschnitte, die sich aushalten lassen wollte oder Wert auf all den Kram legte. Vielleicht ging Rebecca mit Götz auch zu hart ins Gericht, sie kannten sich nicht wirklich gut. Trotzdem kam es ihr so vor, als ob Miriam manches nur ihm zuliebe machte, andererseits, Rebecca begrüßte es, dass sie den Wein aus echten Gläsern trinken würden ... also war Götz' Einfluss vielleicht doch nicht so verkehrt ...

»Genau, ich finde, wir könnten schon mal ein Fläschchen aufmachen«, schlug Miriam gut gelaunt vor. Sie betrieb einen kleinen Hundefriseursalon um die Ecke in Blankenese. Über die Schoßhündchen von Götz' Mutter hatte das Paar sich kennen- und lieben gelernt. Götz hatte daraufhin sogar das Haus gekauft, in dem Miriam ihren Laden hatte, um seine Herzensdame vor ihrem aufdringlichen Vermieter zu beschützen.

»Oh – gern! Ich brauche wirklich einen Drink. Ich gehe davon aus, dass der Wein heute nicht wie üblich aus Kanistern fließt?« Rebecca lachte, und Miriam boxte ihrer Freundin an den Oberarm.

»Wir haben nie Pappkartons in diesem Haus gehabt – jedenfalls nicht mit Alkohol. Aber ich gebe zu, dass Götz ein paar Kisten Champagner, Bordeaux und Sauvignon Blanc hat liefern lassen. Er meint es nur gut damit.« Miriam guckte ein wenig beleidigt. Weil Rebecca ihr die Stimmung nicht verderben wollte, umarmte sie Miriam. Im Grunde war sie dankbar, dass sie guten Wein hatten und nicht den Billigfusel, von dem man Kopfschmerzen bekam. »Ich mache doch nur Spaß, Süße. Warte, ich habe noch was für dich.« Rebecca lief zu ihrem Koffer, klappte ihn auf und zog einen rot gestreiften Bikini hervor. »Happy Birthday!«

Miriams Augen leuchteten auf. »Ist der aus der neuen Kollektion?«

»Und wie! Den habe ich für dich mitgehen ... äh, den habe ich für dich als Musterstück bekommen.«

Natürlich hatte Rebecca nichts gestohlen, einige Teile der Musterkollektion konnte sie tatsächlich nach Rücksprache mitnehmen. Letztlich war es kein gekauftes Geschenk, aber darum ging es in ihrer Freundschaft nicht. Es zählte die Geste, und das wusste Miriam. Die fiel ihr dankbar um den Hals. »Ich hab dich so lieb.«

»Ich dich auch.«

Miriam schnüffelte. »Und ... jetzt, wo ich dir so nahe bin, merke ich, du könntest eine Dusche vertragen.«

Rebecca zog eine Schnute. »Ja, das kann sein – die Fahrt war ätzend. Ich musste beim Umsteigen rennen, damit ich den Anschlusszug noch erwische, und überhaupt ... Danke für den Hinweis!« Sie kicherte. »So, ich mache mich frisch.«

Dann verzog sich Rebecca nach oben in ihr Zimmer, packte in Ruhe aus und ließ sich erst einmal ein Bad ein. Nach dem stressigen Tag hatte sie sich etwas Entspannung verdient.

Sie hatte sich gerade genüsslich ausgestreckt und wackelte mit den Zehen im Schaum, als die Tür aufging und Nathalie hereintrottete. »Hey, Topmodel«, grüßte sie, zog sich die Jogginghose herunter und pflanzte sich auf die Toilette.

Rebecca verdrehte die Augen und schloss sie dann. »Ich hätte abschließen sollen!«

Nathalie kicherte. »Stell dich nicht so an! Wie war es in Frankfurt?«

Die Klospülung rauschte.

»Ich möchte nicht darüber reden.« Wollte sie wirklich nicht, sie wollte das Desaster verdrängen.

»Oje, so schlimm? Schade.«

»Egal.« Rebecca machte eine wegwerfende Handbewegung. »Bring mir lieber ein Glas Wein, Schlumpfine.«

»Jawohl, Sir, äh, Miss!« Nathalie wusch sich die Hände, dann erfüllte sie den Wunsch ihrer Freundin.

Endlich allein, dachte Rebecca kurz darauf leise lächelnd und schloss die Augen. Sie trank einen Schluck, dann noch einen und stellte das Glas ab. Herrlich. Daran könnte sie sich gewöhnen.

Als sie aufwachte, stand Miriam im Bad und schminkte sich die Lippen.

»Du musst doch bald Schwimmhäute bekommen«, kommentierte ihre Freundin.

»Was, wieso? Bin doch eben erst ... O nein. Wie spät ist es?« Sie richtete sich ruckartig auf. Das Wasser war nur noch lauwarm. Verdammt.

»Die ersten Gäste sind schon da.«

Rebecca sprang aus dem Wasser und spritzte dabei alles nass. »Scheiße. Ich muss eingeschlafen sein!«

»Weil das ja das erste Mal passiert ...«, neckte Miriam sie.

»Sorry! Ich beeile mich.« Hektisch trocknete Rebecca sich ab und drückte die Haare im Handtuch aus. Dann wickelte sie sich darin ein und hastete in ihr Zimmer. Zum Glück befanden sich die Schlafzimmer oben und nicht im Erdgeschoss. Sie war zwar nicht prüde, aber nackig musste sie vor der Geburtstagsgesellschaft auch nicht herumturnen.

. . .

Als Rebecca wenig später nach unten kam, war die Party schon in vollem Gange. Leise Chill-out-Musik dudelte aus den Lautsprechern. Das Murmeln und Lachen der Gäste erfüllte das gesamte Erdgeschoss. Rebecca blieb kurz vor dem Spiegel in der Diele stehen. Sie war zufrieden mit sich. Sie hatte sich nach dem ersten Schreck über ihr Nickerchen in der Badewanne, doch noch die Zeit genommen, um sich in Ruhe fertig zu machen. Vielleicht landeten sie nachher in einem Club – da wollte sie nicht wie eine Vogelscheuche herumlaufen. Nun, zu Hause auch nicht – und Styling brauchte etwas Zeit, auch wenn sie es mit dem Make-up selten übertrieb. Heute jedoch hatte sie die Augen dramatisch betont, im Gegenzug aber nur ein wenig farblosen Lipgloss aufgetragen, um nicht zu aufgedonnert zu wirken. Mit einem überteuerten Stylinggerät hatte sie in ihr dunkelbraunes Haar sanfte Wellen gezaubert, die ihr locker auf die Schultern fielen. Produkte, für die Rebecca modelte, bekam sie oftmals geschenkt, auch ohne sie auf Instagram wie Sauerbier bewerben zu müssen.

Weil Miriam heute die Hauptrolle spielte, hatte Rebecca ein schlichtes schwarzes Kleid angezogen, das am Bauch gerafft war und nur einen sehr dezenten V-Ausschnitt hatte. Mit ihrem Busen konnte sie sich definitiv sehen lassen, es waren keine extra Tricks oder Push-ups nötig. Rebecca drehte sich zur Seite, zupfte noch ein wenig hier und da, dann besorgte sie sich einen Drink. Die meisten Leute kannte sie nicht, was nicht so überraschend war, denn mit Götz waren eine Menge neue Leute in Miriams Leben gekommen, denen Rebecca vorher nie zuvor begegnet war, aber das machte eine gute Party ja gerade aus. Sie merkte, wie sehr sie sich nach dem ätzenden Shooting auf einen unbeschwerten Abend freute.

In der Küche standen silberne Tabletts mit kleinen Leckereien und eine überdimensionale Geburtstagstorte, die sicher eine Million Kalorien haben musste. Pro Stück!

Rebecca goss sich gerade Wein in ein langstieliges Glas, als sie Fetzen eines Gesprächs mitbekam.

»Von dem Kuchen solltest du deinen Models lieber kein Stück geben, sonst passen die Kleider bald nicht mehr«, witzelte ein Mann in näselndem Tonfall.

»Da könntest du recht haben«, antwortete ein anderer. Rebecca guckte sich verstohlen um.

Sie kannte beide nicht, aber die zweite Stimme klang irgendwie angenehm, dunkel und ein wenig rauchig, auch wenn sie den Tonfall nicht einordnen konnte. Vielleicht ein wenig ... gelangweilt? Resigniert?

Rebecca schaute sich ihn genauer an und nippte dabei an ihrem Getränk.

»Wer will schon große Ärsche?«, fragte der erste, und Rebeccas Puls stieg. Sie war kurz davor, ihm ihren Wein ins Gesicht zu kippen. Selbst war er natürlich kein Adonis, im Gegenteil, die näselnde Stimme kam von einem moppeligen Typen mit schütterem Haar. Typisch! Diese Kerle waren doch die schlimmsten. Sahen selbst aus wie Quasimodo aus Wuppertal, aber Frauen wollten sie erzählen, dass sie nur Salat essen durften.

Der zweite war attraktiv. Sehr attraktiv sogar. Sie schätzte ihn auf Anfang dreißig. Er wirkte sportlich, beinahe drahtig. Er war ungefähr eins neunzig groß, hatte breite Schultern und schmale Hüften. Er trug ein dunkles Hemd zu einer lässigen Chino. Sein dunkelbraunes Haar war zu lang, um noch als Frisur durchgehen zu können. Es wirkte, als hätte der Wind es völlig zerzaust – oder als hätte jemand ausgiebig darin gewühlt. Gerade hob er gelangweilt eine Augenbraue. Oder spöttisch? Sie konnte es nicht ganz deuten. Vielleicht wollte er sich auch nicht in die Karten schauen lassen. Leider bekam Rebecca nicht alles von dem Gespräch mit, nur ein paar Fetzen, in denen es weiter um Tratsch und Trends ging, weil die Musik nebenan lauter aufgedreht worden war. Der Hässliche spöttelte über die modischen Vorlieben seines Vaters. Oder war der Vater des anderen gemeint? Es war einfach zu laut. Der hochgewachsene Schönling erklärte gerade: »Was ich will, spielt sowieso keine Rolle. ... es geht um die Marke, und da ist die Linie klar: Size Zero muss es sein.«

Size Zero muss es sein? Rebecca kniff ihre Augen zusammen, sie merkte, dass sich etwas in ihr zusammenzog.

Dass diese Aussage über diese sinnlichen Lippen gekommen war, enttäuschte sie. Es enttäuschte sie sogar sehr. Also gehörte der Kerl auch zu den Oberflächlichen, die nichts begriffen hatten.

Sie wandte sich ab. Natürlich, Männer, die so aussahen wie er, suchten nach ihresgleichen: sportlich, elegant und schlank. Vor allem das.

Wieso hatte Rebecca auch nur eine Sekunde etwas anderes annehmen können? Annehmen wollen vielleicht. Sie bedauerte es tatsächlich, denn irgendwas an dem Kerl hatte sie gut gefunden. Das hatte sich nach der Aussage natürlich mit einem Puff aufgelöst.

Rebecca hakte den Idioten direkt ab und stopfte ihn in ihre gedankliche Schublade: heiß wie die Sünde, aber ein Arschloch. Mit solchen Menschen wollte sie sich keine Sekunde abgeben. Es wäre klug, einfach zu gehen, um sich in einem anderen Teil des Hauses zu amüsieren, aber sie ärgerte sich zu sehr über die ätzenden Kommentare der beiden Kerle. Männer wie diese waren der Grund, warum viele Frauen mit ihrem Selbstvertrauen zu kämpfen hatten oder – schlimmer noch – in ihren Selbstzweifeln untergingen und krank davon wurden.

Rebecca straffte sich. Dann stellte sie ihr Weinglas ab und griff nach einer Gabel. Langsam schritt sie auf die Torte zu wie eine Königin auf dem Weg zu ihrem Thron. Sie wusste um die Wirkung ihres sinnlich schwingenden Ganges. Tausendmal geübt. Dabei glotzte sie die beiden stumm an, sie lächelte nicht, zuckte nicht einmal mit der Wimper. Vermutlich sah sie arrogant aus. Genau das wollte sie auch.

Rebecca stach zu, ohne Rücksicht darauf, dass sie das Meisterwerk des Konditormeisters zerstörte – oder zumindest ramponierte – und schob sich dann langsam, ganz genüsslich eine Gabel voll mit Torte in den Mund.

»Ist was?«, fragte sie mit vollem Mund in Richtung der beiden und kaute demonstrativ, während sie den Blick nicht abwandte.

Der untersetzte Blasse guckte sie an wie ein Schaf. Der andere hob eine Braue, ein Mundwinkel verzog sich spöttisch nach oben. Er hatte blaugraue Augen, wie sie jetzt feststellte. Sein Blick war durchdringend und intensiv. Er neigte seinen Kopf ein wenig zur Seite, ganz so, als ob er gespannt wäre, was jetzt gleich noch passierte.

Rebeccas Herz fing an, wild zu pochen.

Gott, warum hatte sie das tun müssen?

Leider ließ sie sich bei diesem Thema nur allzu leicht

provozieren. Sie hatte einen langen Weg hinter sich, es war nicht immer so gewesen, dass sie sich und ihre Figur gut leiden mochte. Daher reagierte sie stets allergisch, wenn Männer im Speziellen generelle Meinungen über die Körper von Frauen äußerten.

Size Zero muss es sein, erinnerte sie sich noch einmal an die Worte aus seinem Mund und bereute nichts. Sie legte die Gabel sanft in die Spüle, dann wischte sie sich mit dem Zeigefinger einen Rest Sahne von den Lippen und leckte ihn noch einmal ab. Dabei ließ sie den Attraktiven nicht aus dem Blick. Seine Pupillen weiteten sich, aber er schwieg.

»Köstlich«, trällerte Rebecca. Ohne ein weiteres Wort stolzierte sie an den beiden, die ihr mit großen Augen nachstarrten, vorbei. Zum Glück dachte sie noch an ihr Weinglas, denn das brauchte sie jetzt dringend.

Etwas später an diesem Abend – sie hatte aufgepasst, dass sie diesen beiden Kerlen nicht noch einmal zu nahe kam – entdeckte sie den Dunkelhaarigen. Er stand mit einer Frau in einer Ecke und flüsterte ihr gerade etwas ins Ohr, woraufhin sie lachte und ihren Kopf in den Nacken warf.

Natürlich, dachte Rebecca angewidert. Das ist genau sein Beuteschema. Blond. Schlank. Endlos lange Beine. Da konnte sie nicht mithalten. Wollte sie auch gar nicht.

Gut, dass sie sich das noch mal in Erinnerung gerufen hatte. Sie fächelte sich Luft zu, als sie merkte, wie der Ärger über seinen Kommentar wieder in ihr hochkochte.

»Alles okay?« Nathalie trat neben sie.

»Ja, sicher. Ist nur irre heiß hier drin.«

»Du siehst aus, als würdest du jemanden ermorden wollen.«

»Ich?« Rebeccas Stimme klang viel zu hoch. »Nee.«

Nathalie lachte und gab ihr einen schmatzenden Kuss. Ihre Freundin war betrunken. Es war ja auch eine gute Party; wenn sich Rebecca nur nicht von so einem Ereignis die Laune hätte verhageln lassen, wäre sie sicher nicht noch bei ihrem ersten Getränk. Nathalie wollte gerade etwas sagen, als Götz mit einem Löffel gegen sein Glas schlug, um die Aufmerksamkeit auf sich zu ziehen. Jemand drehte die Musik ab. »Ähem«, räusperte er sich. »Miriam, kommst du mal kurz zu mir, bitte?«

»Was hat er vor?«, flüsterte Nathalie in Rebeccas Ohr.

»Vielleicht eine Geburtstagsrede?«, mutmaßte Rebecca.

Was dann passierte, verfolgten die beiden Freundinnen mit offen stehenden Mündern.

Götz ging vor Miriam auf die Knie und machte ihr einen Antrag. Wow! Das war krass. »Miriam, meine Liebe, mein größter Schatz. Als ich dir zum ersten Mal begegnet bin, wusste ich gleich, dass ich die Eine getroffen habe! Die Eine, mit der ich für immer zusammen sein möchte. Miriam, du bist die Frau meines Lebens, möchtest du mich heiraten?«

Miriam schwieg eine Sekunde. Zwei Sekunden. Dann schluckte sie trocken. Rebecca glaubte einen Moment, dass Miriam Nein sagen würde, doch dann nickte sie langsam, beinahe zögerlich. »J-ja?« Ihre Mundwinkel bogen sich ein wenig nach oben.

»Ja?«, wiederholte Götz unsicher.

Die Spannung im Raum war geradezu spürbar, alle warteten auf ihre Reaktion.

»Ja!« Miriam lächelte und fing an zu weinen.

Rebecca und Nathalie tauschten einen Blick aus. Miriam hatte gezögert, ganz so, als ob sie überrascht und nicht sicher wäre, ob sie wirklich heiraten wollte. »Hast du das auch gesehen?«, flüsterte Nathalie.

Rebecca nickte. »Ja!«

Vielleicht täuschten sie sich ja auch. Miriam war total in Götz verschossen, vermutlich rührte ihre Reaktion nur vom Knalleffekt seines Antrags her. Niemand von ihnen hatte das geahnt. Nathalie jubelte ihrer Freundin zu. Jetzt war Rebecca sicher, dass Miriam nur überrascht gewesen war, denn sie küsste Götz inbrünstig und schluchzte gleichzeitig vor Glück. Rebecca atmete erleichtert aus.

Die Partygäste kreischten, klatschten, irgendwoher kam auf einmal eine Menge Champagner. Von dem Trubel bekam Rebecca nicht mehr viel mit, sie hielt sich abseits, weil ihre Laune unterirdisch war. Die sank noch tiefer, als sie sah, dass der attraktive dunkelhaarige Arsch mit dieser Blondine die Feier verließ. Ein Glück, dass sie den nie wiedersehen musste. Rebecca verzog ihre Lippen. Sie würde jetzt ins Bett gehen, irgendwie hatte dieser Kerl ihr die Feierlaune verdorben. Aber so was von.

Mistkerl!

Eiskalte Januarluft schlug Vinzent entgegen, als er mit seiner Eroberung die Party verließ. Er hatte schon vor zehn Minuten ein Taxi gerufen, aber es war noch nicht eingetroffen. Die Blondine schmiegte sich an ihn und ließ ihre Finger unter sein Hemd gleiten. Aus dem Haus hörte man gedämpfte Musik und Gelächter. Vinzent schaute noch einmal zurück und dachte an die rassige Brünette und die merkwürdige Szene in der Küche zurück. Er hatte nicht mit ihr gesprochen, aber mehr als einmal hatte er ihr Gesicht wieder vor seinem geistigen Auge gehabt, ihren herausfordernden Blick, als sie von der Torte genascht hatte. Wie sie ihre Zunge sinnlich über ihre Lippen hatte gleiten lassen. Und dann war sie verschwunden, wie eine Fata Morgana.

Himmel, ein Schauder war über seinen Rücken gelaufen, und seine Lenden hatten mit einem lustvollen Pochen reagiert. Er war so perplex gewesen, dass er kein Wort mehr hervorgebracht hatte. Als sie mit diesem wiegenden Schritt an ihm vorbei in Richtung Tanzfläche gegangen war, hatte er den Hauch ihres Parfums abbekommen. Sie roch auch noch teuflisch gut.

»Zu dir oder zu mir?«, riss ihn seine Begleitung aus den Erinnerungen an eine andere Frau.

Vinzent blinzelte in die Scheinwerfer des heranrollenden Taxis. Was mache ich hier eigentlich?, dachte er und trat zurück, um ihr die Autotür zu öffnen. Er war der Blonden, deren Namen er sich nicht gemerkt hatte, heute zum ersten Mal begegnet, und bis eben hatte er sie näher kennenlernen wollen. Nun, zumindest für eine Nacht, aber auf einmal war er sich nicht sicher, ob er noch Lust dazu hatte.

Nein, er musste sich nichts vormachen. Er wollte nicht mit dieser Frau zusammen sein – er wollte eine andere. Die Blondine stieg gerade auf die Rücksitzbank.

Vinzent zögerte.

»Kommst du?«, lockte sie ihn mit einem breiten Lächeln.

»Tut mir leid, fahr doch schon mal vor.« Dann schlug er die Autotür zu und wandte sich ab. Ihm war klar, dass er die

Frau im Taxi eiskalt sitzen ließ, aber das war ihm gerade egal, denn versprochen hatte er ihr nichts.

Vinzent marschierte schnurstracks zurück zum Haus, die Tür war glücklicherweise nur angelehnt, weil immer wieder jemand zum Rauchen raus- und reinging. Warme Luft schlug ihm entgegen, ein Unbekannter rempelte ihn an. Vinzent schlängelte sich durch die vielen Grüppchen, um sie zu suchen, aber er konnte die Brünette nirgends entdecken. Vielleicht war er völlig verrückt geworden, aber auf einmal hatte er das Bedürfnis, sie unbedingt kennenlernen zu müssen. Erst jetzt wurde ihm klar, dass er den ganzen Abend immer wieder unbewusst nach ihr geschaut hatte – bis die Blondine sich ihm quasi an den Hals geworfen hatte. Vinzent war kein Kostverächter, und normalerweise sagte er bei so einer Gelegenheit nicht Nein, aber etwas war heute anders. Dumm nur, dass er das erst so spät gemerkt hatte. Zu spät vielleicht?

Das könnte auch an den vielen vorausgegangenen Drinks liegen. Er war betrunken, aber nicht so sehr, dass er nicht mehr wüsste, was er tat. Gerade kam es ihm so vor, als könnte er zum ersten Mal überhaupt klar erkennen, was er wirklich wollte: sie.

Wo war sie nur, die unbekannte Schönheit? Er erinnerte sich an ihren provokanten Augenaufschlag, während sie sich die Sahne von den Lippen geleckt hatte.

Herrgott, der Gedanke genügte, um seine Libido zum Leben zu erwecken. Vinzent schaute in der Küche nach, aber auch hier war sie nicht. Es gab nur noch eine Möglichkeit – die Toilette. Oder sie war gegangen. Letzteres strich er sofort von seiner Liste, denn dann würde er nie erfahren, wer sie war. Der Gedanke war zu niederschmetternd, so leicht wollte er nicht aufgeben. Irgendwer musste sie kennen oder gesehen haben.

Vinzent suchte sogar die Gästetoilette auf, aber auch hier war niemand. »Scheiße«, murmelte er genervt. Dann schaute er die Treppe entlang nach oben. Dort war alles dunkel.

Sollte er? Normalerweise würde er eine Grenze wie diese nicht überschreiten. Das war keine Verbindungsparty, bei der man sich nach Herzenslust in den Zimmern anderer austobte. Aber es war quasi ein Notfall – er musste wissen, wer sie war und wie er sie erreichen konnte. Ohne noch einmal darüber nachzudenken, nahm er die Stufen nach oben. Aus einem Zimmer drang ein schwacher Lichtschein. Die Tür war nicht verschlossen, er lugte vorsichtig hinein. Es war das Badezimmer, aber auch hier war niemand.

Vinzent rieb sich mit der Hand über das Gesicht. Er ließ die Schultern hängen.

Super, das war's dann also. Chance vertan. Traumfrau verpasst. Er seufzte leise und wandte sich ab.

Eine weitere Tür öffnete sich quietschend, und das Licht im Flur ging an.

Jemand schrie leise auf und ein Handy fiel polternd auf den alten Dielenboden.

Vinzents Mundwinkel bogen sich nach oben, als er begriff, wer hier vor ihm stand. Sie war es ... und sie trug einen Hauch von nichts, nur ein helles Spitzenhemdchen mit dünnen Trägern, unter dem sich ihre rosigen Brustwarzen deutlich abzeichneten. Herrgott im Himmel – diese Frau hatte Kurven!

Sein Mund wurde plötzlich so trocken wie die Sahara nach einer langen Dürreperiode. Vinzents Puls schnellte in die Höhe. Er wollte gerade nach ihrem Namen fragen, als sie wütend die Hände vor ihrem üppigen Busen verschränkte.

»Was willst du hier oben? Der fetten Tussi hinterherspannen? Ekelhaft!«

Vinzents Grinsen erstarb. Einen Augenblick lang wusste er nicht, worauf sie hinauswollte. Nun, es schien jedenfalls, als wäre das Interesse nicht gegenseitig. Definitiv nicht. »Spannen? Als ob ich das nötig hätte«, verteidigte er sich.

Sie lachte humorlos und tippte ungeduldig mit den Zehenspitzen auf den Boden. »Nee, ist klar. Du bist einer von der ganz speziellen Sorte. Ich kenne euch schnöseligen Typen, und ich sag dir mal was.« Ihre Augen sprühten Funken. »Ehe ich jemanden wie dich auch nur in die Nähe meines Bettes lasse, kannst du in der Hölle Schlittschuhlaufen. Und jetzt verpiss dich, ich will ins Bad.« Im Vorbeigehen streifte sie ihn mit ihrer Schulter.

So hatte Vinzent sich den Ausgang des Abends nicht vorgestellt. Warum war sie so unfreundlich? »Was hast du denn für ein Problem?«, rief er ihr wütend hinterher.

Was für eine Enttäuschung.

Sie drehte sich noch einmal um. »Wenn du erst mal weg bist, hab ich keins mehr!«

Dann knallte sie die Badezimmertür hinter sich zu und ließ ihn stehen. Er war höchst irritiert über diesen Schlagabtausch. Unfassbar! So hatte noch keine Frau mit ihm geredet. Was für eine Zicke!

Für einen Augenblick konnte er sich nicht rühren. Was war nur schiefgelaufen? Und warum?

Er ließ das Gespräch – falls man das überhaupt so nennen konnte – noch einmal Revue passieren. Sie hatte ihn als schnöseligen Typen bezeichnet. Als Spanner.

Wie kam sie denn darauf? Er hatte ja schließlich nicht wissen können, dass sie hier quasi halb nackt herumlaufen würde. Oje – vielleicht hatte sie gerade etwas mit jemand anderem?

Oder sie hatte ihn erkannt und glaubte der Regenbogenpresse?

Er wusste, was die Klatschmagazine über ihn schrieben. Da wurden nur Schnappschüsse von Partys gedruckt. Es heizte die Gerüchteküche an, wenn man ihn heimlich im Urlaub beim Flirten fotografierte. Götz und er konnten ein Lied davon singen, es war nicht immer großartig, in diesen Verhältnissen aufzuwachsen. Vermutlich wusste die Frau also, wer er war, und hatte sich ein Urteil über ihn gebildet, obwohl sie ihn nicht persönlich kannte.

Vielleicht war sie auch einfach nur irre.

Letztlich war es egal, sagte sich Vinzent gekränkt und nahm zwei Stufen auf einmal. Er kam sich sehr dämlich vor, dass er ihretwegen zurückgekehrt war.

KAPITEL
ZWEI

Einige Wochen später stand Brautkleidshopping für Miriam auf dem Programm, aber die zukünftige Braut war noch bei der Arbeit. Die ersten Frühlingsblumen blühten in den Blumenkästen vor den Scheiben ihres kleinen Hundesalons »Pfötchenliebe« in Blankenese. Rebecca saß auf einer Holzkiste und löffelte ein gekühltes Fruchtmus mit Porridge, während ihre Freundin gerade einen Pudel frisierte.

»Tut mir leid, dass es etwas länger dauert«, meinte Miriam, während sie das Schergerät über das Fell führte. »Aber die Kundin konnte ich nicht ablehnen, der kleine Kerl hier war total verzottelt.«

Rebecca winkte mit dem Löffel ab. »Du, es ist ja nicht meine Hochzeit.«

Miriam ging nicht auf diese kleine Spitze ein. »Ich bin gleich fertig, und Nathalie fehlt ja auch noch, oder kommt sie direkt zum Neuen Wall?«

Rebecca zuckte die Schultern. »Weiß ich nicht, was habt

ihr denn abgemacht? Neuer Wall, hm? Ich hoffe, du musst keinen Geldtransporter überfallen, um dein Brautkleid zu bezahlen, oder übernimmt das auch Götz?« Die Läden in dieser Gegend von Hamburg waren nicht nur exklusiv, sondern auch sehr hochpreisig.

Rebecca wollte nicht vorwurfsvoll klingen, aber seit die beiden verlobt waren, ging es nur noch um die perfekte Hochzeit. Bekanntlich bedeutete das ja nicht für alle das Gleiche. Ein bisschen wunderte sich Rebecca allerdings, dass Miriam diesen ganzen Zirkus mitmachte, den Götz und seine Familie sich ausgedacht hatten. Aber was wusste Rebecca schon von reichen Leuten – gar nichts. Und vielleicht machte Miriam das ja aus Liebe alles gerne mit. Eigentlich hatte sie früher immer von einer Traumhochzeit am Strand gesprochen – aber das war, bevor sie Götz kennengelernt hatte. Manchmal änderte man ja auch seine Meinung, und es stand Rebecca nicht zu, ihre Freundin dafür zu kritisieren. Letztlich ging es ihr nur darum, dass Miriam glücklich wurde – ob sie dafür einen Haufen Tüll und eine riesengroße Feier brauchte, musste Miriam selbst entscheiden, nicht Rebecca. Sie würde ihr, als gute Freundin, bei allem zur Seite stehen, was sie sich aussuchte.

»Du denkst dran, dass wir nach dem Termin im Brautmodengeschäft noch zum Abendessen verabredet sind, damit du Götz' Trauzeugen kennenlernst, ja? Und nur fürs Protokoll: Meine Eltern zahlen das Brautkleid – und die sind übrigens überall teuer, nicht nur Am Neuen Wall. Außerdem werde ich mir garantiert keins für zehntausend Euro aussuchen«, kommentierte Miriam jetzt mit einem Augenzwinkern.

»Da hast du vermutlich recht, also damit, dass die überall teuer sind, meine ich.«

»Man heiratet nur einmal.« Miriam zuckte die Schultern.

Rebecca grinste. »Im besten Fall, ja.«

Miriam quittierte diesen Spruch mit einem Augenrollen. Sie kam nicht mehr zu einer Antwort, denn die Besitzerin des Pudels trat ein, ein Glöckchen bimmelte über der Tür. »Oh, da ist mein kleiner Schatz ja«, säuselte die ältere Dame und kam näher. Der Pudel wedelte mit dem Schwanz, blieb aber artig bei Miriam auf dem Tisch stehen. Zehn Minuten später sperrte Miriam die Vordertür ab, Rebecca half beim Saubermachen, und dann nahmen sie den Bus in die Innenstadt. Nathalie hatte sich zuvor noch bei Miriam gemeldet, sie käme direkt zum Termin.

REBECCAS HANDY BRUMMTE, gerade als sie das Brautmodengeschäft betreten wollten. Sie guckte aufs Display und sah, dass es jemand von der Bademodenfirma Strawberry war, mit dem sie nicht sprechen wollte. Nicht jetzt zumindest. Im Januar hatte sie es noch hinbiegen können, aber jetzt stand das nächste Shooting bevor, und Rebecca ahnte, dass es wieder zu Problemen kommen würde, wenn sie nicht einlenkte. Über den Einsatz von Photoshop wollte sie jetzt nicht diskutieren. Eigentlich nie. Mit einem Seufzen ließ sie das Smartphone wieder in ihre Tasche gleiten und folgte Miriam hinein. Nathalie kam gerade um die Ecke gebogen, sie war mit dem Rad unterwegs. Sie schloss ihren Drahtesel an einer Laterne fest und kam dann freudig strahlend hinterher. »Moin!«, grüßte Nathalie in die Runde.

Die Verkäuferin stellte sich als Claudia vor, man kam gleich zum Du, vermutlich verkaufte es sich so besser. »Darf es denn ein Sektchen sein?«, wollte sie wissen.

»Unbedingt!«, antwortete Nathalie für alle.

Miriam und Rebecca grinsten. Kurz darauf hatten alle, bis auf Claudia, ein perlendes Getränk im Glas. Rebecca und Nathalie setzten sich in zwei gemütliche Stühle, während Miriam mit Claudia eine Runde durch den Laden drehte. Dabei diskutierten die beiden, was Miriam sich vorstellte, welche Wünsche sie an ihr Brautkleid hätte, ob sie schon wisse, welche Linie der Schnitt haben solle.

Rebecca lehnte sich in dem plüschigen Sessel zurück, nippte an ihrem Schaumwein und war von der weißen Pracht im Raum schier überfordert. Sie hatte sich zuvor kein Bild davon gemacht, wie groß die Auswahl war. Vermutlich würde das ein sehr langer Aufenthalt werden.

Nathalie goss ihnen gleich noch einmal nach. »Wie war dein Tag?«, wollte Rebecca von ihrer Freundin wissen.

»Wortreich«, gab Nathalie mit einem Augenzwinkern zurück, und beide mussten lachen.

»Gibt es was Neues von deinen Eltern?«

»Du meinst, ob sie mir den Geldhahn wieder aufdrehen? Äh, nein. Die Botschaft meines Vaters war deutlich: Du bekommst keine müde Mark mehr von uns – er lebt noch immer im letzten Jahrtausend –, bis du deinen Abschluss an der Uni gemacht hast. Dabei ist ihnen vermutlich mittlerweile sogar egal, ob ich mein Jurastudium noch mal aufnehme oder nicht, ich schätze, sie wären sogar mit einem Pädagogikstudium zufrieden, was ihnen früher schon Schnappatmung versetzt hätte. Aber ich will nicht mehr zurück in öde Vorlesungen und mir den ganzen Stress antun, mir geht's doch gut!«

Rebecca nickte verständnisvoll. »Verstehe. Und, hast du vor, noch mal bei einer Vorlesung aufzutauchen?«

Nathalie zog einen Schmollmund. »Nicht in nächster Zeit, nein.«

Ihre Freundin hatte eine unangenehme Liebschaft hinter sich – mit dem Dekan. Aus anfänglich großer Leidenschaft war am Ende etwas sehr Hässliches geworden. Nathalie war einem unfairen Shitstorm ausgesetzt gewesen, den sie bis heute nicht verdaut hatte. Und seitdem hatte sie keine Vorlesung mehr besucht. Stattdessen kam sie sehr gut mit Telefonsex über die Runden, aber ob sie das auf Dauer glücklich machen würde? Rebecca wusste das nicht. Nathalie sprach nicht gern über ihr Gefühlsleben und wich lieber aus, wenn es denn doch mal auf den Tisch kam. Vielleicht wusste sie selbst noch nicht, was sie in Zukunft machen wollte.

»Du könntest auch die Uni wechseln«, schlug Rebecca vor. »Sonst hast du umsonst studiert ...«

»Ja, oder ich könnte es auch einfach sein lassen. Gerade mag ich es, wie es ist.« Sie prostete Rebecca noch einmal zu.

»Dann ist doch alles gut.« Sie wollte ihrer Freundin nicht auf die Nerven gehen, daher beließ sie es dabei.

Nathalie beugte sich zu Rebecca und redete etwas leiser. »Ich hätte nie gedacht, dass man so leicht Geld verdienen kann. Und telefonieren kann ich, bis ich hundert bin. Das ist anders, als wenn du für Videos vor der Kamera herumhampelst.«

»Videos? Hast du daran schon mal gedacht?« Rebecca riss die Augen auf.

Nathalie sah aus, als hätte sie beinahe ihren Sekt im hohen Bogen ausgespuckt. »Nein, das geht mir dann doch zu weit. Mein Gesicht soll bitte schön anonym bleiben. Die Kerle wissen ja nicht, dass ich, statt mich selbst zu befummeln, beim Telefonieren Fenster putze oder bügele.«

Rebecca lachte. »Stimmt, seit du in dem Gewerbe arbeitest, ist es bei uns in der WG herrlich sauber.«

Nathalie gab ihr einen spielerischen Klaps auf den Oberarm. »Was nicht heißt, dass ihr immer mich alles machen lassen sollt.«

»Tun wir doch gar nicht.« Rebecca guckte unschuldig in die andere Richtung. Tatsächlich war sie ein bisschen faul geworden, was ihren Putzdienst betraf.

Ihre Freundin wollte gerade etwas einwenden, als Miriam mit Claudia, die einen Schwung Kleider über dem Arm trug, zurückkehrte. »Wir haben ein paar gefunden«, verkündete die Verkäuferin. »Miriam, geh doch schon mal vor in die Umkleide, ich bin gleich bei dir.« Sie hängte die Auswahl auf einen rollbaren Kleiderständer.

Rebecca zeigte mit einer Geste, dass sie die Daumen für die Anprobe drückte. »Jetzt heiratet also die Erste von uns. Krass«, murmelte sie.

»Ich hätte nicht gedacht, dass das so viel Arbeit bedeutet. Wieso haben die eigentlich keine Hochzeitsplanerin? So was machen reiche Leute normalerweise doch nicht selbst?«

»Ich habe das Gefühl, dass ihre zukünftige Schwiegermutter ziemlich viele Ideen hat – daher brauchen sie das wohl nicht. Manchmal weiß ich nicht, ob Miriam nicht einfach aus Nettigkeit Ja und Amen zu allem sagt, was die so vorhaben.«

Nathalie kicherte. »Du hast doch wohl nichts dagegen, in die Toskana eingeladen zu werden?«

»Nein, das nicht. So meinte ich es auch nicht, es ist nur ...« Rebecca ruderte hilflos mit den Händen. Sie überlegte, wie sie ihr Bauchgefühl in Worte fassen sollte. »Ach, ich weiß auch nicht. Es sieht Miriam gar nicht ähnlich: so eine pompöse Feier auf einem Weingut, die engsten Freunde und die Familie wird für zwei Wochen eingeladen, es gibt mehrere Aktivitäten von einem Golfturnier bis zu Weinproben ...«

Nathalie winkte ab. »Ich freu mich jedenfalls. Das wird eine geile Zeit!«

Rebecca wünschte, sie könnte das auch so sehen. Vielleicht aber hatte Nathalie ja recht, und ihre Sorgen waren unbegründet. Eigentlich sollte sie sich einfach freuen und eine schöne Reise genießen. So was bekam sie garantiert nie wieder im Leben geboten – jedenfalls nicht gratis. Rebecca trank noch einen Schluck und fasste einen Entschluss: Ab sofort würde sie nichts mehr infrage stellen, was mit Miriams Hochzeit zu tun hatte. Es war Miriams Entscheidung, ihr Leben. Und dass die Familie, in die sie einheiratete, Geld hatte, konnte man Miriam ja wohl nicht ankreiden. Zufrieden, dass sie zu dieser Erkenntnis gelangt war, lehnte Rebecca sich im Stuhl zurück und schlug ihre Beine übereinander. Im gleichen Moment wurden die Vorhänge der Umkleide aufgezogen, und Miriam trat heraus. Sie ging langsam und hob den Saum des Kleides beim Gehen an, um nicht zu stolpern – es war viel zu lang.

Und zu tuffig.

Rebecca machte große Augen. Ein Albtraum in Weiß wandelte vor ihnen. Das Kleid war schulterfrei, aber mit kurzen Ärmeln und unendlich vielen Lagen von Tüll. Obendrauf gab es noch Spitzenapplikationen und glitzernde Steinchen. Dazu hatte es eine irrsinnig lange Schleppe.

Nathalie war ebenfalls sprachlos. Miriam stellte sich vor den Spiegel und betrachtete sich lange und ausgiebig, ehe sie ihre Freundinnen ansah. »Und?«

»Tut mir leid, das geht gar nicht«, platzte Rebecca hervor.

Dann räusperte sie sich. »Ich meine, wenn es dir gefällt? Aber … ich finde, deine Persönlichkeit wird unter dem Kleid begraben, Miriam.«

Ihr wurde ganz heiß. Vielleicht hätte sie ihre Meinung diplomatischer ausdrücken sollen, aber das war nicht gerade ihre Stärke. Sie plapperte drauflos, wie ihr der Mund gewachsen war, was oft danebenging. Jetzt war möglicherweise einer dieser Momente. Rebecca wartete gespannt, dann äußerte sich Nathalie.

»Ich muss Rebecca recht geben, du siehst aus, als hättest du dich verkleidet.«

Miriam wandte sich wieder um und furchte die Stirn. »Ja, vermutlich habt ihr recht. Aber woher soll ich wissen, welches ich nehmen soll?«

Claudia trat neben Miriam und zupfte hier und da herum. »Du wirst es merken, Miriam. Ich hatte hier schon viele Bräute stehen, und wenn du dein Kleid anhast, fühlst du es. Es ist ein Gänsehautmoment, und deine Augen werden funkeln.«

Claudia klang überzeugend, das musste man ihr lassen. Da Rebecca selbst keinerlei Erfahrung in diesen Dingen hatte, hoffte sie, dass die Verkäuferin recht behielt. Und letztlich musste Miriam nicht direkt heute ein Kleid bestellen. Die Hochzeit war ja erst im Juni.

»Sollen wir vielleicht das nächste probieren?«, schlug Claudia vor, und Miriam nickte schüchtern.

Die beiden verschwanden in der Kabine und außer einem Rascheln und leisen Murmeln war nicht viel zu hören. Weil sich Rebeccas Kopf schon ein wenig leicht anfühlte, hielt sie sich beim Sekt zurück. Sie wollte nachher nicht betrunken aus dem Laden stolpern – und wie es aussah, würden sie noch eine ganze Weile hier verbringen.

Das zweite war schon ein wenig besser, aber auch nur, weil Miriam darin nicht aussah wie eine Disney-Prinzessin. Es war eng anliegend und zeigte jede Kurve, grundsätzlich eine gute Idee, fand Rebecca. Aber trotzdem war es noch zu »laut«. Es hatte weite Spitzenärmel, die wie ein Vorhang aussahen. Ein bisschen zumindest. Der Rücken war bis zum Po mit Spitze bedeckt und ansonsten komplett durchsichtig.

Miriam wartete auf das Urteil, sie sah selbst nicht überzeugt aus.

»Erinnert mich an ein Nachthemd«, murmelte Nathalie.

Rebecca verzog ihren Mund. »Nein, es ist hübsch.«

»Aber?«, fragte Miriam.

Rebecca seufzte. »Du strahlst nicht.«

Claudia nickte. »Du musst dich in erster Linie wohlfühlen, Miriam.«

Die Braut seufzte und ließ sich ihr Sektglas reichen, dann ging es weiter. Irgendwann war die Flasche leer, und das siebte und letzte Kleid wurde gerade übergezogen.

»Meinst du, sie findet heute noch etwas?«, flüsterte Nathalie und rülpste unterdrückt.

Rebecca wackelte mit den Augenbrauen. »Vielleicht. Kleid fünf war nicht übel.«

»Ja, wenn es nicht bis zum Bauchnabel ausgeschnitten gewesen wäre ...«

Nathalie kicherte. »Würde mich jetzt nicht stören.«

»Ja, das ist mir klar.« Rebecca hielt sich eine Hand vor den Mund.

Miriam trat aus der Umkleide und kam auf sie zu. Das sah besser aus. Viel besser!

Auf ihren Lippen lag sogar ein leises Lächeln.

Rebecca hielt inne und starrte Miriam an, wie sie auf den Podest stieg und sich im Kreis drehte. War das dieser Moment, von dem Claudia gesprochen hatte? Es war möglich. Auf jeden Fall war dieses das erste Kleid, das Rebecca wirklich an Miriam gefiel.

Es war mehr als das. Miriam sah fantastisch aus, obwohl noch immer viel zu viel Strass und Spitze im Spiel war.

Claudia erklärte die Details. »Dies ist ein Modell aus der neuen Kollektion, es heißt Kayla und ist gerade geschnitten, wie man sieht. Der Stoff fällt ganz wunderbar weich und fließend. Die Leichtigkeit des Chiffongewebes eignet sich perfekt für eine opulente Strandhochzeit – oder eine sommerliche Feier.«

Beim Wort Strandhochzeit funkelten Miriams Augen, und Rebecca wusste jetzt, dass ihre Freundin in genau diesem Kleid ihr Jawort geben würde.

»... der tief ausgeschnittene Rücken lässt deine Schultern ganz wunderbar aussehen, und durch die breiten Träger und das dezente Dekolleté bist du trotzdem gut angezogen«, schloss Claudia ihre Erklärung ab. »Ein Reifrock könnte für mehr Volumen sorgen ...«

Für einige Sekunden sagte niemand etwas, Rebecca hielt die Luft an. Immerhin musste die Braut ihre Meinung noch äußern. Sie nickte sich selbst zu. »Ja, das ist es, glaube ich.«

»Das ist es?«, wiederholte Nathalie hoffnungsvoll.

»Ja«, bestätigte Miriam noch einmal.

Claudia klatschte kurz. »Sehr schön, ich freue mich für dich. Du siehst wirklich ganz bezaubernd darin aus.«

Rebecca atmete leise aus. Erleichtert war sie, ja. Miriam wäre, hätte sie nichts gefunden, sicher geknickt gewesen. Ein

Glück blieb ihr der zusätzliche Druck jetzt erspart, wo sie sich entschieden hatte.

Nachdem Miriam sich einige Minuten betrachtet hatte, passenden Schleier, Reifrock und Schuhe ausgewählt hatte, verabschiedete sich Nathalie. Sie hätte etwas vor.

Rebecca beneidete sie ein wenig um ihren Abgang. Rebecca hatte wenig bis gar keine Lust auf ein Abendessen, bei dem sie noch mehr Hochzeitsthemen durchnehmen würden. Aber sie war nun mal die Trauzeugin und nahm diese Pflicht ernst. Als sie aufstand, merkte sie, dass sie doch ein wenig angetrunken war. Kein Wunder, außer dem Porridge vorhin im Hundesalon hatte sie heute kaum etwas gegessen.

»Wo gehen wir jetzt hin?«, erkundigte sich Rebecca, nachdem Miriam ihre Brautkleid-Bestellung abgeschlossen hatte und sie gemeinsam aus dem Laden traten.

»Hoffentlich klappt das alles, die Verkäuferin meinte, dass ich ganz schön spät dran bin.«

»Spät?«

»Ja, die meisten bestellen ihre Kleider schon im Januar.«

»O Gott. Ehrlich?«

»Ja!«

»Also dann muss man an Weihnachten einen Antrag bekommen, im Januar alles organisieren, um dann im Sommer heiraten zu können. Puh. So einen Stress möchte ich mir nicht machen.« Ups. Vielleicht hätte sie das nicht sagen sollen. Aber es war zu spät, es war raus.

Miriam wirkte nicht beleidigt, aber ein wenig nachdenklich. Dann lächelte sie schief. »Meine Liebe, du hast einfach noch nicht den Richtigen kennengelernt. Warte mal ab, wenn du deinen Mann gefunden hast, wirst du es genauso lieben, den großen Tag zu planen.«

Rebecca konnte sich das nicht vorstellen, aber sie wollte auch nicht mit Miriam diskutieren. Dafür war sie zu hungrig. »Wahrscheinlich«, erwiderte sie daher nur.

Miriam hakte sich bei ihr ein. »Vielleicht gefällt dir ja der Trauzeuge, ich habe mir sagen lassen, dass er Single ist.«

»O nee. Du willst mich doch nicht etwa verkuppeln, oder? Das ist kein Doppeldate, oder so was? Wenn das so ist, gehe ich gleich wieder.«

»He, mach mal halblang. Das ist kein Date – aber ich möchte euch einander vorstellen, immerhin werdet ihr 'ne Menge Zeit miteinander verbringen. Bei der Hochzeit meine ich.«

»Ich dachte, ich müsste nur unterschreiben, und das war's?«, scherzte Rebecca. Tatsächlich hatte sie keine Ahnung, was eine Trauzeugin so alles machte. Außer den Junggesellinnenabschied zu planen, natürlich. Da hatte sie schon eine Idee. Aber sonst?

»Du wieder.« Miriam lachte. »Da vorn ist das Restaurant schon.«

»Der Italiener?«

»Genau.« Es war nicht nur eine einfache Pizzeria, natürlich nicht, schließlich war es Götz, der zum Essen einlud, aber Rebecca würde schon was auf der Karte finden. Beim Essen war sie sehr unkompliziert. Sie liebte es zu schlemmen. Ihre Rundungen kamen ja nicht von ungefähr.

Gut gelaunt trafen sie im Lokal ein, Götz saß bereits an einem der mit rot-weiß karierten Deckchen dekorierten Tische. Es brannten Kerzen, Eros Ramazotti tönte leise aus den Lautsprechern. Es roch nach Knoblauch und Kräutern.

Miriam gab ihrem Verlobten einen Kuss, dann begrüßte Götz sie mit einer Umarmung. »Wie schön, euch zu sehen«, erklärte er gut gelaunt. Er trug ein Poloshirt mit hochgeklapptem Kragen – diese Marotte hatte Rebecca noch nie verstanden – und eine dunkle Jeans. Am Handgelenk funkelte eine teure Uhr. Seine Haare waren leicht zurückgegelt. Man sah Götz auf den ersten Blick an, dass er aus gutem Hause stammte. Wenn Miriam sich nicht in Götz verliebt hätte, würde Rebecca ihn vielleicht nicht mögen. Seit die beiden verlobt waren, hatte Rebecca einige ihrer Vorurteile abgelegt, wenngleich sich andere auch mehr als bestätigt hatten. Zum Beispiel die, dass Götz' Meinung nach Kleider Leute machten – Rebecca mochte die Art nicht, wie Miriams Verlobter schon durch seine Klamotten zum Ausdruck brachte, was er hatte. Andererseits: War sie selbst nicht oberflächlich, wenn sie Götz darauf reduzierte? Anscheinend hatte er daneben sehr viele gute Seiten, sonst hätte sich Miriam nicht in ihn verliebt. »Wie wäre es mit einem Aperitif«, schlug Götz vor, als die beiden sich setzten.

Rebecca wollte ablehnen – sie musste erst einmal etwas essen, bevor sie weitertrank, aber in diesem Moment betrat ein Mann das Restaurant, den sie lieber niemals wiedergesehen hätte.

Obwohl sie dem arroganten Fatzke nur einmal, neulich bei Miriams Geburtstag, begegnet war, hatte sie sein Gesicht nie wieder vergessen. Alles andere auch nicht. Leider. Rebeccas Nackenhaare stellten sich auf. Sie bekam eine Gänsehaut.

Heute trug der Typ einen dunklen Dufflecoat zu einer grauen Hose. Vermutlich aus Schurwolle. An den Füßen hatte er braune Lederschuhe, dem Schnitt nach zu urteilen, könnten sie aus einer italienischen Manufaktur stammen. Geschmack hatte der Kerl, egal wie doof er auch sein mochte. Rebecca wollte sich abwenden, damit sie seinem Blick nicht begegnen musste – wobei er sich vermutlich sowieso nicht an sie erinnerte. Dann begriff sie, dass sein Auftauchen in diesem Restaurant kein Zufall war, und starrte ihn weiter an. Götz stand in derselben Sekunde auf und winkte den Neuankömmling zu ihnen herüber.

»Scheiße«, murmelte Rebecca viel zu laut.

»Was ist?«, wollte Miriam wissen.

Hitze flammte in Rebeccas Wangen auf. »Äh, nichts.«

Miriam schenkte ihr einen zweifelnden Augenaufschlag, aber ging nicht weiter darauf ein, weil der leider viel zu gut aussehende Mistkerl gerade zu ihnen an den Tisch trat. Miriam gab ihm ein Küsschen hier und da.

»Schön, dass du da bist«, frohlockte sie.

Rebecca wollte sich am liebsten übergeben.

»Es ist wunderbar, dich zu sehen, Miriam. Du siehst großartig aus.«

Sein Kompliment klang ehrlich, beinahe schon nett. Nicht schmierig.

Rebecca wappnete sich für die Begegnung. Sie atmete tief durch und stand dann auf. Sie lächelte nicht, sondern legte alle Verachtung, die sie aufbringen konnte, in ihren Blick.

Götz übernahm das Bekanntmachen. »Rebecca, darf ich dir Vinzent Voss vorstellen? Mein bester Freund und Trauzeuge. Vinzent, das ist Rebecca Höfner, Miriams Trauzeugin.«

Voss. Der Name sagte Rebecca etwas. Doch nicht etwa Voss wie die Modemarke?

Sie furchte die Stirn, dann nickte sie dem arroganten

Arsch knapp zu. Ein »Freut mich« brachte sie nicht über die Lippen.

Die erste Begegnung mit diesem Herrn war nicht Liebe, sondern Hass auf den ersten Blick gewesen. Oder auf den ersten Satz. Aber nun kapierte sie zumindest besser, wo der Spruch herkam: Size Zero muss es sein.

Ihr Herz klopfte schneller. Erst jetzt bemerkte sie, dass auch er nicht erfreut schien, sie zu sehen. Seine Lippen waren schmal geworden.

»Rebecca«, sagte er kühl, und seine dunkle Stimme löste eine neuerliche Gänsehaut bei ihr aus.

Aus Unbehagen!

Mein Gott. Warum musste gerade der ätzendste Kerl des Planeten Götz' Trauzeuge sein?

Niemand sagte ein Wort. Die Spannung war förmlich greifbar. Rebecca atmete schneller, so unangenehm war ihr dieser Kerl.

»Äh, ja. Wie wäre es mit einem Aperitif?«, brach Götz das unangenehme Schweigen. Okay, den anderen war also auch aufgefallen, dass Vinzent ein Idiot war. Fragte sich nur, warum die beiden Männer miteinander befreundet waren.

»Unbedingt«, stieß Rebecca hervor.

Sie spürte Miriams fragenden Blick auf sich, ging aber nicht darauf ein und hielt lieber die Klappe – das war für alle das Beste. Über Vinzent Voss gab es nämlich nichts Gutes zu erzählen. Kein einziges Wort!

Alle nahmen Platz und Götz bestellte vier Gläser Kir Royal – zum Anstoßen. Eben hatte Rebecca noch gedacht, dass sie lieber nichts mehr trinken wollte, jetzt war sie froh, dass ihr bald Nachschub serviert wurde. Nur mit richtig viel Alkohol würde dieser Kerl auszuhalten sein. Vermutlich würde er jeden Bissen, den sie zu sich nahm, mit einem strengen Blick kommentieren à la: Iss lieber weniger, du dicke Nudel. Oder schlimmer noch, er würde ihr erklären, dass er seit Jahren auf Kohlenhydrate verzichtete und dass sie das auch mal versuchen solle. Er lebte bestimmt asketisch und nach strengen Regeln. Oder er war einer von den Männern, die einfach natürlich gut gebaut waren.

Würg.

Sie zwang sich, gerade zu sitzen und zu lächeln. Schließlich war sie ein Model, sie war es gewohnt, auf Knopfdruck fröhlich auszusehen.

»Vielleicht seid ihr euch auf der Geburtstagsparty ja schon mal begegnet?«, erkundigte Miriam sich. »Vinzent war auch da.«

Rebecca öffnete den Mund und wollte etwas erwidern, als Vinzent ihr schon zuvorkam. Er blickte so unterkühlt auf sie herab, dass Rebecca fröstelte. »Ich kann mich nicht erinnern.«

Bäm.

Eine Ohrfeige hätte nicht effektiver sein können.

Er erinnerte sich nicht?

Das war ja wohl die Höhe.

Rebecca atmete geräuschvoll ein, dann öffnete sie ihre Lippen. Und schloss sie sogleich wieder.

Heilige Mutter Maria – dabei war sie nicht mal gläubig –, um ein Haar hätte sie Vinzent höchstpersönlich daran erinnert, dass sie quasi nackt vor ihm gestanden und ihn daraufhin als Spanner beschimpft hatte.

War es möglich, dass er ihre Begegnung, oder gleich zwei an diesem Abend, vergessen hatte? Dass er sie vergessen hatte?

Nun, wieso sollte er lügen? Dafür gab es keinen einzigen Grund.

Also erinnerte er sich wirklich nicht. Rebecca wusste nicht, wie sie darauf reagieren sollte. Sie fühlte sich persönlich beleidigt, obwohl er das vermutlich nicht beabsichtigt hatte. Wie auch, wenn er nicht wusste, wer sie war. Das war ihr noch nie passiert. Bis jetzt hatte sie sich für unverwechselbar gehalten.

Rebecca betrachtete Vinzent, er breitete gerade seelenruhig seine Serviette über seinem Schoß aus. Der Ausdruck auf seinen Zügen war beinahe schon gelangweilt. Mist. Er sah trotzdem noch höllisch attraktiv aus. Seine Wangenknochen waren wie gemeißelt, lediglich seine Nase hatte einen winzigen Makel. Ein kleiner Höcker zeichnete sich darauf ab.

Aber selbst das störte nicht das Gesamtbild, eher im Gegenteil. Durch diese minikleine Unebenheit wirkte er nur noch interessanter.

Nein, nicht interessant. Ansehnlich. Charismatisch. Ja, er war ein echter Hingucker, aber das war es dann auch schon. Er gehörte definitiv in die Kategorie außen hui, innen pfui. Von seinem Aussehen durfte sie sich nicht blenden lassen, sonst war sie selbst nicht mehr als eine oberflächliche Person.

Gut, dass sie sich noch einmal daran erinnerte, ehe sie sich von seiner Optik blenden ließ.

»Ja, schade, dass wir uns nicht schon früher getroffen haben«, flötete Rebecca zuckersüß und ließ ihre Serviette so heftig durch die Luft sausen, ehe sie sie auf ihrem Schoß ausbreitete, dass ein lautes Zischen erklang. Miriam zuckte zusammen.

Ha. Nimm das!, dachte Rebecca und hielt ihren Rücken kerzengerade wie eine Königin auf ihrem Thron.

Etwas blitzte in Vinzents Augen auf, während er Rebecca ausgiebig musterte, dann schaute er weg. Vielleicht hatte sie sich getäuscht und da war gar nichts gewesen. Was da auch immer oder eben nicht gewesen sein mochte, in seinem Fall war ignorieren auf jeden Fall die beste Variante.

Wann kam endlich dieser blöde Drink? Sie schaute sich sehnsüchtig nach der Kellnerin um, aber konnte sie nirgends entdecken.

»Rebecca?«, sprach Miriam sie an.

Oh. Verflucht. Hatte jemand etwas zu ihr gesagt? Rebecca wurde heiß. Ihre Wangen brannten schon wieder. Gut, dass das Licht hier drin eher schummerig war. Sie wollte sich Luft zufächeln, aber ließ es sein. Die anderen mussten ja nicht erfahren, wie unwohl sie sich in Gegenwart dieses Typen fühlte. »Wie bitte?« Ihre Stimme klang deutlich zu hoch, schrill geradezu. Rebecca atmete ganz langsam ein und wieder aus, um sich ein wenig zu beruhigen. Sie stand dermaßen unter Strom, so kannte sie sich gar nicht.

»Götz hat eben gefragt, ob du schon mal für die Modemarke Voss gearbeitet hast.«

Beinahe hätte Rebecca gelacht. »Oh, nein«, erwiderte sie mit einem süßlichen Grinsen. »Für Voss habe ich bislang nie gemodelt. Das ist nicht ganz mein Stil, muss ich gestehen.«

Ha! Lüge. Sie produzierten exklusive Kleidung, aber das Image war tatsächlich ein wenig verstaubt, und für kurvige Frauen war auch nicht viel im Programm. Weil sie nicht beleidigend werden wollte – immerhin ging es bei dem Essen nicht um sie, sondern um Miriams Glück hielt sie die Klappe, obwohl sie zu dem Thema Magermodels ansonsten eine ganze Menge zu sagen hätte.

»Rebecca arbeitet als Curvy Model, sie ist sehr gefragt«, erklärte Miriam gerade.

Vinzent sagte nichts dazu. Das war vermutlich das Beste. Immerhin besaß er so viel Taktgefühl, seinen Size-Zero-Quatsch heute mal für sich zu behalten, dachte Rebecca genervt. Ätzender Charakter.

Endlich kamen die Getränke.

Rebecca unterdrückte ein gequältes Stöhnen. Sie wünschte, sie könnte den Drink in einem Zug herunterstürzen, aber das wäre doch ein wenig zu auffällig. Außerdem wäre sie danach ernsthaft betrunken, und in diesem Zustand könnte sie für nichts mehr garantieren. Also lieber vorsichtig nippen und hoffen, dass sich ihre Nerven auch so beruhigten und sie dem Kerl nicht die Augen auskratzte.

»Auf das Brautpaar.« Sie stießen gemeinsam an, dabei guckten sich alle kurz an. Als sie Vinzents Blick begegnete, wandte sie sich sofort wieder ab. Irgendwie hatte sie das Gefühl, dass dieser Typ in ihr lesen konnte wie in einer Tageszeitung.

Rebecca nahm einen großen Schluck. Sie machte den Fehler, ihn anzuglotzen, kein zweites Mal, aber spürte, dass er sie unverhohlen beobachtete.

Ignorieren, erinnerte sie sich. Bevor sie ausfallend wurde und ihm doch noch die Meinung geigte. Oder ihm an die Gurgel sprang.

Ihn wie Luft zu behandeln, klappte nach und nach immer besser. Es war klug, dass sie nur noch mit Götz oder Miriam redete. Vinzent selbst sprach sie ebenfalls nicht an. Also alles paletti.

Trotzdem saß Rebecca wie auf Kohlen, es wurde ein ganz unangenehmer Abend. Das schlug ihr sogar auf den Appetit.

Von ihrem Carpaccio hatte sie gerade mal die Hälfte geschafft, und das Meeresfrüchterisotto zum Hauptgang hatte sie kaum angerührt. So eine Verschwendung!

Beim Dessert konnte sie sich zum Glück wieder so weit entspannen, dass sie ihr Tiramisu genießen konnte.

Rebecca schob sich gerade einen vollen Löffel in den Mund, als sie Vinzents Blick auffing. Selten hatte sie jemand mit so viel Ablehnung angesehen wie er. Beinahe hätte sie sich verschluckt, sie wich ihm dieses Mal jedoch nicht aus. Er konnte sie mal kreuzweise. Zum Glück musste sie im normalen Leben mit einem wie ihm nichts zu tun haben. Die paarmal, die sie sich bis zur Hochzeit begegnen würden, konnte sie überleben. Hoffentlich.

»Du hast da was«, wies Vinzent sie jetzt mit einer Geste auf etwas in ihrem Gesicht hin. Ein Mundwinkel zuckte verräterisch.

Rebecca blinzelte mehrfach. »Wie bitte?«

Mit seinem Zeigefinger wischte er sich über die Lippe, um ihr mitzuteilen, dass sie vermutlich Nachtisch im Gesicht kleben hatte. Aus seinen Augen schlug ihr der blanke Hohn entgegen. Oder zumindest interpretierte sie es so.

Rebecca straffte ihren Rücken, legte den Löffel beiseite und tupfte sich das Tiramisu mit der Serviette ab.

Sie war bedient. Mit einem leisen Ausatmen beendete sie auch den Nachtisch, ohne alles aufgegessen zu haben. Gott, wenn sie häufiger mit dem Kerl zu tun hätte, würde sie noch ihren Job aufgeben müssen – denn dann würden bedauerlicherweise alle ihre hübschen Kurven dahinschmelzen. Mit so einem Mann musste einem ja der Appetit vergehen. Sei's drum. Sie schaute Vinzent an und lächelte. Ihr Tonfall klang jedoch alles andere als lieblich. »Danke für den Tipp, wir Dicken essen ja gern mal wie Schweine.«

Jetzt war es doch passiert. Mist, verdammter. Sie hatte es so lange geschafft, ihn nicht zu provozieren.

Miriam hatte ihre Augen weit aufgerissen, Götz grinste. Er kannte Rebeccas Temperament mittlerweile. Das war ein Pluspunkt, den sie Miriams Verlobtem zugestehen musste, so schnöselig er auch aussehen mochte, so locker konnte er im Umgang sein.

»Er hat das sicher nicht so gemeint«, versuchte Miriam zu schlichten, ehe die Situation eskalierte und ihre Freundin dem Kerl die Augen auskratzte. Miriams Sorgen waren mehr als berechtigt.

Rebecca hob herausfordernd das Kinn. Sie war bereit für den Kampf. Sie freute sich sogar darauf. Ein Ton seinerseits, und sie würde endlich all das aussprechen, was ihr schon länger auf der Zunge lag. Und noch viel mehr.

Vinzent lehnte sich überraschenderweise ganz entspannt zurück und trank einen Schluck Wasser. Damit machte er sie noch rasender. »Wie kommst du nur darauf, Becks?«

Becks? Rebecca holte zittrig Luft und hob beide Brauen. Erinnerte sie ihn etwa an eine Bierflasche?!

Rebeccas Puls lag schon wieder weit über der gesunden Grenze. »Wie ich darauf komme?«, wiederholte sie lakonisch und atmete bewusst langsam ein und wieder aus. Vermutlich waren ihre Nasenlöcher riesengroß.

Er nickte. »Ich habe doch mit keinem Wort angedeutet, dass du nicht ordentlich essen kannst. Also warum bist du so gereizt? Das würde ich schon gerne wissen. Ich wollte nur nett sein.«

Da war es wieder, dieses süffisante Grinsen, das sie ihm

zu gern aus dem hübschen Gesicht gewischt hätte. Er wusste genau, was er tat. Und das machte es umso schlimmer.

Ruhig, Brauner, sagte sie sich. Noch einmal ein- und wieder ausatmen. Dann hatte sie sich im Griff. Ein Glück. Rebecca hatte nämlich gar keine Lust, für Mord eingebuchtet zu werden.

Sie wusste auch nicht, warum sie auf alles, was von Vinzent kam, so dermaßen empfindlich reagierte. Rebecca hasste ihn dafür umso mehr, denn jetzt stand sie wie eine Oberzicke da. Ja, von außen betrachtet sah es so aus, aber die anderen kannten ja nicht die ganze Vorgeschichte. Wenn sie die jetzt auspackte, müsste sie aber zugeben, dass sie sich doch an ihre erste Begegnung erinnerte. Und schlimmer, sie müsste erklären, dass er sie mit seinem Size-Zero-Gelaber verletzt hatte. Und das wollte sie nicht. Lieber stand sie wie die schlecht gelaunte Kuh da, für die sie die anderen jetzt hielten. Sogar Miriam runzelte die Stirn.

Rebecca riss sich zusammen. Hier ging es nicht um sie, rief sie sich ins Gedächtnis. Und dass Vinzent diese Runde gewonnen hatte, würde sie ihm später heimzahlen. Irgendwann, wenn er nicht damit rechnete.

Rebecca schüttelte bedauernd den Kopf. »Entschuldigt, ihr habt natürlich recht.« Dabei starrte sie ihrem Feind direkt ins Gesicht. Wenn Blicke töten könnten, würde er jetzt sterben. Langsam und qualvoll. Sie würde ihm seine hübschen Eingeweide rausreißen – es bestand kein Zweifel daran, dass auch die hübsch sein mussten. An ihm war alles schön – außer seinem Charakter. Dass er ein arrogantes Arschloch war, drückte er mit seiner Körperhaltung, seinem dämlichen Grinsen und auch seinem spöttischen Blick aus. Er wusste, dass er gewonnen hatte.

Aber das war nur ein Punkt. Erst der Anfang.

Rebecca würde sich revanchieren, sie wusste bloß noch nicht wie.

Sie hob ihr Glas und hielt es in seine Richtung. »Auf eine gute Freundschaft«, frohlockte sie.

Vinzent wirkte überrascht, nur für einen Augenblick, dann begriff er, dass sie es nicht so meinte, und seine Brauen zogen sich finster zusammen. »Zum Wohl.«

Puh, dachte sie. Hoffentlich ist dieser Abend bald zu Ende.

GOTTLOB DAUERTE es nicht mehr allzu lange, bis Götz die Rechnung forderte. Er müsse morgen früh raus, wie sie alle, erklärte er, während er den Kellner an den Tisch heranrief. Vermutlich hatte Götz einfach die Reißleine gezogen, weil er gemerkt hatte, wie kurz die Zündschnur bei Rebecca geworden war. Am Ende musste sie womöglich Miriams Verlobtem danken, dass sie nicht wegen Mordes hinter Gittern landete.

Bei der Verabschiedung, sie hatten das Restaurant verlassen und standen jetzt draußen auf dem Vorplatz, legte Vinzent den Arm um Rebeccas Schulter. Dabei beugte er sich vor und raunte ihr ins Ohr. »Gute Nacht, Becks.«

Dann trat er zurück, und Rebecca musste feststellen, dass ihre Knie weich geworden waren. Sein heißer Atem hatte direkte Impulse in ihren Unterleib gesandt.

Teufel noch mal. Das konnte ja wohl nicht wahr sein!

Sie schluckte und holte tief Luft, ehe sie ihm ganz langsam erklärte: »Mein Name ist Rebecca.«

Das Arschloch grinste breit. »Ich weiß, Becks.«

Dann hob Vinzent die Hand zum Gruß und winkte noch

einmal, ehe er sich umdrehte und lässig davonschlenderte. Wie ein Gewinner. Wie ein griechischer Gott.

Rebecca ballte ihre Hände zu Fäusten. »Warum nennt er mich dann Becks, wenn er weiß, wie ich heiße?«

Miriam trat neben sie. Ihr Atem hinterließ kleine weiße Wölkchen in der kühlen Frühlingsluft. »Der scheint dir ja ganz schön unter die Haut zu gehen.«

Rebecca schnaubte. »Ja, und wie. Es ist Hass auf den ersten Blick. Ehrlicher, tiefgründiger Hass.«

Miriam guckte sie stumm an. Dann lachte sie.

Ja, lach du nur, dachte Rebecca. Ihre Freundin glaubte, sie machte Witze. Mitnichten. Mitnichten!

DREI

Vinzent saß im Eckbüro seines Vaters am Jungfernstieg. Der Blick auf die Alster war von diesem Zimmer aus fantastisch. Die Sonne glitzerte auf der Wasseroberfläche; sogar von hier oben konnte er die vielen Leute entdecken, die das herrliche Juniwetter genossen. Leider war er selbst nicht so gut gelaunt wie die Menschen da draußen. Das hatte jedoch nichts mit den warmen Temperaturen am Monatsanfang zu tun, sondern mit den Entwicklungen der letzten zwei Stunden in diesem Raum. Er hatte seinem Vater das Konzept für eine neue Modelinie im Hause Voss präsentiert. Vinzent hatte Monate an Arbeit investiert, sogar Herzblut. Er war so stolz auf seinen Fünf-Jahres-Businessplan gewesen und sicher, dass er mit seinen Vorschlägen den Nerv der Zeit traf, aber Klaas Voss hatte seine Ideen gnadenlos abgeschmettert.

Vinzent war fassungslos. Er zitterte innerlich vor Wut.

Sein Vater stellte seine Kaffeetasse geräuschvoll auf die Untertasse zurück. »Manchmal frage ich mich, was ich bei deiner Erziehung falsch gemacht habe. Wir haben eine Firmentradition, und ich war der Meinung, dass ich dir das vermittelt hätte – aber offenbar habe ich mich getäuscht. Wofür all das Geld für teure Unis, wenn du doch mit utopischem Quatsch ankommst? Kannst du nicht rechnen?«

Vinzent rührte sich nicht. Er musste das Gesagte verdauen und sich beherrschen, um nicht laut loszubrüllen.

»Stanford und Yale sind auch nicht mehr das, was sie mal waren«, fuhr Klaas Voss schneidend fort.

In Vinzents Magen hatte sich ein dicker Knoten gebildet, sein Hals wurde mit jeder Sekunde enger. Was kam als Nächstes? Schmiss er ihn raus?

Nun, vielleicht sollte er selbst gehen. Aber nicht heute.

Vinzent hatte sich eine Sache zum Grundsatz gemacht. Er traf keine überhitzten Entscheidungen, sondern schlief mindestens einmal darüber. So würde er es auch mit einer Kündigung halten. Trotzdem erhob er sich, ehe er doch noch ausfallend wurde. Das mit der Beherrschung hatte er gelernt, es war ein langer und mühsamer Weg gewesen. Die Menschen bekamen heute jedoch nur noch sehr selten mit, was wirklich in ihm vorging, und das war gut so. Einzig auf diese Weise konnte er sich selbst schützen. »Es ist bedauerlich, dass du das so siehst, Vater«, erwiderte er gefasst. Kalt.

Damit verließ Vinzent das Büro und kurz darauf auch den Hauptsitz der Firma im Herzen von Hamburg.

Er fuhr schlecht gelaunt nach Hause, zog sich etwas Legeres an und klapperte dann die umliegenden Supermärkte ab, wie er es jeden Dienstag tat. Im Anschluss daran fuhr er weiter zur Tafel. Er parkte sein Elektroauto in zweiter Reihe, öffnete den Kofferraum und fing an, die Lebensmittel hineinzubringen. Als er gerade die zweite Ladung in seinen Armen balancierte, fuhr ihn beinahe jemand mit dem Fahrrad über den Haufen. Der Radler erwischte ihn zum Glück nur an der Schulter. Vinzent konnte das Gleichgewicht gerade so halten, ohne zu stürzen. Die oberste Kiste schwankte, und es kullerten einige Orangen über den Weg. Er setzte zu einem derben Fluch an, als er sah, wer auf dem Drahtesel saß beziehungsweise jetzt danebenstand, und verstummte augenblicklich.

Diese Frau!

Rebecca hatte angehalten und gestikulierte wild. »Musst du mir in den Weg rennen?«, schimpfte sie. »Das war knapp!« Sie trug ein geblümtes Kleid, das ärmellos war und ihr bis zu den Knien ging, die gewellten, in der Abendsonne glänzenden Haare umrahmten ihr herzförmiges Gesicht. Dass eine so hübsche Frau so ätzend sein musste, war geradezu tragisch. Und dann hatte auch sein Gehirn verarbeitet, was sie ihm hier gerade vorwarf.

Er sollte ihr in den Weg gelaufen sein? Das war das Absurdeste, was er heute gehört hatte. Nun, nicht ganz. Aber es setzte diesem miesen Tag die Krone auf. Vinzents Kiefer mahlten.

Vinzent hatte noch immer nicht kapiert, warum Rebecca ihn nicht leiden konnte, und er wollte es auch jetzt nicht erfahren. Schließlich musste er nicht jedermanns oder jederfraus Darling sein. Trotzdem platzte ihm der Kragen, zu viel war zu viel. »Du spinnst doch«, knurrte er und ging in die Hocke, um die Orangen aufzusammeln. »Totaler Irrsinn.«

»Was machst du da?«, hörte er sie fragen, während sie mit ihrem Drahtesel näher kam.

Vinzent seufzte. »Ich sammele Orangen auf.«

»Ja, das sehe ich.« Sie stellte ihr Fahrrad ab, dann trat sie zu ihm. Ihr Parfum stieg ihm in die Nase, während sie sich herabbeugte. Sie griffen im gleichen Moment nach einer Frucht, seine Fingerspitzen berührten ihre. Vinzent zuckte zusammen, Rebecca musste es auch gespürt haben, denn sie stieß ein leises Zischen aus.

Er hasste diese verdammte statische Aufladung. Musste an seinen Schuhen liegen – oder an ihrer gereizten Energie. Der Gedanke ließ ihn schmunzeln, er behielt es für sich. Mit der Zicke wollte er sich nicht schon wieder anlegen, und für heute war sein Bedarf an Konfrontationen mehr als gedeckt.

Wortlos sammelten sie das übrige Obst auf, dann schnappte er sich seine Kisten und ging weiter.

»Was machst du eigentlich hier?«, wiederholte sie ihre Frage, und er hielt inne.

Vinzent drehte sich zu ihr um. »Wonach sieht es denn aus?« Eine Augenbraue wanderte in die Höhe.

»Es sieht so aus, als ob du Lebensmittel zur Tafel bringen würdest.« Sie wirkte überrascht, als könnte sie sich unter keinen Umständen vorstellen, dass er etwas für Bedürftige tat.

Vinzent ärgerte sich maßlos, dass diese Frau so überheblich war. Es war unerträglich. Was war so schwer daran, zu glauben, dass er sich hin und wieder für andere einsetzte? Dieses Weib wollte einzig das sehen, was sie sich einbildete. Und anscheinend war sie davon überzeugt, dass er ein reicher Schnösel war, der nur an sich und seinen Geldbeutel dachte. Nun, ihm sollte es egal sein, deshalb goss er Öl ins Feuer. »Ja, das mache ich auch. Hatte eben einen Fototermin, du weißt schon, gute Presse ist wichtig für unser Unternehmen.«

Rebeccas Augen wurden groß. Dann nickte sie langsam. »Verstehe. Ist klar.«

Dass sie das so einfach hinnahm, bewies nur, wie selbstherrlich sie bereits über ihn und sein Leben geurteilt hatte, ohne dass sie ihn näher kannte. Er hatte nie eine Chance gehabt. Das hatte Vinzent schon oft erlebt, und er hatte keine Lust, jemandem zu erklären, dass er oder sie falschlag. Wenn Rebecca glauben wollte, dass er ein arroganter Idiot war, dann, bitte schön, er würde nicht versuchen, sie vom Gegenteil zu überzeugen. »Wenn du mich jetzt entschuldigen würdest, Becks, ich habe zu tun. Will ja nicht meinen ganzen Abend hier verplempern. Wir sehen uns dann in Italien. Morgen geht es ja schon los.«

Damit marschierte er ins Gebäude der Tafel und schaute sich nicht mehr nach ihr um. Er hatte allerdings ihr empörtes Schnauben gehört. Blöde Kuh.

Gott sei Dank hatte er sonst nicht viel mit ihr zu tun. Er musste sie nur noch einmal wiedersehen, bei Götz' Hochzeit und an den Tagen, die sie vorher gemeinsam auf diesem Weingut verbringen mussten. Das würde er irgendwie aushalten und ihr unbedingt aus dem Weg gehen. Leider konnte er sich nicht nur wegen Rebecca überhaupt nicht auf den Trip nach Italien freuen. Obwohl Vinzent gerade mehr als urlaubsreif war. Das ging aber weder Rebecca noch sonst jemanden etwas an.

Die Zeit in der Toskana würde er zu nutzen wissen, um sich über seine berufliche Zukunft klar zu werden. Wie sollte es mit ihm im Unternehmen weitergehen? Würde er überhaupt auf die Dauer mit seinem Vater zurechtkommen? Der Tapetenwechsel war also doch irgendwie willkommen. Hier in Hamburg hatte er nicht den nötigen Abstand zum Geschäft – und zu seinen Eltern. Und den brauchte er, um eine Entscheidung treffen zu können.

REBECCA SAß im Taxi zum Flughafen und schaute nervös auf die Uhr, zum Glück war Samstag und nicht viel los auf Hamburgs Straßen. Aber ob ihr das was nützte? Sie war leider viel zu spät dran, hoffentlich erreichte sie ihr Ziel überhaupt noch rechtzeitig, ehe der Check-in-Schalter schloss.

Miriam würde sie einen Kopf kürzer machen, wenn sie heute nicht ankam. Die Gäste waren bereits gestern geflogen. Aber Rebecca hatte noch einen wichtigen Fototermin mit einer neuen Modemarke, die nachhaltige Kleidung fair produzierte, wahrgenommen. Miriam hatte das verstanden, aber sie würde nicht mehr so nachsichtig sein, wenn Rebecca jetzt auch noch den Flieger verpasste. Immerhin war sie die Trauzeugin, und es gab einiges zu organisieren. Den Junggesellinnenabschied zum Beispiel. Eigentlich hatte Rebecca in Hamburg feiern wollen, aber es war unmöglich gewesen, die Termine der Freundinnen unter einen Hut zu bringen. Deswegen hatte Rebecca beschlossen, das Ganze in Italien stattfinden zu lassen. Wo genau, das würde sie dann vor Ort herausfinden. Sie zog ihre Reiseunterlagen aus der Handtasche und guckte sich noch einmal die Details an. Zuerst der Flug: Hamburg – Florenz, und von dort würde sie von einem Chauffeur abgeholt und in das kleine mittelalterliche Dörfchen Cortona gebracht werden, wo das Hotel mit Weingut lag. Es war alles arrangiert. Feiern musste dort ja auch möglich sein, Florenz hatte garantiert ein Nachtleben, das sich sehen lassen konnte. Bei all den Touristen, die dort umherwandelten, war für die Freundinnen bestimmt auch was dabei.

Und dann war da ja noch das Nebenprogramm – das

komischerweise vor der Hochzeit geplant war. Rebecca hatte aufgehört, nach dem Warum zu fragen. Dass das Probeessen und die Weinprobe vor der Hochzeit abgehalten werden mussten, leuchtete ihr ja noch ein, aber der Rest? Egal. War ja nicht ihre Feier, und sie würde sich ab sofort nur auf das Positive konzentrieren.

Rebecca hatte Bilder des alten Weinguts im Internet gesehen, von dem ein Teil vor einigen Jahren zu einem Fünf-Sterne-Resort umgestaltet worden war. Die Anlage bestand aus mehreren urigen Gebäuden, es lag umrahmt von Olivenhainen und Weinbergen, und es gab sogar einen Pool mit spektakulärer Aussicht ...

Das war Luxus pur und alles todschick, aber gleichzeitig mit einem so wundervollen mittelalterlichen Charme, dass Rebecca sich mittlerweile richtig darauf freute, mal rauszukommen. Endlich verstand sie Miriam. Jeder würde so heiraten wollen. Rebecca grinste.

Na ja, vielleicht nicht jeder. Aber sie hatte kapiert, warum ihre Freundin das ganze Trara mitmachte, und wegen der Finanzen musste Miriam sich zum Glück keine Sorgen machen.

Rebecca schloss kurz die Augen und träumte sich schon einmal in den Urlaub.

»... der Vulkan ... Probleme ... Island ... Asche ...«, hörte sie den Nachrichtensprecher aus dem viel zu leisen Radio.

»Entschuldigung, können Sie kurz lauter machen?«, bat Rebecca den Taxifahrer.

»Was?« Der weißhaarige Mann reagierte nicht sofort.

»Radio! Lauter«, wiederholte sie. »Bitte.«

»Ja, klar.« Er drehte am Knopf, sodass Rebecca endlich gut verstehen konnte, was gesagt wurde.

»... und jetzt kommen wir zum Wetter.«

Rebecca verdrehte die Augen. Na toll. Jetzt hatte sie es verpasst. Aber egal, auf Island brachen ja dauernd Vulkane aus. Faszinierend, da wollte sie auch mal hin. Sie schmunzelte in sich hinein. Heute würde nichts, gar nichts ihre Laune trüben können.

Im Flieger würde sie sich vielleicht ein Sektchen genehmigen, um auf den bevorstehenden Urlaub mit sich selbst anzustoßen, und schon am Nachmittag würde sie eine Runde im Pool drehen. Herrlich.

Zehn Minuten später zahlte Rebecca die Fahrt und schob ihren Koffer in das Flughafengebäude. Es war eine Menge los, anscheinend war sie nicht die Einzige, die verreisen wollte. Sie taperte zum Check-in der Airline und wunderte sich, dass es überall zuging wie in einem Bienenstock. Oder so ähnlich. Von Ordnung keine Spur. Ungewöhnlich, normalerweise reihten sich die Deutschen doch sehr gern in ellenlange Schlangen ein. Sie furchte die Stirn.

»Was ist denn hier los?«, murmelte sie vor sich hin.

»Stillstand«, sagte jemand neben ihr.

O Gott. Diese sonore Stimme kannte sie. Ein Schauder lief ihr über den Rücken, aber kein wohliger, sondern einer des Grauens.

Bitte nicht, betete sie stumm und schloss die Augen.

Als sie sie nach einem Atemzug wieder öffnete, schaute sie direkt in Vinzents arrogantes Gesicht.

Es sollte verboten sein, so gut auszusehen. Sein Teint war leicht gebräunt, er trug ein hellblaues Shirt zu einer cremefarbenen Leinenhose. Seine nackten Füße steckten in braunen Bootsschuhen. Der Mann könnte in jedem Magazin Werbung für seine eigenen Klamotten machen. Die Kampagne würde sicher ein voller Erfolg werden.

Ups. Hatte sie gerade geseufzt?

Hoffentlich nicht.

Kurz musste sie sich daran erinnern, dass sie ihn nicht leiden konnte. Das konnte man bei den hinreißenden Gesichtszügen schon mal vergessen. »Was machst du hier?«, brach es aus ihr hervor.

Er lächelte süffisant. »Ich wollte in die Toskana fliegen, und du?«

Sie verkniff sich ein sarkastisches Grinsen und nahm sich vor, nett zu bleiben, egal, was passierte. »Ja, das dachte ich mir, aber warum heute? Die anderen sind doch bereits gestern geflogen.« Sie erinnerte sich an den Zusammenstoß vor der Tafel, da hätte sie ja schon Lunte riechen können. Aber die Begegnung mit Vinzent hatte sie zu sehr aufgeregt, um eins und eins zusammenzählen zu können. Vielleicht war es auch besser so, sonst hätte sie die ganze letzte Nacht kein Auge zugetan, weil sie gewusst hätte, dass sie mit dem Idioten im gleichen Flieger sitzen musste.

»Hatte noch zu tun. Was dagegen?«, riss er sie aus ihren finsteren Überlegungen.

Rebecca zuckte betont lässig mit den Schultern. »Nö, du kannst tun und lassen, was du möchtest. Ich werde jedoch zusehen, dass ich nicht in deiner Nähe sitzen muss. Das werden die Damen der Fluglinie beim Einchecken hoffentlich schaffen. Je weiter weg, desto besser.«

Vinzent schaute sie stumm an, dann hob er eine Augenbraue. Ganz langsam. Es kam ihr vor, als ob sie seine Gedanken hören konnte. Ist sie total irre?

»Das möchte ich sehen.« Er verschränkte die Arme vor seiner breiten Brust und grinste spöttisch.

»Was meinst du? Bestehst du etwa darauf, neben mir zu sitzen?« Ihre Stimme klang viel zu hoch.

Auf einmal geschah etwas sehr Merkwürdiges, er fing an zu lachen. Es kam tief aus dem Bauch heraus. Rebecca blinzelte irritiert. Was bildete der Typ sich eigentlich ein? »Was ist daran bitte schön so witzig?«

»Ich möchte sehen, dass du in dieses Flugzeug kommst.«

»Mein Gott«, stöhnte sie und schüttelte den Kopf. Vinzent war eine echte Nervensäge. »Sehe ich aus wie eine Terroristin, oder was? Nur, weil du mich nicht leiden kannst, heißt das noch lange nicht, dass sie mich nicht mitnehmen werden. So, und weil ich nicht zu spät kommen will, muss ich jetzt weiter. Geh mir bitte aus dem Weg.« Rebecca hob ihr Kinn ein wenig an und schnappte sich ihr Gepäck. Sie ging drei Schritte, dann hörte sie Vinzent hinter sich.

»Be-hecks ...?«

Rebecca wirbelte herum. »Was ist?!«

Dieser Mann schaffte es immer wieder, sie innerhalb von einer Minute auf hundertachtzig zu bringen. Und er wusste es, sein überhebliches Grinsen sprach Bände.

Verflucht.

»Becks«, sagte er noch einmal in einer geradezu sinnlichen Tonlage. Rebecca spürte, wie sich die feinen Härchen auf ihren Unterarmen aufstellten. Warum wirkte er so überzeugt? So gelassen? So verdammt selbstsicher? Dann sprach er weiter. »Der Flug ist gecancelt.«

Nicht möglich.

Sie musste sich verhört haben.

Rebecca öffnete ihre Lippen und schloss sie dann wieder.

Wie ein Fisch auf dem Trockenen schaute sie vermutlich geradeaus. »Gecancelt?« Ihr Tonfall war mindestens zwei Oktaven zu hoch.

Er nickte langsam, dabei wirkte er, als amüsierte er sich gerade köstlich über seinen Informationsvorsprung. Idiot. »So ist es.«

Das dufte nicht wahr sein!

»Warum?«, war alles, was sie noch hervorwürgen konnte.

»Wegen der Aschewolke. Da ist doch dieser Vulkan auf Island ausgebrochen ...«

»Nicht dein Ernst!« Sie raufte sich die Haare. »Wann ... Wie?«

Vinzent trat zu ihr, er hatte nur eine kleine Tasche dabei, was Rebecca ein wenig wunderte. Jemand wie er musste doch mit vier Koffern und einem persönlichen Butler verreisen. Sie ging nicht darauf ein und guckte ihm direkt ins Gesicht. Ihr Herz pochte wild. »Was machen wir denn jetzt?«

Er machte große Augen. »Wir? Auf einmal gibt es ein Wir?«

Sie verzog ihre Lippen. Ja, er hatte recht. Natürlich gab es kein Wir. Sie war nur so überrumpelt gewesen, dass ihr das rausgerutscht war. »Stimmt. Sag mir einfach, wie kommst du jetzt nach Italien?«

Vinzent schnappte sich seinen Koffer und wandte sich zum Gehen. »Du hast ja eben klargemacht, dass du nicht neben mir sitzen willst, also lass das mal meine Sorge sein.«

Danach marschierte er los.

Rebecca kochte vor Wut.

Sie starrte ihm fassungslos hinterher. Dieses Arschgesicht. Er hatte doch sicher einen Plan. Und es war offensichtlich, dass er ihn ihr verschweigen wollte. Vermutlich sah er darin die Möglichkeit, sie loszuwerden.

Gar nicht dumm, das musste sie ihm lassen.

Zu blöd, dass sie nicht so gut vorbereitet war. Er hatte nur einen Vorsprung, er war nicht schlauer als sie.

Rebecca überdachte kurz ihre Optionen und nagte an ihrer Unterlippe. Ein eigenes Auto besaß sie nicht. Wer brauchte schon vier Räder, wenn man in Hamburg lebte? Niemand.

Hm. Was dann?

Sie könnte die Bahn nehmen. Genau! Rebecca zückte ihr Smartphone und checkte die Verbindungen. Darin war sie gut, sie reiste ständig mit dem Zug.

»Scheiße!«, brüllte sie aus vollem Herzen.

Alles ausgebucht.

Ja, klar, außer ihr wollten noch mehr Menschen ans Ziel kommen. Wegen dieser Aschewolke befand sich jetzt ganz Europas Reisewelt am Boden und nicht mehr in der Luft.

Wie hatte sie diese Nachrichten nur verpassen können?

Verdammt!

Und wieso hatte Miriam ihr nicht Bescheid gesagt? Okay, gut, sie hatte ein paar Nachrichten auf ihrer Mailbox, die sie noch nicht abgehört hatte – dumm von ihr. Aber Rebecca hatte geglaubt, dass nur wieder Miriam über die Trauung und den ganzen Hochzeitskram reden wollte.

Ihr Fehler.

Rebecca verdrehte die Augen über ihre eigene Blödheit. Sie schwitzte. Ihr war schlecht.

Sie musste nach Italien. Egal wie.

»Ganz ruhig«, sagte sie sich und atmete langsam ein und aus, während ihr Puls noch immer galoppierte.

Hektisch riss sie ihren Kopf hoch und guckte sich nach Vinzent um. Der Kerl musste doch einen Plan haben. So einfach würde sie ihn nicht davonkommen lassen. Am Ende erzählte er Unwahrheiten über sie, wenn sie selbst es nicht rechtzeitig in die Toskana schaffte und er allein dort ankam. Rebecca rechnete allerdings nicht damit, dass er noch hier war. Er setzte sich bestimmt gerade in sein schickes Auto – was auch immer er für eines hatte, aber teuer war es bestimmt – und war schon auf dem Weg zur Autobahn.

Ohne sie!

Scheiße.

Rebeccas Mut sank. Sie fühlte sich so hilflos und dämlich, dass sie am liebsten mit dem Fuß aufgestampft hätte wie ein Kleinkind. Auf den Boden werfen und schreien war auch eine Möglichkeit, die ihr gerade sehr verlockend erschien. Sie ließ es sein. Das half ihr auch nichts. Rebecca fuhr sich mit beiden Händen über das Gesicht, dann schaute sie sich noch einmal um.

Sie war überrascht, als sie tatsächlich Vinzents Kehrseite ausmachte – er hatte einen ganz wundervollen Knackarsch. Und er stand am Schalter einer Autovermietung.

Autovermietung. Gar nicht blöd, der Typ.

Sie dachte nach. Okay. Es gab zwei Möglichkeiten: Sie konnte ihren Stolz hinunterschlucken und ihn anbetteln, sie mitzunehmen.

Die zweite Variante war ihr fast lieber: Sie könnte Miriams Freundschaft verraten und die Hochzeit sausen lassen. Damit müsste sie allerdings nicht nur zwei neue Freundinnen finden, sondern sich auch gleich nach einer neuen Bleibe umsehen.

Eins oder zwei, überlegte sie fieberhaft.

Die Entscheidung war nicht leicht. Rebecca fragte sich, wie sie so eine lange Fahrt mit Vinzent in einem Auto überleben sollte. Der Kerl war ja so schon fast nicht auszuhalten. Aber neben ihm in einem Wagen? Über mehr als tausend Kilometer? Niemals.

Ha!

Sie hatte noch eine andere Idee. Sie könnte sich selbst ein Auto mieten, einen Führerschein hatte sie, auch wenn sie nicht oft selbst fuhr. Rebecca schlug sich die Hand gegen die Stirn. Dass sie nicht gleich darauf gekommen war. Das musste an seiner Anwesenheit gelegen haben; sie konnte nie klar denken, wenn sie so damit beschäftigt war, ihn zu hassen.

Jetzt aber! Mit einem Ruck zog Rebecca den Koffer hinter sich her in Richtung Schalter.

»Ich möchte einen Mietwagen buchen«, rief sie und wedelte ungeduldig mit einer Hand, um auf sich aufmerksam zu machen. »Ich brauche einen. Sofort!«

Vinzent stand einen Platz neben ihr und grinste von oben auf sie herab.

Oh. Oh. Etwas stimmte nicht.

Eine Mitarbeiterin guckte von ihrem PC auf. »Da sind Sie zu spät, gute Frau. Unsere Autos sind alle weg. Tut mir leid, in ganz Europa ist die Hölle los, was glauben Sie denn?«

Rebecca atmete tief ein und bemerkte aus dem Augenwinkel, dass Vinzent mit einem Schlüssel wedelte. Es sah nach einem Winken zum Abschied aus.

Ihr Mund klappte auf.

Sie wollte etwas sagen, aber zum ersten Mal seit hunderttausend Jahren war sie absolut sprachlos.

Er genoss diesen Moment, das war so sicher wie das

Amen in der Kirche. Vinzent griff sein Gepäck und trat neben sie. Der Duft seines Aftershaves stieg ihr in die Nase. Sie hasste es, dass er so gut roch.

»Du hast ja gesagt, dass du auf keinen Fall neben mir sitzen möchtest, das verstehe ich, Becks. Ich verstehe es wirklich, denn ich möchte mir diese Tortur mit dir auch nicht antun. Soll ich Miriam was von dir ausrichten, wenn ich sie sehe?«

Er war tot. So was von tot.

Sie würde ihn umbringen und dann einfach seinen Mietwagen stehlen.

Eine herrliche Idee.

Nur leider konnte sie nicht schnell rennen. Man hätte sie vermutlich schon gefasst, ohne dass die Tat begangen wäre. Das war also keine Option.

Blieb nur noch die schlimmste, erniedrigendste, schrecklichste Variante: Sie musste ihn bitten, sie mitzunehmen. Anbetteln vermutlich. O ja, er würde diese Machtposition genießen – sie an seiner Stelle würde es feiern. Aber würde er sie dann auch wirklich mitfahren lassen?

Rebecca merkte, dass alle Farbe aus ihrem Gesicht wich, ihre Knie waren wackelig.

Welche Worte sollte sie wählen? Nett musste sie auf jeden Fall sein, aber es war ihr zuwider, unterwürfig bei ihm anzukriechen. Lieber würde sie auf zehn Nagelbrettern gleichzeitig spazieren gehen. Oder durchs offene Feuer waten. In einem Haufen voller Taranteln nach einer Stecknadel suchen. Einem Krokodil die Hand ins Maul legen ...

»Na schön, Vinzent«, fing sie mit einem hörbaren Seufzen an. »Du hast gewonnen.«

»Gewonnen? Was meinst du?« Er tat unschuldig, seine

Augen funkelten jedoch verräterisch. Triumphierend geradezu.

Sie wollte tot umfallen. Es war so ätzend, vor einem Typen wie ihm zu Kreuze kriechen zu müssen. Aber ihr Stolz war nichts im Vergleich dazu, ihre Freundin allein vor dem Altar stehen lassen zu müssen. Miriam zählte auf sie. Miriam brauchte sie.

Rebecca atmete leise aus. Vinzent genoss diesen Moment. Er genoss ihn ein wenig zu sehr.

»Du weißt genau, was ich meine!«, zischte sie mit zusammengebissenen Zähnen.

Ein boshaftes Lächeln breitete sich auf seinem Gesicht aus. »Du kannst gern hierbleiben, Becks – oder du fragst mich freundlich, ob ich dich vielleicht mitnehmen könnte.«

»Ja, okay. Du darfst mich mitnehmen. Danke schön, wir können gehen ...«

»M-mh, nicht so hastig, junge Frau«, unterbrach er sie und schüttelte den Kopf. »Ich habe es nicht ganz verstanden, Becks ... Was meinst du? Was wolltest du mich fragen? Sag es mir doch bitte noch einmal!« Er wackelte mit seinen Augenbrauen. Dass er seine diebische Freude über ihren Gang nach Canossa nicht mal zu verbergen versuchte, setzte dem Ganzen nur die Krone auf. Sie überlegte, wie sie ihn um die Ecke bringen könnte, um doch allein mit seinem Mietwagen nach Italien zu kommen. Aber ihr fiel keine unblutige Variante ein ...

Rebecca starrte ihn wütend an. Er wollte sie also wirklich betteln sehen. »Soll ich auf die Knie fallen?«, knurrte sie.

Er zuckte die Schultern. »Das bleibt dir überlassen. Also, es wird Zeit ... sag, was du zu sagen hast, Becks, ich möchte losfahren.«

Gott, wie ekelhaft konnte dieser Mensch eigentlich sein? War er überhaupt menschlich? Oder ein Dämon im Adoniskostüm? Rebecca war heiß, unglaublich heiß. Aber sie hatte keine Wahl. Sie würde es tun. Für Miriam!

Rebecca riss sich noch einmal zusammen und straffte ihren Rücken. »Bitte, lieber Vinzent, kann ich bei dir mitfahren?«

Würg. Sie starrte ihn bitterböse an, was ihren Worten ein wenig die Glaubwürdigkeit nahm – aber ihm war ohnehin klar, dass sie es nicht ernst meinte. Sie hatte einfach nur keine andere Wahl.

Das Arschloch lächelte breit. Eine Sekunde sagte er nichts, eine weitere verstrich, bis er schließlich gönnerhaft nickte. »Sehr gern, Becks. Komm doch bitte mit.«

Er stolzierte wie ein Pfau an ihr vorbei. Was für ein Widerling!

Und dann marschierte Vinzent in einem so schnellen Tempo davon, dass sie mit ihren Kork-Wedges an den Füßen kaum mithalten konnte.

Was für ein Fiesling.

So ein gemeiner Kerl.

Er hatte es sehr genossen, sie betteln zu sehen.

Sadist.

Schwein.

Arschgeige.

Während sie sich tausend weitere Schimpfnamen für ihn überlegte und ihm dabei wie ein Hündchen hinterherstolperte, atmete sie schwer. Sie hatte einfach viel kürzere Beine als dieser Mann und absolut unpassende Schuhe für einen Gewaltmarsch an den Füßen. Und ihr Koffer war anscheinend auch schwerer als sein leichtes Gepäck. Dass dieser ungehobelte Arsch nicht mal anbot, ihr zu helfen, überraschte sie hingegen nicht.

»Kommst du?«, rief er ihr fröhlich über die Schulter zu.

Sie nahm sich diese eine Sekunde und hob ihre linke Hand, um seinem Rücken den Mittelfinger zu zeigen. Nimm das, dachte sie und merkte selbst, wie albern das war. Trotzdem fühlte sie sich danach besser. Sie streckte ihm wieder mal die Zunge raus, dann lächelte sie.

Von ihm würde sie sich nicht mehr aus der Fassung bringen lassen. Niemals.

Trotzdem fragte sie sich, wie sie die lange Fahrt an seiner Seite aushalten sollte.

Sie war noch auf keine Idee gekommen, als sie ihr Gepäck in den Kofferraum eines weißen Nissan Micra wuchtete – er hatte ihr natürlich auch diesmal nicht seine Hilfe angeboten. Vinzent war zumindest so freundlich und packte seine eigene Tasche erst danach hinein, damit war das Ding auch voll. »Einen kleineren Wagen hatten sie wohl nicht mehr?«, erkundigte sich Rebecca.

Vinzent schnaufte, ehe er antwortete. »Du hast doch mitbekommen, dass das der letzte überhaupt war. Willst du dich etwa beschweren?«

»Nö, gar nicht. Ich dachte nur, dass jemand wie du doch sicher einen fetten Porsche oder so was in der Garage stehen hat.«

»Jemand wie ich?« Er schaute kurz irritiert. Dann lächelte er arrogant. Das konnte er am besten. Leider verfehlte es seine Wirkung nicht, er sah unfassbar gut aus. Heiß geradezu – wenn man auf Arschlöcher stand jedenfalls.

Was sie nicht tat.

Auf keinen Fall.

Er war Abschaum. Unterste Schublade. Ein Mistkerl.

Das durfte sie niemals vergessen.

»Ja, du weißt schon, stinkreich und so weiter.« Sie wedelte ungeduldig mit ihren frisch manikürten Fingerchen.

Vinzent sah aus, als wolle er etwas erwidern, doch dann schüttelte er nur den Kopf und klemmte sich hinters Steuer. »Kommst du? Oder brauchst du vielleicht Hilfe beim Einsteigen?«

Kurz fächelte sich Rebecca Luft zu, ihr war nach wie vor irrsinnig heiß nach diesem Sprint. Dann schnüffelte sie unauffällig an ihren Achseln. Wäre ja die Höhe, wenn ihr Deo schon jetzt versagte, immerhin würden sie für viele Stunden nebeneinander sitzen müssen. Wie lange mussten sie überhaupt fahren? Sie hatte keine Ahnung. Es war auf jeden Fall eine halbe Weltreise. Weil sie so gut wie nie mit dem Auto, immer nur mit dem Zug, unterwegs war, hatte sie nie ein Gefühl für Distanzen entwickelt.

Ein lautes Hupen erschreckte sie. Rebecca schrie auf, dann sah sie Vinzent im Auto gestikulieren, dass sie einsteigen sollte.

Idiot.

»Ja, ist ja gut«, brummte sie und ließ sich matt auf den Beifahrersitz sinken. Ihre Handtasche stellte sie auf den Boden zwischen ihre Füße, dann holte sie ihr Handy heraus und fing an, eine Nachricht an Miriam zu tippen. »Was ist, wieso fährst du nicht los?«

Sie schaute auf Vinzent, seine langen Beine fanden kaum Platz in dem Kleinwagen. Er seufzte und ließ den Motor an, dann setzte er zurück. »Kein Navi«, erklärte er. »Wie wäre es, wenn du mal zeigst, was du draufhast, Becks.«

Sie verdrehte die Augen. Dann schaute sie bei Google-

Maps nach, wo es lang ging. Das hieß, sie versuchte es, aber in der Tiefgarage hatte sie keinen Empfang. »Momentchen«, trällerte sie.

Vinzent erwiderte nichts, sie hörte nur sein angestrengtes Ausatmen. Kurz darauf verließen sie das Gelände des Hamburger Flughafens. »Wäre schön, wenn du mir endlich mal sagst, wo es lang geht.«

»Wieso hast du vorher nicht nachgeschaut? Ich würde mal sagen, das kann ich auch ohne Navi, in Richtung Autobahn!«

»So, pass auf.« Er bremste scharf und fuhr rechts ran. »Mir ist klar, dass du mich nicht leiden kannst, und ehrlich gesagt, ich bin auch kein großer Fan von dir. Aber wir werden jetzt zwei Wochen miteinander verbringen, und ich möchte am Ende gern lebend und geistig unversehrt aus der Sache herauskommen und nicht in einer Zwangsjacke abgeholt werden müssen. Also tu mir bitte den Gefallen, und sei einfach mal nützlich und nicht so zickig.«

»Zickig? Wer ist zickig? Ich würde sagen, sei du einfach mal nicht so selbstherrlich und arrogant, dann kommen wir der Sache schon näher.«

Rebecca war klar, dass er in gewisser Weise aber recht hatte. Sie wollte letztlich hauptsächlich ihre Ruhe haben, also lenkte sie ein. »Okay«, meinte sie mit einem leisen Seufzen. Sie hielt ihm ihre Hand hin. »Waffenstillstand.«

Er sah auf ihre Hand, dann in ihre Augen. Überzeugt wirkte er nicht, aber sie konnte nicht wirklich erkennen, was hinter seiner Stirn vorging, und das verunsicherte sie.

Weil Rebecca ungerne wartete und sie das alles nervös machte, wedelte sie ungeduldig mit ihrer Hand. »Was ist jetzt? Waffenstillstand, ja oder nein?« Schlimm genug, dass der Arsch überhaupt darüber nachdenken musste.

Sie bereute ihr Angebot.

Nein, sie würde sich jetzt nicht darüber aufregen. Einatmen. Ausatmen. Nicht schreien, sagte sie sich stumm.

Gott, ob er irgendwo noch mal zu einer Apotheke fahren konnte, damit sie sich Valiumpillen besorgen konnte? Gab es die überhaupt ohne Rezept? Bisher hatte sie so was nicht gebraucht, aber dieser Mann hatte eine einzigartige Wirkung auf sie – im negativen Sinne!

»Na schön«, meinte Vinzent schließlich mit einem resignierten Ausatmen. »Waffenstillstand.«

Sie schüttelten die Hände, als wären sie langjährige Geschäftspartner. Die Szene war so seltsam und auch skurril, dass sich Rebecca ein Schmunzeln nicht verkneifen konnte. Erst jetzt bemerkte sie, dass eine angenehme Wärme von seiner überraschend weichen Haut ausging. Ihre Finger begannen zu kribbeln, das setzte sich über den ganzen Arm bis tief in ihre Magengrube fort. Mit einem Räuspern löste sie diese Verbindung und befasste sich wieder mit ihrem Handy. »Erst einmal auf die A7 Richtung Süden«, murmelte sie atemlos mit schnell klopfendem Herzen.

VIER

S ie waren nicht mal durch den Elbtunnel gekommen und standen schon im Stau. Nur im Schneckentempo kamen sie voran, das war aber immer noch besser als völliger Stillstand. Vinzent war trotzdem genervt. Wenigstens hielt Rebecca endlich die Klappe.

Diese Frau brachte ihn mit einem einzigen Fingerschnipsen auf die Palme.

Und dann diese Hitze! Die Klapperkiste hatte nicht mal eine funktionierende Klimaanlage. Dieser Roadtrip würde ihn geradewegs in die Hölle führen.

Er erinnerte sich an Rebeccas biestige Frage, ob er keinen Porsche in der Garage hätte. Natürlich besaß Vinzent ein Auto – aber es war ein Tesla, und er bezweifelte, dass es in einem kleinen Bergdorf in Italien Ladestationen gab, zudem hatte er keine Lust, alle vierhundert Kilometer ein paar Stunden zu warten, bis die Karre weiterfahren konnte. So viel zum Thema Elektromobilität ... Nach diesem Trip würde er sich einen Wagen mit Hybridantrieb besorgen. Falls er das hier überlebte, wovon er zumindest zum jetzigen Zeitpunkt nicht ausgehen konnte.

Gerade bimmelte Rebeccas Handy. »Das ist Miriam«, erklärte seine Sitznachbarin abwesend und ging ran, während sie ihr Gesicht zum Fenster drehte. »Hallo, Liebes ... ja, was für ein Desaster ... nein, ich habe eine Lösung gefunden ... Wir kommen morgen an ... Vinzent und ich haben ein Auto gemietet...«

Sie lachte spitz. »Ja, ich weiß auch nicht, wie ich das aushalten soll ... aber es wird schon irgendwie gehen ... ich muss ihn ja nicht heiraten, sondern nur bis morgen ertragen ...«

Was für eine Kuh! Vinzent presste die Kiefer zusammen und umklammerte das Lenkrad fester. Eines musste man ihr lassen: Sie versuchte gar nicht erst, ihre Abneigung zu verbergen.

Das war mehr Ehrlichkeit, als die meisten Menschen an den Tag legten – und objektiv betrachtet war das eine Eigenschaft, die er schätzte. Trotzdem konnte er dem Ganzen wenig Gutes abgewinnen. Wer ließ sich schon gerne beschimpfen?

Ein wenig hatte sie auch sein Ego verletzt, denn er hatte keine Ahnung, was er verbrochen hatte, dass sie ihn so abgrundtief hasste. Egal, sagte Vinzent sich, irgendwie würde er diese Fahrt durchstehen. Er hatte eine Menge Übung darin, mit Leuten umzugehen, die ihn nicht leiden konnten oder ihn ständig beleidigten. Das erinnerte ihn an die vielen Gespräche mit seinem Vater, auch wenn das eine andere Form von Demütigung war, die ihm von der Seite widerfuhr.

Vinzent war noch immer zu keinem Schluss gekommen, was seine Position im Firmenunternehmen betraf. Sein Herz hing an dem Traditionshaus Voss – aber mit seinem Vater in der Führungsposition würde es auf Dauer nicht gut gehen. Er hatte keine Ahnung, aber so einfach wollte Vinzent nicht das Handtuch werfen. Die Hoffnung starb immerhin zuletzt, und bis dahin konnte er noch daran glauben, dass Klaas Voss doch irgendwann in den Ruhestand eintreten und ihm freie Hand lassen würde. Er war froh, dass er ein paar Tage Abstand haben würde, deshalb ärgerte es ihn umso mehr, dass diese Rebecca so ein Theater machen musste. Dass man nicht wie zwei normale Menschen miteinander umgehen konnte, machte ihn rasend.

Tatsächlich konnte er sich die Hände nicht in Unschuld waschen. Er dachte an seine Retourkutsche am Flughafen. Nett war es nicht gewesen, dass er sie hatte betteln lassen. Im ganzen Leben hatte er sich noch nicht so ungehobelt benommen wie in ihrer Gegenwart. Diese Frau kehrte seine allerschlechtesten Seiten zum Vorschein, und er würde, sobald das möglich war, Abstand zu ihr halten. Je weiter sie voneinander entfernt wären, desto besser.

Wieder lauschte er unfreiwillig dem Gespräch. »Ja, wir hauen uns schon nicht die Köpfe ein ... nein, Miriam, ich lasse mich ganz bestimmt nicht provozieren ... du kannst mir vertrauen ... ich bin morgen bei dir, ja ... okay, mach's gut, Süße ...Tschüss.«

Rebecca ließ ihr Smartphone sinken und schaute angestrengt aus dem heruntergelassenen Fenster. Vinzent schwieg und konzentrierte sich auf das nervtötende Stop-and-go vor dem Elbtunnel. Hoffentlich löste sich dieser Knoten danach auf. Das würde so oder so ein langer Tag werden – und eine lange Nacht. Ungefähr tausendfünfhundert Kilometer hatten sie vor sich – und wie es aussah, waren außer ihnen auch noch sehr viele andere Menschen unterwegs. »Hast du einen Führerschein?«, erkundigte er sich, nachdem sie aufgelegt hatte.

»Natürlich, und jetzt komm mir nicht damit, ob ich den im Lotto gewonnen habe.«

Er seufzte und schüttelte mal wieder den Kopf. Das wurde langsam zu einem Dauerzustand. Vielleicht war ein Hitzetod doch die bessere Alternative. »Es ist eine weite Strecke bis nach Italien, und ich wollte nur wissen, ob ich die ganze Zeit selbst fahren muss oder ob du auch mal übernehmen kannst«, sprach er ganz langsam und verständlich, während er sich mühsam beherrschte, um nicht laut zu brüllen. Diese Frau brachte ihn auf die Palme.

»Ach so.« Auf einmal war sie kleinlaut geworden. »Ja, ich kann fahren.«

»Gut«, war alles, was er erwiderte.

Warum denn nicht gleich so? Weiber! Dieses eine im Speziellen!

Endlich ging es ein wenig voran. Im Tunnel schlossen sie die Fenster, und tatsächlich lief der Verkehr danach flüssiger. Bei der nächsten Raststätte fuhr er rechts raus. »Was ist?«, wollte sie wissen. »Bist du schon müde?«

Er verkniff sich einen Kommentar und überlegte, wie er normalerweise antworten würde, also wenn er mit einem netten Menschen unterwegs wäre. »Ich fahre gern weiter, aber zuerst wollte ich noch etwas zu trinken besorgen. Vielleicht landen wir ja wieder im Stau, und ich habe jetzt schon Durst. Also, was soll ich dir mitbringen?«, bot er höflich an. So höflich es ihm jedenfalls in Anbetracht der Tatsachen möglich war. Diese Person schaffte es, ihn immer wieder bis aufs Blut zu reizen.

Rebecca schaute ihn derweil aus großen Augen an, dann griff sie nach ihrer Handtasche und wühlte darin. Sie reichte ihm einen Zehner. »Eine große Flasche Wasser – ohne Sprudel bitte.«

Er schaute mit gerunzelter Stirn auf den Schein. »Lass mal stecken, die erste Runde geht auf mich.«

»Du musst mich nicht aushalten, Vinzent, ich kann meinen Kram gerne selbst bezahlen, und die Hälfte des Mietwagens auch ...«

Vinzent hatte keine Lust, über zehn Euro zu diskutieren, also nahm er den Schein, obwohl sich alles in ihm sträubte. Konnte ja wohl kein Problem sein, dass er ... Ach, egal. Er musste aufhören, Rebecca verstehen zu wollen, ihm fehlte die Kraft, mit ihr über Kleingeld zu diskutieren. »Noch etwas?«, fragte er stattdessen.

Sie schüttelte den Kopf. »Nein, danke.« Dann zog sie eine Sonnenbrille aus der Tasche und setzte sie sich auf die Nase.

Er tigerte in die Tankstelle und kaufte mehrere Flaschen Wasser, Gummibärchen, Chips, Kekse und zwei Magnum Mandel – er hatte irrsinnigen Hunger und heute noch nichts gegessen. Auf Bockwurst mit vertrocknetem Brötchen hatte er aber keine Lust. Als er wieder bei ihrem gemieteten Nissan ankam, packte er die Tüte hinter den Fahrersitz und reichte ihr ein Eis. »Bitte, für dich.«

»Ich wollte doch gar kein ...«

Er hob eine Hand und unterbrach sie. »Iss es oder lass es sein, Becks. Ich habe keine Nerven, jeden Furz auszudiskutieren, okay? Wenn du es nicht willst, schmeiß es einfach weg, aber erspare mir bitte diese unnötigen Streitereien.« Er ließ sich mit einem Stöhnen auf den Fahrersitz sinken und setzte sich seine Sonnenbrille auf, die bis dahin an seinem Shirt gehangen hatte. Dann riss er die Verpackung auf und biss kraftvoll in sein Eis. Wenigstens etwas Gutes an diesem Tag.

Bis Hannover sagte niemand ein Wort, es herrschte ein unangenehmes Schweigen in ihrer überhitzten Karre. Die Spannung war greifbar. Es fehlte nur ein Funken, und jeder von ihnen konnte sofort in die Luft gehen. Die Zündschnur war kurz. Sehr kurz. Nicht nur bei ihm. Aber erst mal war Ruhe im Wagen. Fragte sich bloß, wie lange.

Rebecca hatte den kühlen Snack nach ihren ersten Protesten schließlich doch noch gegessen und sich – Gott sei Dank – nicht weiter darüber beschwert. Er wertete das als Fortschritt. Irgendwann stellte er das Radio an, anders war diese Fahrt einfach nicht zu ertragen. Immer wieder spürte er ihren Blick auf sich, aber er hatte genug von ihren fiesen Kommentaren, deshalb hielt Vinzent die Klappe und bevorzugte das Gedudel aus dem Radio.

Kurz nach Göttingen räusperte sich Rebecca. »Ähm, könnten wir mal eine Pause machen?«

»Wieso? Hältst du es neben mir nicht mehr aus?«, spöttelte er.

»Sehr witzig, Vinzent, sehr witzig. Ich muss mal, okay? Oder ist das ein Problem für dich?«

Natürlich war das kein Problem. »Tut mir leid, ich nehme die nächste Ausfahrt«, brummte er und presste die Lippen aufeinander.

»Ja, ja, schon gut.«

Vinzent setzte den Blinker und steuerte die nächste Raststätte an. Sie gingen gemeinsam ins Gebäude, nebeneinander schmissen sie ihre siebzig Cent in den Automaten und gleichzeitig, aber schweigend, passierten sie die parallelen Schranken. Herren nach rechts, Damen nach links, dafür mussten sie aber erst einmal aneinander vorbei. Jeder machte einen Schritt, sie standen sich immer wieder gegenüber. Rebecca schaute ihm in die Augen, dann musste sie lachen, und mit einer Geste winkte sie ihn vorbei. »Bitte, geh du zuerst.«

»Nein, du«, erwiderte er, »Ladys first.«

»Na schön.« Rebecca schritt an ihm vorbei, und Vinzent glotzte ihr konsterniert hinterher.

Sie wirkte gar nicht mehr so zickig, aber vielleicht war das nur ein lichter Moment gewesen.

Bis Würzburg fuhr Rebecca, dann mussten sie tanken und machten eine kleine Pause beim goldenen M. Kurz überlegte sie, ob sie lieber nichts essen sollte, dann erinnerte sie sich, dass es ihr egal war, was Vinzent von ihr dachte, und bestellte sich ein großes Menü mit Cola. Ob er ihr jetzt einen Spruch verpasste, dass Dicke nur Fast Food aßen, war ihr wirklich egal.

Sie setzten sich in die Abendsonne auf den Parkplatz. Nicht gerade entspannend. Der Lärm der Autobahn dröhnte bis zu ihnen, aber immer noch besser als in der stickigen Raststätte. Sie fühlte sich klebrig und verschwitzt, auch Vinzent sah nach dem ersten Teil der Strecke schon ziemlich mitgenommen aus. Bei der Hitze ohne Klimaanlage unterwegs zu sein, schlauchte unfassbar.

»Prost«, sagte er und hob seinen Pappbecher an, Rebecca zögerte kurz, dann ließ er seinen sinken. »Na gut, du musst ja nicht ...«

Scheiße. Jetzt hatte sie schon wieder was falsch gemacht, dabei war es innerhalb der letzten Stunden fast okay gewesen, neben ihm zu sitzen. Vinzent war kein nerviger Beifahrer, der blöde Sprüche über ihren Fahrstil machte. Sie hatte nicht so viel Übung und fuhr daher lieber langsamer. Eigentlich hatte sie mit doofen Kommentaren gerechnet, aber vielleicht nahm er es mit dem Waffenstillstand auch nur sehr ernst. Immerhin, wenigstens etwas.

Sie überlegte, ob sie erklären sollte, dass sie keine bösen Absichten gehabt hatte, als sie nicht sofort auf sein »Prost« reagiert hatte, aber das wäre auch irgendwie albern, also ließ sie es sein. »Mahlzeit«, murmelte sie stattdessen und war sicher, dass im Hause Voss garantiert niemals auf diese Weise guten Appetit gewünscht wurde. Damit unterstrich sie noch einmal, wie unterschiedlich sie waren.

Hungrig war sie plötzlich nicht mehr, der Burger schmeckte irgendwie nach Pappe. Nach wenigen Minuten gab sie es auf und schmiss die Reste in eine Mülltonne.

»Wegen mir musst du dich nicht beeilen«, sagte er und stopfte sich ein paar Pommes in den Mund.

»Bin satt, auch wenn du das vielleicht nicht glauben kannst.«

»Was soll das denn schon wieder heißen?« Er zog seine Brauen zusammen.

»Ach, nichts«, erwiderte sie und zupfte an ihrem Kleid herum. Es klebte ihr am Körper. Unangenehm. Unauffällig rückte sie den Träger ihres BHs zurecht.

»Nichts? Ja, von mir aus«, brummte er und knüllte seine Tüte zusammen und stand auf. »Dann können wir weiter.«

»Wegen mir musst du nicht ...«

»Lass es einfach, Becks«, unterbrach er sie unwirsch und

stapfte davon. Er ging noch einmal in die Raststätte, vielleicht aufs Klo, sie konnte nur mutmaßen. Rebecca setzte sich schon mal ins Auto. Während sie auf ihn wartete, hoffte sie, dass sie gut durchkamen. Sie war müde, und sie hatten noch sehr viele Kilometer vor sich.

Vinzent war es garantiert auch nicht gewohnt, lange Strecken zu fahren, er hatte doch bestimmt einen Chauffeur oder so was. Sie wagte nicht, ihn zu fragen, als er zurückkehrte. Sie bemerkte jedoch, dass seine Haare leicht feucht waren, sein Gesicht wirkte erfrischt, ganz so, als hätte er sich eben mit kaltem Wasser abgekühlt. Keine schlechte Idee, dachte sie, aber rührte sich nicht. »Soll ich weiterfahren?«, bot sie an.

»Nee, lass mal, ich wollte ja irgendwann in nicht allzu ferner Zukunft ankommen.«

Rebeccas Mund öffnete sich, dann schloss sie ihn wieder. Ja, die Spitze hatte sie verstanden. Idiot.

Dabei hatte sie eben noch gedacht, dass er gar nicht so übel war. Aber da hatte sie sich kurz täuschen lassen. Sie verkniff sich eine Antwort und schnallte sich an.

Als sie in Liechtenstein das nächste Mal anhielten, füllte Vinzent erneut Benzin auf. Die Dämmerung hatte eingesetzt, der Himmel war von einem kitschigen Abendrot überzogen. »Ich zahle das«, bot Rebecca an, aber er schüttelte den Kopf.

»Mein Mietwagen, meine Benzinrechnung, und darüber will ich nicht diskutieren, Becks. Tu mir einfach den Gefallen und lass es sein.«

Er wirkte nicht nur genervt, sondern konsterniert.

Ja, kein Wunder. Ihr ging es genauso. Sie wünschte sich ebenfalls, dass diese ätzende Fahrt bald vorbei wäre und sie nicht mehr in seiner Nähe sitzen musste. Dieses Auto war wirklich sehr klein. Zu klein für sie beide.

Weil Rebecca genervt war, ließ sie ihr Fenster nach oben und schaute weg, während er davonmarschierte, um zu bezahlen. Sie würde ihm nicht mehr anbieten zu fahren. Kindisch, das wusste sie selbst, aber wenn er wollte, dass sie übernahm, konnte er das auch artikulieren. Mit ihrem Nervenkostüm stand es nicht gerade zum Besten, deswegen versuchte sie erst gar nicht, ein Gespräch anzufangen, als er wiederkam. Vinzent ließ sich mit einem Seufzen auf den Fahrersitz sinken, schnallte sich an und brauste von der Tankstelle zurück auf die Autobahn.

Sie tuckerten schweigend durch den rasch dunkler werdenden Abend, hier waren zum Glück nicht mehr so viele Autos unterwegs. Sie merkte noch, dass ihre Lider immer schwerer wurden, und kämpfte gegen die Müdigkeit an, aber es gelang ihr nicht. Nur fünf Minuten, sagte sie sich ...

Rebecca wachte schlagartig auf, als der Wagen ruckelte. »Was ist?«, rief sie und blinzelte hektisch.

»Schlagloch«, hörte sie Vinzent brummen.

Rebeccas Puls raste, sie hatte sich erschrocken, weil sie gerade noch im Tiefschlaf gewesen war. Sie brauchte einen Moment, schaute auf die Uhr im Display, während ihr das Herz bis zum Hals hinauf schlug.

O Gott. Es war vier Uhr morgens, am Horizont zeigte sich der erste helle Streifen. Das Fenster auf Vinzents Seite war leicht geöffnet, eine kühle Brise wehte ins Fahrzeug, erst jetzt bemerkte sie, dass sein Pullover über ihren Beinen ausgebreitet lag.

Hatte er sie zugedeckt? Wieso?

Und warum war es so spät, äh früh? Sie konnte nicht

denken, sie war noch nicht richtig wach. Allmählich zählte Rebecca eins und eins zusammen: Vinzent war die ganze Zeit durchgefahren, während sie selig geschlummert hatte, und hatte sie auch zugedeckt?

Hilfe? Wo war der Fiesling hin und wer hatte ihn gegen den Unbekannten neben ihr ausgetauscht?

Ihr Gewissen meldete sich. »Wieso hast du mich nicht geweckt?«, flüsterte sie kleinlaut.

Er umfasste das Lenkrad mit beiden Händen, dabei wirkte er ehrlich erschöpft. Kein Wunder. Sie hatte sich einen faulen Lenz gemacht, während er die ganze Nacht durchgefahren war. »Es sah so aus, als bräuchtest du deinen Schlaf, Becks«, gab er rau zurück. Es klang weder vorwurfsvoll noch genervt, einfach nur müde.

»Ich kann jetzt übernehmen«, bot sie an.

»Lass mal, wir sind in ein paar Minuten da. Du hast das Beste allerdings verpasst. Es ist eine wirklich sehr schöne Gegend, sogar im Dunkeln.«

Sie hatte keine Ahnung, was sie erwidern sollte. »Tut mir leid.«

»Was tut dir leid?«

»Dass ich so lange ... also dass du fahren musstest.«

Er erwiderte nichts. Gar nichts, und das störte sie, weil es ihr das Gefühl vermittelte, dass sie etwas falsch gemacht hatte – was natürlich auch stimmte. Andererseits, er hätte sie jederzeit wecken können.

Sie versuchte nicht jede Geste, jedes Schweigen auf die Goldwaage zu legen. Gleichzeitig fühlte es sich unangenehm an, in seiner Schuld zu stehen. So sah sie es zumindest. Rebecca war jemand, der gerne ein Gleichgewicht in allen Lebenslagen herstellte. Aber zwischen ihnen war das ja nie möglich gewesen, also hielt sie lieber die Klappe, ehe sie es noch schlimmer machte.

»Wissen die im Hotel, dass wir kommen?«, fragte sie schließlich doch.

»Wenn du meinst, ob ich angerufen habe, um ein weiches Bett für dich herrichten zu lassen, dann nein, Becks.«

Aha, da war er wieder, dieser ätzende Tonfall. Sie sparte sich eine Antwort, dass sie es nicht so gemeint hatte. Sie hatte nicht an ihr Bett gedacht, sondern an eines für ihn: Immerhin war er die ganze Nacht wach geblieben, um sie sicher nach Italien zu bringen. Nur, wenn sie ihm das jetzt erklärte, würde er ihr bestimmt kein Wort glauben. Schließlich konnten sie sich nicht leiden.

»Na ja, wenigstens haben wir es bald überstanden, nicht?«, konnte sie sich nicht verkneifen.

»Ja, Gott sei Dank.« Das kam aus tiefster Seele, und es tat Rebecca überraschenderweise weh. Sie wollte seinen Pullover wegschieben, aber ließ es dann doch sein, weil es nichts ändern würde. Die Kaschmirwolle fühlte sich wunderbar weich und warm auf ihren nackten Knien an. Es brachte sie auf eine andere Sache: Wenn er sie so schlimm fand, warum deckte er sie dann zu? Das passte nicht zusammen. Sie schob den Gedanken beiseite und ließ ihre Hände, wo sie waren – auf seinem Pulli.

Sie schluckte trocken, hinter ihren Augen brannte es. Gott, wieso war sie so emotional? Lag sicher an der Uhrzeit. Sie hatte nicht damit gerechnet, dass er so fürsorglich sein würde und dann wieder so ein Arsch. Gerade fühlte sie sich verletzlicher als sonst.

Rebecca schwieg und rieb sich über die Stirn. Die letzten Minuten, bis sie das Anwesen erreichten, sagte niemand ein

Wort. Ein Glück, dass das Navi im Handy sie nicht im Stich gelassen hatte. Power-Bank sei Dank war auch der Akku nicht zu einem Problem geworden.

Am schmiedeeisernen Tor klingelte Vinzent, es dauerte einen Augenblick, bis eine Stimme durch die Sprechanlage zu hören war. Vinzent antwortete flüssig auf Italienisch. Die Türen schwangen kurz darauf elektrisch gesteuert auseinander. Vinzent legte einen Gang ein und ließ den Kleinwagen über den geschotterten Weg die Auffahrt hinauf rollen, dann parkte er vor einem großen Gebäude, das von außen mit speziellen Lampen angestrahlt wurde. Das musste das Haupthaus sein. Rebecca öffnete die Beifahrertür, und ein Schwall frischer Luft wehte ins Auto. Die Wände des Hotels waren aus groben Steinen errichtet, so dick wie die Mauern einer alten Festung oder Burg. Auf dem Dach lagen ockerfarbene Ziegel, einige waren verrutscht. Wilder Wein rankte sich an den Außenmauern empor, an einigen Fenstern entdeckte sie schmiedeeiserne Gitter. Vor dem Gebäude blühte violetter Oleander und Blumen, deren Namen sie nicht kannte. Eine betörende Duftwolke hüllte sie ein.

Rebecca stieg aus und legte Vinzents Kleidungsstück zurück auf den Sitz, dann streckte sie sich ausgiebig, um wieder Leben in ihre steifen Glieder zu bringen.

»Es kommt gleich jemand«, erklärte er tonlos. Seine Stimme klang heiser vor Erschöpfung.

Ihr Magen schlug einen Purzelbaum. Sie war dankbar, dass er sie ohne Klagen über die Nacht hergefahren hatte, aber alles, was sie jetzt sagen könnte, würde er in den falschen Hals bekommen. Deswegen ließ sie es sein und hielt die Klappe.

Grillen zirpten in der Morgendämmerung, es roch würzig

und frisch nach Zypressen, wildem Thymian und Pinien. Im Morgengrauen konnte sie das sanft gewellte Hügelland, von dem das Anwesen umgeben war, ausmachen. Ihr Herz wurde weich, und etwas in ihr zog sich sehnsuchtsvoll zusammen. Kurz dachte sie daran, Vinzent aus Dankbarkeit zu umarmen, ließ es aber sein. Er würde das völlig falsch werten. Außerdem waren sie keine Freunde. Es war klug, sich daran noch einmal zu erinnern.

Der Waffenstillstand war vorbei, vermutlich guckte er sie deshalb gerade so bitterböse an. Unter seinen Augen lagen dunkle Schatten, das konnte sie sogar bei diesen Lichtverhältnissen erkennen. Rebecca wollte ihm jetzt doch noch danken, aber eine Tür öffnete sich, und ein junger Mann in Shorts und Polohemd kam heraus, und somit blieb keine Gelegenheit dafür. »Buongiorno«, grüßte der Italiener, dann fuhr er auf Deutsch fort. »Wie schön, dass Sie da sind, herzlich willkommen auf Il Falconiere.«

»Tut mir leid, dass Sie wegen uns aufstehen mussten.« Rebecca schenkte ihm ein strahlendes Lächeln. Er sah gut aus, sie schätzte, dass er in etwa in ihrem Alter war. Dunkelhaarig und gut gebaut, nicht so groß wie Vinzent, dennoch ein echter Blickfang.

»Ich bin Toni, der Sohn des Hauses, und ich bin sowieso immer früh wach, also macht euch keine Gedanken. Und ihr wollt jetzt sicher ein wenig schlafen nach der langen Fahrt. Das ist ja eine Sache mit diesem Vulkan! Helft mir kurz, ihr habt ein Doppelzimmer gebucht?«, wollte er wissen.

Ach du Schande. O nein. Rebecca holte scharf Luft. Hoffentlich war hier nichts schiefgelaufen. Sie kam nicht zum Antworten, Vinzent übernahm das für sie. »Auf gar keinen

Fall ein Doppelzimmer«, bestimmte er. »Jeder von uns bekommt sein eigenes.«

»Äh, ja, genau«, ergänzte Rebecca. Obwohl sie natürlich keine Bude mit Vinzent teilen wollte, traf sie sein harscher Tonfall. Es war ja nicht so, dass sie die Krätze hätte oder laut schnarchte. Aber ja, erinnerte sie sich, er fand sie unattraktiv. Und sie konnte ihn auch nicht leiden. Je weiter entfernt sie voneinander untergebracht würden, desto besser.

Toni zuckte die Schultern mit einem breiten Grinsen, er schien nicht zu bemerken, was los war. »Ich muss kurz in die Reservierung gucken, das ist normalerweise nicht mein Ressort, ich bin eher für die Weinberge und Oliven zuständig …«

Das klang spannend. Weinberge und Olivenhaine. In dieser wunderschönen Umgebung lebte es sich bestimmt wunderbar. Rebecca lächelte verträumt.

»Wartet kurz«, bat Toni jetzt und kehrte zurück ins Haus.

Vinzent schwieg, und auch Rebecca tat so, als wäre er Luft für sie.

Es dauerte zum Glück nur einen Augenblick, bis Toni mit zwei Schlüsseln zurückkehrte, die an Messinganhängern baumelten.

»So, wir können, ihr habt natürlich recht, jeder hat ein Einzelzimmer. Ich begleite euch noch, damit ihr wisst, wo ihr hinmüsst«, erklärte der Italiener gut gelaunt. »Tut mir leid, dass ich dachte, ihr hättet ein gemeinsames gebucht.«

»Das ist schon in Ordnung.« Rebecca bemühte sich um einen leichten Tonfall. »Wir haben uns nur ein Auto geteilt, weil dieser blöde Flug gestrichen war.«

»Ja, natürlich. Verrückte Sache mit dieser Aschewolke. Vor einigen Jahren hatten wir das ja schon mal, und da ging wochenlang alles schief. Hoffen wir, dass es dieses Mal nicht so lange dauert. So, kommt. Wir müssen ein paar Schritte gehen, eure Zimmer liegen in dieser Richtung den Weg entlang. Darf ich mit dem Gepäck helfen?«

Vinzent öffnete den Kofferraum und nahm seine Tasche heraus. »Ich komme zurecht«, meinte er knapp.

»Gut, dann nehme ich diesen Koffer, ist das deiner? Ich darf doch Du sagen?«

»Natürlich, gern. Ich bin Rebecca, und das ist Vinzent.«

»Wunderbar, dann begleite ich euch und lasse euch erst einmal schlafen. Frühstück gibt es übrigens von acht bis elf, und das wird dann hier im Restaurant im Haupthaus sein, gern auf der Terrasse, die Morgensonne ist hier besonders angenehm. Unsere Mitarbeiter zeigen euch nach einer Mütze voll Schlaf gerne alles. Wir haben auch eine Falknerei, daher der Name des Hotels.«

»Wie kommt es, dass du so gut deutsch kannst?«, erkundigte sich Rebecca, während sie gemeinsam nebeneinanderher liefen. Vinzent trottete hinter ihnen her, sie kümmerte sich gar nicht mehr um ihn. Er war sicher genauso froh, dass er sie jetzt los war, wie sie.

»Ich habe in Deutschland studiert, ein duales Studium in Verbindung mit einer Stelle in einem Fünf-Sterne-Haus in Berlin. Meine Eltern wollten, dass ich eine solide Ausbildung absolviere, ehe ich hier im Familienunternehmen mit einsteige«, erklärte er.

»Das ist dir gelungen. Sehr vernünftig«, erwiderte sie lächelnd.

»So, da wären wir.« Toni zeigte auf ein Häuschen, wie es typisch für die Gegend war, aus großen rauen Steinen und mit Tonziegeln auf dem Dach. »Hier sind eure Zimmer, sie sind spiegelverkehrt eingerichtet, ihr teilt euch jedoch eine Terrasse, ich hoffe, das ist in Ordnung.«

Das hatte vermutlich eine rhetorische Frage sein sollen, er hatte ja keine Ahnung, dass sie sich nicht leiden konnten. Weder Vinzent noch Rebecca kommentierten seine Information. »Die Tür fürs zweite Zimmer liegt einmal ums Haus herum, soll ich sie euch zeigen?«, fuhr er fort.

»Die nehme ich, und danke, ich komme zurecht«, brummte Vinzent und ließ sich von Toni den Schlüssel aushändigen. »Gute Nacht.«

Ohne sich noch einmal umzusehen, zog Vinzent von dannen. Wow, das war unfreundlich gewesen. Aber von ihm kannte Rebecca es ja nicht anders, der Mann war einfach unmöglich.

»Ähm, er ist müde, das war eine sehr lange Fahrt«, rechtfertigte sie sein Verhalten trotzdem vor Toni, der Italiener konnte ja nichts dafür. Erst als sie begriff, was sie da tat, ergänzte sie noch: »Nicht, dass er sonst besonders nett wäre.« Sie grinste.

Toni war zu professionell, um das Verhalten seines Gastes zu kommentieren. »Wenn du etwas brauchst, melde dich bitte. Es gibt natürlich ein Telefon im Zimmer. Wenn du möchtest, zeige ich dir auch gern persönlich die Weinberge und unseren Olivenhain.«

Flirtete Toni mit ihr? Rebecca lächelte, es tat gut, zur Abwechslung mal einem Kerl zu begegnen, der kein Arsch war. »Das klingt wunderbar, ich freue mich«, gab sie daher zurück.

»Tutto bene.« Er grinste breit. »Buona notte. Gute Nacht, Rebecca.«

Er schloss die Tür auf und schob ihren Koffer ins Haus,

dort war es angenehm kühl. Dann trat er wieder hinaus in die Dämmerung und lächelte ihr noch einmal strahlend zu.

»Gute Nacht«, hauchte sie und schloss die Tür hinter sich. So richtig müde war Rebecca nicht mehr, da sie ja die ganze Zeit im Auto geschlafen hatte. Zuerst brauchte sie auf jeden Fall eine heiße Dusche. Danach würde sie sich noch mal ein Stündchen aufs Ohr legen. Bis auf ihren Nachbarn war alles super hier. Zufrieden kleidete sie sich aus und genoss es, sich den Schweiß der Reise abzuwaschen.

VINCENT LAG im Bett und hatte alle viere von sich gestreckt. Er war hundemüde. Völlig am Ende. Er hörte das Plätschern von nebenan. War ja klar, dass Rebecca sich erst einmal um ihre eigenen Bedürfnisse kümmerte, ohne darüber nachzudenken, ob es ihn nebenan vielleicht stören könnte. Durch einen Spalt im schweren Brokatvorhang fiel das erste Tageslicht auf seinen Pulli, den er zuvor achtlos über einen Stuhl geworfen hatte. Keine Ahnung, warum er sie auf der Fahrt damit zugedeckt hatte. Vielleicht, weil sie im Schlaf ständig leise geseufzt hatte und er es als Frösteln interpretiert hatte.

Vinzent brummte genervt. Er wollte nicht an diese Frau denken, sondern einfach seine Ruhe. Er warf sich von einer Seite auf die andere, aber er fand keine Ruhe. Er war so müde und konnte trotzdem nicht einschlafen. Das Wasser rauschte noch immer. Wie lange sollte das dauern?

Himmel, was machte sie da drüben eigentlich?

Er wollte nicht an eine nackte Rebecca denken.

Aber das war wie mit den rosa Elefanten.

So müde war er anscheinend doch nicht, denn sein

kleiner Freund meldete sich mit einem lustvollen Ziehen. Vinzent stöhnte. Auch das noch. Wenn er eins nicht wollte, dann einen Ständer, weil er an ihre heißen Rundungen dachte. Shit. Aber es war zu spät – so fand er garantiert nicht zur nächtlichen Ruhe.

Vinzent sprang aus dem Bett auf und tigerte rastlos im Zimmer umher. Vor dem Stuhl blieb er stehen und hob seinen Pulli an die Nase. Er roch nach ihr. Vinzent schloss die Augen. So fies und nervig Rebecca auch sein mochte, so wenig hatte er gegen ihren Duft einzuwenden. Schon während der ganzen Fahrt war ihm die Nähe ihres sinnlichen Körpers mehr als bewusst gewesen.

Scheiße! Er warf den Pulli wieder hin und ärgerte sich über sich selbst.

Okay, das war nur ein hormonelles Problem. Ein unangenehmes zwar, aber lösbar. Er hatte gedacht, dass er eigentlich aus dem Alter raus war, dass er sich einen runterholen musste, ehe er schlafen konnte, aber nach dieser Nacht wollte er nicht so streng mit sich sein.

Vielleicht brauchte er auch nur eine kleine Abkühlung. Er tapste in sein Bad, stellte das Wasser an und schlüpfte aus seiner Unterhose, dann stieg er unter die Dusche und schloss die Augen. Er brachte es nicht über sich, eiskalt zu duschen, in dieser Nacht hatte er sich schon genug gequält. Die Fahrt war eine Tortur gewesen.

Aber jetzt war er ja da. Das warme Wasser rieselte angenehm auf seine verspannten Schultern herunter. Vinzent legte beide Hände gegen die kühlen Fliesen, um sich abzustützen. Er konnte sich vor Erschöpfung kaum mehr auf den Beinen halten, was seine Erektion jedoch nicht davon abhielt, sich wacker in Position zu behaupten.

Verdammt.

Ob sie jetzt noch immer da drüben in ihrer eigenen Dusche stand? Nackt, wie der liebe Gott sie geschaffen hatte?

Vinzent gab sich geschlagen. Ein schwacher Moment, mehr nicht, sagte er sich. Er griff nach dem Duschgel und tat das, was ihm einen klaren Kopf verschaffen würde. Er musste Spannung abbauen, dann wäre wieder alles in Ordnung. Und Rebecca würde niemals erfahren, dass er an sie gedacht hatte, während er es sich selbst besorgte.

Vinzent atmete schneller, das würde nicht lange dauern. Lust zuckte durch seinen Körper, während er sich ausmalte, wie sich ihre Hände auf seiner Erektion anfühlen würden. Er wusste, dass ihre Brüste voll und schwer waren, das gefiel ihm. Ein Stöhnen schlich sich über seine Lippen, während er sich der ersehnten Erlösung näherte. Er keuchte und lehnte sich mit der Stirn gegen die Fliesen, als mit dem Höhepunkt alle Anspannung von ihm abfiel.

Endlich wurde er ruhiger.

Keine Glanzleistung, Vinzent, dachte er und schnitt sich selbst eine Grimmasse, als er kurz darauf das Wasser abdrehte und sich ein Handtuch schnappte. Mit trägen Bewegungen schleppte er sich zurück ins Schlafzimmer und ließ sich aufs Bett fallen, wo er sofort einschlief. Er dachte nicht daran, dass sie nebenan garantiert nicht von ihm träumte. Er dachte nicht daran, dass sie nur eine dicke Mauer trennte. Er dachte nicht daran, dass er sich gewünscht hatte, ihr Stöhnen zu hören, als er gekommen war.

KAPITEL
FÜNF

Rebecca war gut gelaunt, als sie sich auf den Weg zum Frühstück machte. Es war schon zehn Uhr durch, nach der heißen Dusche am frühen Morgen hatte sie es geschafft, noch einmal einzuschlafen. Sie fühlte sich fit und ausgeruht. Auf der Terrasse begrüßte sie Miriam und ihre zukünftige Schwiegermutter. Die zwei Pekinesen bellten aufgeregt und sprangen umher, bis Margot sie auf ihren Schoß hob und sie streichelte. Nuna und Pippa hatten rosa Schleifchen an den Ohren, die Hundemutti selbst trug ein pinkfarbenes Poloshirt zu hellen Shorts, ihre blonden Haare hatte sie zu einem Pferdeschwanz zusammengefasst. An den Ohren glänzten Perlenstecker, an den Fingern funkelten dicke Klunker. Ihre Nägel waren rosa lackiert und selbstverständlich perfekt manikürt.

»Setz dich doch, Rebecca«, meinte Miriam mit einem Lächeln. »Götz ist mit seinem Vater zum Golfplatz unterwegs, die beiden wollen den Rasen unbedingt schon vor dem Turnier mal in Augenschein nehmen.«

Rebecca nahm auf dem Stuhl neben ihrer Freundin Platz. »Und Nathalie?«

»Die wollte schwimmen gehen.«

»Im Pool ist doch gar niemand?« Das hellblaue Wasser glitzerte in der Sonne. Rebecca ließ ihren Blick weiterschweifen, von der Terrasse aus hatten sie einen sehr guten Blick über das Anwesen, auch zu dem Häuschen, in dem sie und Vinzent untergebracht waren. Seine Vorhänge waren zugezogen, er schlummerte anscheinend noch tief und fest.

»Zieht sich vielleicht um, keine Ahnung«, erwiderte Miriam gerade und trank einen Schluck Orangensaft.

Eine Kellnerin, gekleidet in weißem Hemd mit Fliege und schwarzer Hose, trat an ihren Tisch. Sie reichte Rebecca eine Frühstückskarte und erkundigte sich nach ihrem Getränkewunsch. Ja, in so einem Fünf-Sterne-Schuppen lief das anders, es gab kein Buffet, überlegte Rebecca amüsiert. »Erst einmal einen Milchkaffee und Orangensaft bitte«, bestellte Rebecca. »Und dann das Egg Benedict und einen Fruchtsalat.«

»Und, wie war die Fahrt?«, erkundigte sich Margot, die ihr kurz zuvor bei der Begrüßung das Du angeboten hatte. »Das ist ja wirklich ärgerlich mit dem Vulkan.«

Rebecca überlegte, was sie darauf erwidern sollte. Einerseits war Vinzent natürlich nach wie vor unmöglich, aber mit dem Waffenstillstand war es erträglich gewesen. »Sehr lang«, meinte sie schließlich lachend. »Wie ist es mit den übrigen Gästen, die auch nicht fliegen können? Klappt das mit der Anreise?«

Miriam knetete ihre Hände im Schoß. Sie wirkte nervös, was kein Wunder war, immerhin würde sie bald vor dem Traualtar stehen, und bis dahin gab es noch eine Menge zu tun. »Ja, das ist so eine Sache. Aber wir sind dabei, das zu organisieren. Meine Eltern kommen dann auch mit dem Auto«, erklärte Miriam.

Die engsten Familienangehörigen waren bereits hier, aber die übrigen Gäste kamen nur für vier Tage zur eigentlichen Feier, und für die hatte man umliegende Hotels gebucht. Ein wahnsinniger Aufwand, zum Glück hatte Miriam nicht komplett alles selbst organisieren müssen. Der Familiensekretär der Kaffeemillionäre hatte sehr viele der anfallenden Arbeiten für das Paar übernommen.

»Vielleicht löst sich das Problem mit dem Vulkan ja bald von selbst«, meinte Margot in beruhigendem Tonfall. »Ihr Lieben, ich werde mal eine Runde mit meinen Lieblingen drehen, ihr habt sicher eine Menge zu besprechen.« Sie lächelte freundlich, und Rebecca fand, dass sie ausgesprochen nett wirkte. Wenn auch ein bisschen steif, aber vielleicht war das bei diesen reichen Leuten einfach normal.

»Bis nachher«, rief Miriam ihr noch hinterher. Als Margot außer Hörweite war, beugte sich Miriam zu Rebecca. »Und jetzt mal im Ernst, wie war die Fahrt? Habt ihr euch gegenseitig die Augen ausgekratzt?«

Der Kaffee und der Saft wurden serviert, dann erst antwortete Rebecca. »Wie du siehst, habe ich noch beide Äpfelchen drin.«

»Und Vinzent?« Miriam wirkte noch immer skeptisch.

Rebecca guckte irritiert. »Das war aber nicht nett von dir. Als ob ich mich an dem vergreifen würde!«

»Na komm, als ich euch das letzte Mal gesehen habe, wolltet ihr euch am liebsten an die Gurgel springen, und immer, wenn Vinzents Name erwähnt wird, siehst du aus, als hättest du Mordgedanken.«

Das konnte Rebecca nicht leugnen, sie wollte ihr jedoch nicht erklären, warum. »So schlimm ist es nicht«, log sie.

»Was dann? Stehst du etwa auf ihn?«

Rebecca quietschte und schüttelte sich. »Igitt. Nein. Das ergibt doch gar keinen Sinn, wobei Hass auch eine Form von Leidenschaft ist. Wenn du so willst, ist das vielleicht die Erklärung, nach der du suchst.«

Miriam verdrehte die Augen. »Ich kapiere gar nichts, aber, Liebes, ich frage mich schon, ob das mit euch gut gehen wird.«

»Wie, gut gehen? Da geht gar nichts«, wandte Rebecca prompt ein.

»Ich meine eure Rolle als Trauzeugen, Rebecca.«

»Ach so.« Ups. Für einen Moment hatte sie geglaubt, Miriam meinte etwas ganz anderes. Etwas, was mit viel Körpereinsatz zu tun hatte ...

»Schaffst du es, mit ihm klarzukommen? Immerhin sind wir noch ein paar Tage hier«, wollte Miriam jetzt von ihr wissen.

Rebecca rührte in ihrem Milchschaum und streute dann erst Zucker darauf. »Klar schaffe ich das. Er interessiert mich nicht. Nicht die Bohne.«

»Hm«, war alles, was ihre Freundin von sich gab. Sie wirkte nicht überzeugt.

Glücklicherweise wurde gerade das Frühstück serviert, und Rebecca konnte sich aufs Essen konzentrieren und musste nicht weiter über diesen Idioten Vinzent sprechen. »Was steht heute an?«, nutzte sie die Gelegenheit, um das Thema zu wechseln.

»Ich habe uns Termine zur Kosmetik organisiert, Gesicht, Hände und Füße.«

»Du bist ein Schatz.«

»Im Spa ist es auch klimatisiert«, verkündete Miriam und wedelte mit der Serviette vor ihrem Gesicht. Obwohl sie im Schatten unter einem Sonnenschirm saßen, war es tatsächlich schon ganz schön heiß geworden, obwohl es noch nicht mal Mittag war. Rebecca entdeckte Nathalie, die in einem sehr knappen Bikini zum Pool stolzierte, sie winkte ihnen zu, dann warf sie sich mit einem formvollendeten Köpper in die Fluten.

»Vielleicht gehe ich auch gleich noch baden«, meinte Rebecca und schob sich eine Gabel mit Ei in den Mund. Die Hollandaise-Soße schmeckte köstlich. »M-mhh, ist das lecker«, stöhnte sie dann und schloss kurz die Augen. Also kochen konnten die Italiener, das musste man ihnen lassen.

»Morgen ist dann Testessen und Weinprobe dran, du bist doch dabei, oder?« Miriam klang auf einmal wieder sehr nervös.

»Klar bin ich dabei, ich bin immerhin die Expertin«, scherzte Rebecca und rieb sich den Bauch. Sie trug ein ärmelloses blaues Kleid mit weißen Punkten aus Jersey, hier drückte und quetschte nichts. Sie liebte diese Teile.

Miriam blätterte durch einen Prospekt. »Was ist das?«, wollte Rebecca wissen.

Ihre Freundin schob ihn ihr zu. »Da steht ein bisschen was über die Umgebung und die Sehenswürdigkeiten drin, ich werde leider kaum Zeit dafür haben, gefühlt müssen wir tausend Termine bis zur Trauung wahrnehmen.«

Rebecca hatte ein wenig Mitleid. »Was denn alles noch?«

»Traugespräch mit dem Standesbeamten, Stylist, Brautkleidanprobe, sieht so aus, als hätte ich ein paar Kilos verloren ...«

»Das ist der Stress, Liebes.«

Miriam seufzte, dann fuhr sie fort: »Die Sitzordnung muss noch festgelegt werden, aber erst mal müssen wir sehen, wer überhaupt alles herkommen kann, wegen der blöden Aschewolke meine ich. Meine Eltern schaffen es erst zum Wochenende. Und dann wäre da noch das Golfturnier, der Kochkurs, der Ausflug nach Montepulciano ...«

»Puh«, stieß Rebecca hervor und trank von ihrem Saft. »Musst du das alles mitmachen?«

»Ich habe doch nicht seit Wochen an meinem Handicap gearbeitet, damit ich dann kneife.« Miriam zwinkerte. Tatsächlich hatte sie Nathalie und Rebecca andauernd mit auf den Golfplatz geschleppt, wo sie zu dritt trainiert hatten. Anfangs hatte Rebecca nicht mal den Ball getroffen, aber dann hatte es ihr sogar Spaß gemacht – auf eine gewisse Weise. Was sie nicht mochte, waren die vielen Schnösel, die mit ihren Elektro-Golfwägelchen so taten, als gehöre ihnen die Welt.

»Du schaffst das schon, und wir sind ja bei dir«, sprach Rebecca der Braut Mut zu.

»Danke, das weiß ich zu schätzen.« Miriam guckte hoffnungsvoll.

Aus dem Augenwinkel bemerkte Rebecca, dass jemand auf die Terrasse trat. Dunkelhaarig und arrogant.

Aha, Vinzent war also auch endlich wach.

Sie versteifte sich ein wenig, lächelte trotzdem, immerhin hatte sie Miriam versprochen, nett zu sein – oder so ähnlich.

Vinzent kam zu ihnen und gab Miriam ein Küsschen hier und da. »Guten Morgen, Miriam, du siehst bezaubernd aus.«

Rebecca sah er mit dem Arsch nicht an. Nicht mal für eine Sekunde.

Sie spürte, dass sich etwas in ihr zusammenzog. Wie unhöflich der Kerl war!

»Setz dich doch zu uns«, bot Miriam dem Idioten auch noch an.

Er schüttelte glücklicherweise bedauernd den Kopf. »Ich lasse euch lieber allein, aber danke.«

Natürlich – er wollte nicht mit ihr an einem Tisch sitzen. Vinzent begab sich zum anderen Ende der Terrasse. Rebecca presste ihre Lippen aufeinander und schluckte einen Kommentar herunter. Sie widmete sich wortlos ihrem Frühstück.

»Und du bist sicher, dass ihr euch auf der Fahrt gut verstanden habt?«, fragte Miriam jetzt.

»Das habe ich nicht gesagt, Liebes. Aber immerhin, wir leben beide noch. Das ist doch schon mal was.«

Rebecca schielte zu Vinzent und begegnete seinem Blick. Er starrte sie wie hypnotisiert an. Ihr stockte der Atem, dann verhaspelte sie sich und musste husten.

»Es ist also nichts vorgefallen?«, wollte Miriam wissen.

Es war eine Menge passiert, aber nichts Gutes. Rebecca erinnerte sich zu deutlich an das erste Treffen und realisierte jetzt eine Sache. »Tolstoi hat mal gesagt: Es ist leichter eine Kränkung zu rächen, als sie zu ertragen.« Da war was dran. Rebecca hasste es, wenn man Leute auf ihr Körpergewicht reduzierte, und genau das hatte Vinzent getan – nicht nur das, er lebte offenbar nach diesen Begriffen.

»Muss ich das verstehen?«, wollte Miriam wissen.

Rebecca wollte ihr gerade von der Size-Zero-Nummer berichten, als Toni über die Terrasse zu ihnen geschlendert kam. »Buongiorno, Signorine«, frohlockte er gut gelaunt. »Gut geschlafen?«

Miriam nickte freundlich. Auch Rebecca lächelte breit. Wenigstens ein Mann, der nett war. »Sehr gut, vielen Dank«, erwiderte sie.

»Großartig, das freut mich. Braucht ihr noch etwas?«

»Nein, danke«, erklärte Miriam. »Nicht für mich.«

»Für mich auch nicht. Aber es ist so nett, dass du dich nach uns erkundigst«, trällerte Rebecca.

»Ausgezeichnet. Oh, das Prospekt habt ihr schon gesehen, ihr müsst unbedingt mal zur Quelle der heiligen St. Anna wandern, man hat von dort oben einen wunderbaren Blick über die Hügel und das gesamte Anwesen, ach was, über die ganze Umgebung.«

So weit war Rebecca noch gar nicht gekommen, aber Toni schlug die Seite für sie auf und schob sie ihnen zu. »Schaut mal. Ich werde mich jetzt zu meinen Weinbergen begeben und sehe nach dem Rechten, habt einen schönen Tag, Signorine.«

Er war schon auf halbem Weg von der Terrasse, als er sich noch einmal umdrehte. »Vielleicht kommst du morgen mal mit, Rebecca, dann zeige ich dir ein bisschen was.«

Sie lächelte selig und winkte. »Klar, ich freue mich darauf.«

Rebecca bemerkte, dass Vinzents Lippen schmal geworden waren, während er angestrengt das Menü studierte. Vermutlich war dem feinen Herrn das Angebot nicht gut genug. So ein eingebildeter Fatzke.

Natürlich sah er ausgeruht aus, und auch heute war er wieder wie aus dem Ei gepellt. Er trug ein weißes Leinenhemd zu einer lässigen Shorts mit lässigen Flipflops. Auf seinen gebräunten muskulösen Beinen glänzten goldene Härchen im Sonnenlicht. Auf der Nase hatte er eine Pilotenbrille. Hastig wandte sie sich ab, da ihr Mund ganz trocken geworden war. »Wann ist der Termin im Spa, sagtest du?«, fragte sie Miriam, dabei realisierte sie, dass ihre Stimme krächzte.

»Ich hab noch gar nichts gesagt.« Ihre Freundin grinste. »In einer Stunde.«

»Okay, dann sehen wir uns, ich gehe vorher auch noch eine Runde schwimmen.« Rebecca stand auf und legte ihre Serviette zur Seite. Rebecca war genervt, was nur an Vinzents Gegenwart liegen konnte. Je eher sie von der Terrasse wegkam, desto besser.

Vinzent saß im Schatten vor seinem Zimmer und kritzelte lustlos auf seinem Block herum. Er war dabei, seinen Businessplan für die neue Modelinie zu überarbeiten. Er wollte nicht einfach aufgeben, nur weil sein Vater die Zeichen der Zeit nicht verstand.

Es war schwül und unglaublich heiß, er konnte kaum denken. Vinzent guckte in den Himmel, der war ein wenig trüb, vielleicht zog heute noch ein Gewitter auf. Das würde ihn nicht wundern.

Er hörte Schritte, dann entdeckte er Rebecca, die im Trägershirt und kurzen Hosen unterwegs war. »Hallo, Becks«, rief er hinter ihr her, warum wusste er auch nicht.

Sie wirbelte herum und riss die Augen auf. »Musst du mich so erschrecken?«

Natürlich fand sie in allem sofort einen Grund, um ihm einen Vorwurf zu machen. Hätte er bloß die Klappe gehalten.

Vinzent lehnte sich zurück und hob eine Augenbraue. »Wohin des Weges?«, fragte er so arrogant wie möglich.

Sie straffte ihren Rücken. »Zur Quelle der heiligen St. Anna – aber das sagt dir wahrscheinlich nichts.«

Er lächelte schwach. Diese Frau hatte keine Ahnung, denn natürlich kannte er den Aussichtspunkt, da er schon ein paarmal mit seiner Familie hier gewesen war. So war Götz überhaupt erst auf die Idee gekommen, auf Il Falconiere zu feiern: weil Vinzent ihm den Ort vorgeschlagen hatte. »Wenn du meinst«, war alles, was er dazu sagte.

»Boah, warum musst du nur immer so ... ätzend sein.«

Ob die Frau manchmal auch in den Spiegel schaute? »Kennst du den Weg?«, wollte er stattdessen wissen.

»Äh, so ungefähr. Warum?« Er las leise Zweifel auf ihrem Gesicht.

»Komm, ich zeichne es dir auf«, bot er gönnerhaft an und riss ein leeres Blatt von seinem Block. Erst markierte er die Pforte, von der aus man das Hotel-Anwesen verließ, dann ein paar Wegpunkte und schließlich das Ziel: die Quelle auf dem Gipfel des Hügels. Jeder musste diese Karte lesen können.

Rebecca trat näher und guckte misstrauisch. »Und du bist sicher, dass das nicht der Pfad zur Hölle ist?«

Fast hätte er gelacht, einen gewissen Sinn für Humor schien sie zu haben. Er wedelte mit dem Blatt, und sie nahm es tatsächlich entgegen. »Ich weiß nicht, welche Laus dir schon wieder über die Leber gelaufen ist, Becks, aber ich meine es nur gut.«

Sie schwieg, dann schluckte sie.

Rebecca sprachlos?

Oha, hatte er da also auf einen wunden Punkt getroffen? Was war los?

In der nächsten Sekunde sagte er sich, dass er sich einen feuchten Kehricht dafür interessierte, was der Dame die Laune verhagelt hatte. Vielleicht war ihr ein Nagel abgebrochen.

»Na schön. Danke«, brummte sie jetzt. Rebecca schaute ihn noch einmal kurz an, dann setzte sie ihren Weg fort. Sie hatte wirklich einen faszinierenden Hüftschwung.

Vinzent unterdrückte seine körperlichen Reaktionen. Er guckte ihr lange nach und schaute dann wieder in den dunkler werdenden Himmel. Ob sie sich das mit der Wanderung gut überlegt hatte?

Was hatte diese Frau an sich, was ihn sofort auf die Palme brachte? Nicht nur das.

Er wusste nichts über sie. Das musste er ändern. Vinzent zückte sein Handy und gab Rebeccas Namen in die Suchmaschine ein. Er fand einige Artikel und natürlich Bilder von ihr. Gerade heute war eine neue Kampagne für nachhaltige Plus-Size-Bademode gestartet. Wow, Rebecca war wirklich heiß – das war ihm allerdings auch schon vorher aufgefallen. Aber etwas störte ihn an den Bildern, er kam nur nicht gleich darauf, was es war.

Er betrachtete die Aufnahmen einige Minuten, dann kapierte er, was ihn irritierte. Die Fotos waren stark bearbeitet, sie hatte nicht einmal winzige Lachfältchen um den Mund. Vinzent furchte seine Stirn. Das war schade, denn ihm gefiel sie natürlich viel besser. Sie hatte diese Retouchiererei doch gar nicht nötig. Ihre Taille hatten sie garantiert um zehn Zentimeter optisch verschmälert, unverständlich, wo doch gerade ihre Kurven das große Plus waren. Hm.

Ein leises Donnergrollen aus der Ferne ließ ihn wieder aufblicken. Von Westen zogen schwarze Wolken auf, ein leichter Wind hatte eingesetzt. Es würde sicher nicht mehr lange dauern, bis der Himmel seine Schleusen öffnete.

Götz trottete gerade um die Ecke und ließ sich auf einen der freien Gartenstühle auf der Terrasse neben ihm fallen.

»Du siehst fertig aus«, stellte Vinzent grinsend fest. Er sparte sich den Kommentar, dass er das mit der Hochzeit von vornherein als keine gute Idee angesehen hatte. Götz war auf dem Ohr taub, und Vinzent würde sich mit einem Spruch höchstens Ärger einhandeln. Letztlich war Miriam nett, und nur weil er selbst keinen Bedarf an einer festen Beziehung hatte, musste das ja nicht heißen, dass jeder in seinem Umfeld Single bleiben musste.

»Ich bin fix und alle. Erst hat mich mein alter Herr bei sengender Hitze achtzehn Löcher über den Golfplatz gehetzt, und dann musste ich auch noch tausend Stunden mit Leuten verbringen, die uns über den möglichen Blumenschmuck für die Kirche das Ohr abgekaut haben.«

Vinzent lächelte, er hatte sogar ein wenig Mitleid mit seinem Freund. »Du Armer.«

Götz schnaubte. »Und was ist mit dir los? Warum hängst du hier so alleine herum?«

»Ich habe gearbeitet, oder es zumindest versucht, aber bei der schwülen, stickigen Luft kann man ja nicht denken. Marius scheint ja noch am Flughafen festzuhängen.«

Er war ein guter Freund der beiden, sie waren gemeinsam zur Schule gegangen und hatten kürzlich gemeinsam Götz' Junggesellenabschied gefeiert.

»Ja, das ist ein großer Scheiß. Sag mal, wo ist eigentlich deine Nachbarin? Miriam hat mir ganz besorgt erzählt, dass ihr euch ein Haus teilt. Was geht da eigentlich zwischen euch ab, wieso ist Rebecca bei dir mitgefahren? Ist aus der Feindschaft doch noch Liebe geworden?«

Vinzent verschluckte sich und musste husten. »Dir ist wohl bei den Temperaturen eine Sicherung durchgebrannt. Ich habe sie aus Mitleid mitgenommen, damit deine Braut eine Trauzeugin hat und nicht auf die moralische Unterstützung ihrer Freundin verzichten muss. Das ist alles. Und eigentlich hätte ich gedacht, dass mein Opfer ein wenig honoriert würde ...«

»Von wem, von Rebecca?«

»Nee, lass mich bloß mit der in Ruhe.« Vinzent verdrehte die Augen und dachte nicht daran, was ihre bloße Anwesenheit mit ihm machte. Das gefiel ihm nämlich ganz und gar nicht.

»Immer noch Feinde?«, hakte Götz nach.

Vinzent überlegte kurz. Er wusste auch nicht, was das zwischen ihm und Rebecca war, so was hatte er noch nie erlebt. »So weit würde ich nicht gehen, aber sie ist wirklich nervig. Ständig schlecht gelaunt und überhaupt ...«

Götz guckte sich um und schnitt ihm ins Wort. »Wo steckt sie eigentlich?«

»Sie ist vor einer halben Stunde losgewandert, zu diesem Aussichtspunkt da oben, zur Quelle.«

»Ui, und das, wo es bald gewittern soll. Du hast sie doch nicht etwa losgeschickt?«

»Hä? Wieso sollte ich, ich habe ihr nur eine kleine Karte gezeichnet.«

»Wenn die Gute vom Blitz erschlagen wird, geht das auf dein Konto, du weißt doch genau, wie das hier abgehen kann.«

Vinzent seufzte und rieb sich die Stirn. »Als ich Rebecca das letzte Mal gesehen habe, war sie immer noch eine erwachsene Frau und kein Baby, das nicht selbst Entscheidungen treffen kann.«

Götz verdrehte die Augen. »Sie kennt sich hier nicht aus, vielleicht verläuft sie sich, ein Baum stürzt um und erschlägt sie.«

Vinzent lachte ironisch. »Ich glaube, die nahende Hochzeit löst einige Horrorszenarien in deinem Kopf aus, du hast sie ja wohl nicht mehr alle. Sie kann auf sich selbst aufpassen.«

»Mir wäre es lieber, du suchst sie und siehst zu, dass sie zum Dinner heil wieder da ist, klar? Sie ist Miriams beste Freundin und Trauzeugin. Ich will hier kein Unglück erleben, das mir die Hochzeit versaut!«

Vinzent schnitt seinem Freund eine Grimasse. »Du kannst echt nerven. Aber gut, du hast mich überzeugt. Ich gehe sie suchen.«

Götz zuckte die Schultern. »Wenn du es schon nicht für Rebecca machen willst, dann tu es für Miriam, sie hängt an ihrer Freundin.«

»Und was ist mit mir? Mich trifft etwa kein Blitz?«

»Du weißt dir schon zu helfen, und vielleicht schafft ihr es ja noch vor dem Unwetter, wenn du jetzt losmarschierst.«

»Dafür habe ich was gut bei dir, klar?«

Götz grinste und winkte ab. »Ja, und jetzt beeil dich.«

Vinzent stand mit einem genervten Schnauben auf, brachte seinen Kram ins Haus und tauschte Flipflops gegen Turnschuhe. Dann joggte er den Pfad entlang, um Rebecca einzuholen.

REBECCA SCHWITZTE WIE VERRÜCKT. Mindestens zehn Moskitobisse hatte sie auch schon abbekommen. Von der Quelle der heiligen St. Anna war jedoch noch immer keine Spur zu entdecken. Sie guckte zum millionsten Mal auf den Zettel, den Vinzent vorhin für sie bekritzelt hatte. Soweit sie das aus seiner Skizze erkennen konnte, war sie auf dem richtigen Pfad, so viele gab es ja nicht. Vor einer Weile war sie an einem kleinen Unterstand vorbeigekommen, an dem sich auch ein Trinkbrunnen befunden hatte. Da hatte sie noch keinen Durst gehabt, jetzt sehnte sie sich nach Wasser und bereute die Entscheidung, keine Pause eingelegt zu haben.

»Ich bin so eine Memme«, schimpfte sie sich selbst und marschierte sogleich stramm weiter. So einfach gab sie nicht auf.

Ein Donner grollte laut und unheilverkündend über den Hügel und Rebecca schrie leise auf. Verdammt. Auch das noch. Damit hatte sie nicht gerechnet.

Sie schaute in den Himmel, der von dunklen Wolken überzogen war. Düster wirbelten sie umher, ein böiger Wind setzte ein. Die Luft flirrte und war elektrisch aufgeladen.

Sie überlegte kurz, ob sie umkehren sollte, aber jetzt war sie fast da, und der ganze Aufwand wäre umsonst, wenn sie kein Bild vom Gipfel schoss. Außerdem brauchte sie ein wenig Bewegung, um sich abzureagieren. Nachdem sie vorhin die Kampagne entdeckt und damit ihre beinahe bis zur Unkenntlichkeit retuschierten Bilder gesehen hatte, war ihre Laune zehn Grad unter null gesunken. Wenn das den echten Temperaturen entspräche, wäre es gar nicht so übel. War es aber nicht, hier war es wie in einer Sauna. Die Luftfeuchtigkeit musste bei neunzig Prozent liegen, ihre Klamotten klebten an ihr, sie fühlte sich, als wäre sie in den Tropen und nicht in der Toskana. Kurzum: Der Tag war eine Vollkatastrophe und schien sogar Potenzial zu haben, noch schlimmer zu werden.

Rebecca setzte ihren Weg fort, immer weiter hinauf. Der Wind wurde kräftiger, aber davon ließ sie sich nicht von ihrem Plan abbringen. In einiger Entfernung zuckten die ersten Blitze über den Himmel. Der Donner folgte, aber es lagen noch einige Sekunden dazwischen. Vielleicht zog das Gewitter ja vorbei. Das gab es oft genug. Rebecca war so kurz vor dem Ziel, sie sah den Gipfel schon. Jetzt wollte sie nicht aufgeben.

Als sie die Quelle erreichte, schnaufte sie angestrengt und wischte sich über das Gesicht. Die ersten Tropfen platschten vom Himmel. Eine willkommene Erfrischung, wenn der Wind nicht so stark geworden wäre, dass sie beinahe weggeweht würde. Ein fieser Sommersturm nahte, daran gab es keinen Zweifel mehr.

Rebecca war stur, deswegen zückte sie ihr Telefon und schoss ein paar Bilder, auch ein Selfie.

»Ich habe immer gewusst, dass du komplett irre bist«, hörte sie eine bekannte männliche Stimme hinter sich, die sie am liebsten nie wieder gehört hätte.

Rebecca wirbelte herum, Strähnen ihres feuchten Haares klatschten ihr ins Gesicht. »Verfolgst du mich?«, schnarrte sie.

Vinzent schwitzte, er atmete heftig. Er sah aus, als ob er die ganze Strecke gerannt wäre. Seine Augen funkelten, aber nicht vor Freude. Seine Kiefermuskeln mahlten.

Hilfe, was war denn hier los? War er sauer auf sie? Wütend? Warum?

Freundlich sah jedenfalls anders aus. »Los, lass uns gehen«, knurrte er und winkte sie zu sich heran.

Rebecca steckte ihr Handy weg und neigte den Kopf ein wenig zur Seite. »Mit dir gehe ich nirgendwohin. Wer sagt mir denn, dass du mich nicht umbringen willst? Man kann eine Leiche hier sicher gut loswerden.« Ihr war klar, dass das übertrieben war, aber sie konnte seinen Befehlston nicht leiden. Was glaubte er eigentlich, wer er war?

Vinzent hob einen Finger und ließ ihn neben seiner Stirn kreisen. »Du hast sie doch nicht mehr alle.« Ein Blitz leuchtete direkt über ihnen auf und malte ein bizarres Muster an den bedrohlich anmutenden Sturm-Himmel.

Rebecca schrie auf. Dann krachte der Donner auch schon in einer Lautstärke, dass ihr doch angst und bange wurde.

»Jetzt habe ich aber die Nase voll!« Mit einem langen Schritt war Vinzent bei ihr und zog sie mit sich. Rebecca stolperte, aber fing sich wieder. Noch ehe sie etwas erwidern konnte, öffneten sich die Schleusen, und dicke Regentropfen prasselten vom Himmel.

»Los, weg hier!«, schrie Vinzent sie an. »Es ist gefährlich hier oben, kapierst du das denn nicht?«

Schon zuckte der nächste Blitz, nahezu gleichzeitig mit dem grollenden Donner über ihnen. So etwas Lautes hatte Rebecca noch nie in ihrem Leben gehört. Auf einmal ging ihr der Arsch auf Grundeis.

Vinzent ließ Rebecca keine Zeit, sich in ihrer Panik zu verlieren. Er verschränkte ihre Finger mit seinen und eilte mit ihr den schmalen Pfad entlang nach unten, wo sie hergekommen waren. »Geht es?«, rief er ihr über die Schulter zu.

Wenn die Lage nicht so brenzlig gewesen wäre, hätte sie vielleicht Zeit gehabt, sich zu fragen, warum er auf einmal so nett war, aber dafür hatte sie weder den Atem noch die Nerven.

»Ja!«, kreischte sie zurück.

Es war so unfassbar laut um sie herum. Regen, Wind, Bäume, Blätter, abgebrochene Äste und kleinere Pflanzenteile wirbelten durch die Luft. Die ersten Eiskörnchen mischten sich in den Regen.

Hagel. Auch das noch. Wenn es blöd lief, wurde sie von einem Eisbrocken erschlagen, der auf ihren Kopf donnerte. Das würde sicher eine tolle Schlagzeile werden: Curvy Model wird im Gewitterhagel erwischt, weil sie zu langsam rannte. Hätte sie mal besser mehr trainiert und statt Kurven Muskeln gepflegt...

Rebecca biss die Zähne zusammen, übersah einen Stein und verlor das Gleichgewicht. Sie landete auf Vinzent, er fing sie auf. »Sorry«, murmelte sie.

»Bist du okay?«, fragte er, anstatt sie blöd anzumachen.

Sie nickte nur. »Ja.«

»Dann weiter, komm mit! Ich habe eine Idee.«

Sie stellte keine dummen Fragen, weil sie genug mit sich zu tun hatte. Vinzent hatte viel längere Beine als sie, und er war auch deutlich besser in Form. Wäre die Situation anders, hätte sie sich vielleicht darüber gefreut, dass sie seine breiten Schultern aus nächster Nähe mustern konnte, aber jetzt war nicht die Gelegenheit dafür.

Wo war nur dieser blöde Unterstand, an dem sie vorhin vorbeigekommen war?

Wieder ein Donner und ein Blitz. Gleichzeitig. Der Boden bebte geradezu unter ihnen. Dazu der sintflutartige Regen. Auf dem Pfad hatte sich ein reißendes Bächlein gebildet, ihre Füße standen schon bis zu den Knöcheln im Wasser. Vinzent hielt ihre Hand etwas fester. Er vermittelte ihr Stärke und Sicherheit. Noch vor einer Stunde hätte sie niemandem geglaubt, der ihr das erzählt hätte, aber es war so. Sie klammerte sich an ihm fest, seine Haut war warm, sein Tritt sicher. Mit ihm fürchtete sie sich weniger.

Rebecca keuchte unter der Anstrengung, aufgrund des Sturms war nichts davon zu hören. Ihre Oberschenkel brannten, ihre Lungen auch, ihr war so schlecht, dass sie glaubte, sich gleich übergeben zu müssen. Irgendwann erreichten sie den Unterstand, nur durch ein Wunder waren sie bis dahin nicht von herabfallenden Ästen oder einem Blitz getroffen worden. Vinzent schob sie ganz nach hinten, dicht an die Wand. Sogar unter dem Dach spritzte noch Wasser herein.

Rebecca konnte nicht sprechen, sie lehnte sich mit dem Hintern gegen Holzdielen und beugte sich nach vorn, um sich mit den Händen auf den Oberschenkeln abzustützen. Ihre Lungen brannten noch immer, ihre Lippen waren geöffnet. Jetzt trommelte Hagel aufs Dach, ein weiterer Blitz, dann der Paukenschlag des Donners.

Rebecca zuckte zusammen. Vinzent stand bei ihr. Sie richtete sich langsam auf, allmählich bekam sie besser Luft. »Alles in Ordnung?«, fragte er noch einmal. Sein Ausdruck war ernsthaft besorgt, weder Überheblichkeit noch Spott schlugen ihr entgegen.

»J-ja, ich glaube schon«, stotterte sie.

»Mann, das war knapp.« Er atmete aus und zerzauste sich die Haare, dann zupfte er an seinem durchnässten T-Shirt. Man konnte die Konturen seines Oberkörpers erkennen. Und die waren beachtlich, die Muskeln perfekt definiert. Ihre Kleidung klebte ihr ebenso am Leib wie ihm. Ihre Haare standen vermutlich auch in alle Richtungen ab. Auf einmal fing sie an zu zittern, sie konnte es nicht verhindern oder verbergen, ihr Körper verselbstständigte sich. Entweder von der Anstrengung oder vom Schrecken, vielleicht eine Kombination aus beidem.

»Sind wir hier sicher?«, wollte sie wissen. Ihre Stimme klang dünn.

»Ich denke schon, besser als ohne Dach ist es auf jeden Fall.« Er trat näher. »Du bibberst ja, Becks. Komm her.« Sein Tonfall war beinahe zärtlich. Rebeccas Magen zog sich zusammen. Vinzent legte seine Arme um sie. Wie ein schützender Mantel umgab sie seine männliche Wärme. Rebecca wehrte sich nicht, im Gegenteil. Sie lehnte ihre Stirn gegen seine nasse Schulter und ließ sich von ihm halten. Er war ihre Stütze, ihre Sicherheit im Sturm. Es war ein seltsamer Moment, einer, von dem sie nie geglaubt hätte, dass er zwischen ihnen stattfinden könnte. Aber sie vertraute Vinzent, sie wusste mit einer tiefen Gewissheit, dass er sie vor allem beschützen würde. Daran bestand nicht der geringste Zweifel.

Rebecca schloss die Augen, während er sie einfach weiter umarmte und festhielt. Der Sturm toste um sie herum. Blitze, Donner und tennisballgroße Hagelkörner konnten ihr nichts anhaben, weil er bei ihr war. Es fühlte sich gut an. Sehr gut sogar. Davon war sie vielleicht am meisten überrascht, dass sie ihn nicht nur als Retter in der Not ansah, sondern als Fels in der Brandung.

Sie wollte ihn fragen, warum er gekommen war. Hatte er sich Sorgen gemacht? Oder war es Zufall? Aber kein Wort kam über ihre Lippen. Sie war zu überrascht von allem, was hier gerade passierte.

Es kam nicht oft vor, dass Rebecca vor anderen bewusst

Schwäche zuließ. Aber dies war einer der wenigen Augenblicke, in denen sie das einvernehmliche Schweigen wirklich genoss. Und die Wärme. Die starke Schulter eines Mannes, den sie nicht leiden konnte, dem sie aber mit ihrem Leben vertraute. Sie dachte nicht darüber nach, was das über sie aussagte, und wollte auch nicht wissen, was in ihm vor sich ging. Nur für den Moment bildete sie sich ein, dass zwischen ihnen eine besondere Verbindung bestand, eine, die man nicht mit Worten beschreiben konnte.

Das Gewitter toste noch eine ganze Weile, sie hatte keine Ahnung wie lange. Das Gefühl für die Wirklichkeit hatte sie schon seit einiger Zeit verloren. Rebecca befand sich mit Vinzent in einem eigenartigen Kokon, den sie nicht verlassen wollte. Sie hörte sein Herz klopfen, atmete den Duft seines Aftershaves ein und hielt ihn ein wenig fester. Sie erlaubte es sich, schwach zu sein, und das war gar kein schlechtes Gefühl. Ganz und gar nicht. Worte waren nicht nötig. Sie verstanden sich auch so. Und das war das Merkwürdige daran. Rebecca wusste, dass Vinzent sich in ihrer Nähe ebenfalls wohlfühlte. Dass er das hier nicht aus Widerwillen tat.

Beinahe war sie traurig, als sich der Himmel irgendwann lichtete. Die dunklen Wolken zogen weiter, und der Regen ebbte zu einem leichten Nieseln ab. Vinzent trat mit einem Räuspern zurück, Rebecca fröstelte sofort. Sie schluckte, dann schaute sie zu ihm auf. Sie wollte etwas sagen, aber ihr fiel einfach nichts ein, was nicht albern oder pathetisch klingen würde.

Jetzt bemerkte sie ein tuckerndes Geräusch, das sehr schnell lauter wurde. Wenige Sekunden später kam ein Quad vor ihnen zum Stehen, Toni saß darauf. »Gott sei Dank, ihr seid in Ordnung!«, stieß er hervor.

»Jap, alles okay«, hörte sie Vinzents Stimme und einen leisen Seufzer.

»Rebecca, du auch?«, wollte Toni wissen und schaute sie eindringlich an.

Sie nickte. »I-ich glaube schon.« Sie fror, die Temperaturen mussten um mindestens zehn bis fünfzehn Grad gefallen sein – oder es lag daran, dass Vinzent sie nicht mehr mit seinem Körper wärmte?

»Du frierst, Rebecca, komm mit, ich bringe dich zurück.« Toni lud sie mit einer freundlichen Geste auf sein Quad ein.

Kurz überlegte sie, ob sie ablehnen sollte. Sie schaute zu Vinzent, der ihrem Blick auswich und seine Hände in den Hosentaschen vergrub. »Du solltest gehen«, murmelte er schroff, ohne sie dabei anzuschauen.

Okay, das war es also. Zwischen ihnen war alles wie vorher. Natürlich, wie hatte sie nur annehmen können, dass es anders sein könnte? Er hatte in einem Notfall getan, was getan werden musste – immerhin war er kein gewissenloses Schwein. Aber an allem anderen hatte sich nichts geändert. Vermutlich war Vinzent Toni sogar dankbar, dass er sie jetzt mitnehmen und ihn damit erlösen würde.

Rebecca straffte sich und lächelte Toni zu. »Ja, unbedingt, Toni, ich komme total gern mit, ich wollte schon immer mal mit so einem Ding fahren.« Sie trat zum Quad, dann wandte sie sich noch einmal Vinzent zu. »Du kommst zurecht?« Es hatte freundlich klingen sollen, aber sie merkte selbst, dass der Satz völlig falsch rüberkam. Korrigieren konnte sie ihn auch nicht, sie wusste nicht wie.

Er hob eine Braue und wirkte geradezu zynisch dabei. »Wieso sollte ich nicht?«

Rebecca wusste nicht, was sie erwartet hatte, aber sie war

enttäuscht über diesen Satz. Sie wollte nicht weiter darüber nachdenken und kletterte hinter Toni auf das Gefährt. »Ich werde deine Kleidung nass machen«, wandte sie sich lachend an den Italiener.

Er kicherte. »Kein Problem, Bella, lehn dich ruhig an meinen Rücken und halte dich gut fest.« Er griff nach ihren Händen und legte sie sich um die Taille. Rebecca schaute noch einmal zu Vinzent, seine Miene war verschlossen. Sie hatte keine Ahnung, was in ihm vorging. Lediglich ein Zucken an seinem Kiefer verriet ihr, dass ihn irgendetwas störte. Vielleicht ärgerte er sich über die verschwendete Zeit. Ja, wahrscheinlich.

Dann raste Toni den Berg mit ihr hinunter und brachte sie zu ihrem Zimmer, wo sie erst einmal eine heiße Dusche nahm, ehe es etwas später zum Essen ging. Sosehr sie auch wollte, so wenig konnte Rebecca vergessen, wie sich die Nähe zu Vinzent angefühlt hatte. Beinahe elektrisierend. Vielleicht hatte es am Sturm gelegen. Vielleicht aber auch nicht. Sie war sich nicht sicher. Ganz und gar nicht. Sie wusste nur eines: Sie hatte es schön gefunden, von ihm umarmt zu werden. Und das machte ihr Angst.

SECHS

N ach dem Gewitter war die Luft kühl und klar, auf den Kieswegen standen noch einige Pfützen, das meiste war jedoch bereits versickert oder verdunstet. Die Pflanzen hatten den Regen gut gebrauchen können, der Duft von Zypressen und Pinien hing durchdringend in der Luft, es roch ganz wunderbar. Vinzent stand mit einem Aperitif auf der Terrasse und plauderte mit Götz. Sein Haar war noch feucht von der Dusche, die er nach seiner Rettungsaktion dringend nötig gehabt hatte. Er nippte an seinem Martini und dachte an Rebecca, wie sie sich an ihn geschmiegt hatte, als ob er der einzige Mensch auf Erden wäre, dem sie nahe sein wollte. Sein Körper hatte in eindeutiger Weise reagiert, er hoffte, dass sie nichts davon mitbekommen hatte. Und dann erinnerte er sich an ihr Verhalten, nachdem Toni zu ihrer Rettung aufgetaucht war. Rebecca hatte gar nicht schnell genug von ihm wegkommen können.

Vinzent knirschte mit den Zähnen.

»Hey, hörst du mir überhaupt zu?«, unterbrach Götz seine

finsteren Gedanken.

Vinzent hob eine Braue und spielte den Coolen. »Sorry, mein Lieber.«

»Ich habe dich gefragt, ob Rebecca alles gut überstanden hat«, wiederholte Götz seine Frage.

»Natürlich, was denkst du denn?«, gab Vinzent irritiert zurück.

»Ich weiß nicht – bisher habt ihr euch ja nicht sonderlich gut verstanden.«

Da hatte Götz recht, und auch jetzt wusste Vinzent nicht, wie er sie einordnen sollte. Rebecca war für ihn ein Buch mit sieben, ach was, mit zwölf Siegeln. Einerseits ließ sie keine Gelegenheit aus, um ihn anzumotzen, andererseits hatte sie sich geradezu in seine Arme geworfen. Vielleicht war es wirklich nur dem Gewitter geschuldet, es gab ja Frauen, die vor allem Angst hatten. So wirkte sie jedoch nicht auf ihn, sonst hätte sie sich auch nicht bis zu dieser dämlichen Quelle vorgewagt, obwohl klar gewesen war, dass ein Unwetter aufzog. Vinzent atmete leise aus, dann nippte er erneut an seinem Martini.

»Und?«, fragte Götz ungeduldig.

Vinzent wusste nicht, was er zum Thema Rebecca noch sagen sollte. »Was willst du hören? Dass wir auf einmal die besten Freunde sind? Garantiert nicht, sie kann mich nicht leiden, und wenn ich ehrlich bin, dann mag ich sie auch nicht besonders. Rebecca ist mir viel zu kompliziert und zu zickig. Wenn du mich nicht gezwungen hättest, nach ihr zu suchen, wäre ich gar nicht erst losgegangen ...«

Götz' Augen hatten sich bei seiner Erklärung geweitet, jetzt schaute er an Vinzent vorbei und verzog seine Lippen.

Ein mulmiges Gefühl machte sich in Vinzents Bauch breit.

O nein.

Irgendjemand war auf die Terrasse gekommen, das kapierte Vinzent leider erst jetzt. Hoffentlich nicht Rebecca.

Vinzent guckte über seine Schulter und drehte sich um. Natürlich. Was für ein Mist. Rebecca stand mit einem Glas Weißwein ungefähr drei Meter hinter ihm. Verdammt. Sie trug ein luftiges Chiffonkleid mit Römersandalen, ihre Haare hatte sie hochgesteckt, einzelne Strähnen umrahmten ihr Gesicht. Ihre vollen Lippen hatte sie missmutig verzogen und ihr Blick sprach Bände: Sie wollte ihn am liebsten töten.

Scheiße.

»Ja, Vinzent, mir tut es auch leid, dass du deine Zeit mit mir verplempern musstest.« Sie trat näher und hob ihr Glas an. »Danke, dass du es barmherzigerweise doch über dich gebracht hast, nach mir zu sehen. Ich verspreche dir, es wird erstens nicht mehr vorkommen, und zweitens brauchst du ganz sicher nichts mehr zu tun, was dir so zuwider ist.«

Sie trank einen großen Schluck, dann lächelte sie Götz zu. »Danke, dass du dich um mich gesorgt hast, Götz. Miriam hat großes Glück mit dir.«

Damit machte Rebecca einen Abgang, der einer Monarchin würdig gewesen wäre. Sie hatte diese Ausstrahlung, die man nicht kaufen konnte. Sie war ein Unikat.

Und sie hasste ihn.

Vinzent wollte etwas erwidern, ihr erklären, dass er seinen Spruch nicht so gemeint hatte. Aber alles, was er jetzt von sich geben würde, würde sie ihm nicht glauben. Zudem hatte er nicht einmal eine Idee, womit er seine Worte zurücknehmen oder relativieren könnte. Vinzent rieb sich über die Nasenwurzel. Gott, wie ätzend das doch alles war. Warum hatte er Götz nicht einfach die Wahrheit sagen können?

Er unterdrückte ein Stöhnen.

Nein, das wäre auch völlig falsch angekommen. Wenn er Götz berichtet hätte, dass er Rebecca zwar nicht leiden konnte, aber ständig scharf auf sie war, hätte sie ihm vermutlich ihren Wein ins Gesicht gekippt oder in die Eier getreten. Auch nicht optimal.

Vinzent stürzte seinen Martini herunter und lehnte sich mit der Hüfte gegen das Geländer. Er überblickte das Anwesen und fragte sich, warum er sich in Rebeccas Gegenwart immer wie ein kompletter Idiot vorkam. Götz legte ihm eine Hand auf die Schulter. »Sie wird sich schon wieder beruhigen.«

Vinzent war sich da nicht so sicher. Noch schlimmer war, dass es ihm etwas ausmachte.

AUCH AM NÄCHSTEN Morgen kochte Rebecca noch immer über Vinzents ätzenden Spruch. Wie ätzend dieser Mann war, konnte sie gar nicht fassen. Gerade hörte sie ihn auf der Terrasse telefonieren. Sogar zu anderen war er gemein, sein Tonfall war schneidend.

Tja, wenigstes hatte er noch ein Telefon, das funktionierte, das konnte sie leider nicht von sich behaupten. Ihres hatte die gestrige Sintflut nicht unbeschadet überstanden. Das war ungünstig, denn eigentlich hatte sie dem Auftraggeber wegen der Kampagne so richtig die Meinung geigen wollen.

Was die mit ihren Aufnahmen gemacht hatten, ging gegen alle ihre Grundsätze. Am schlimmsten war, dass diese Leute ihre Wünsche auch nach mehreren Gesprächen mit

Füßen getreten hatten. Das war geschäftsschädigend, denn Rebeccas Image beruhte auf Natürlichkeit – das glaubte ihr jetzt wohl niemand mehr.

Es war schrecklich. Ihr ganzer Ruf war dahin.

Während sie sich einen Bikini anzog, dachte sie an das Gespräch in der Maske neulich, als die Stylistin ihr schüchtern gestanden hatte, dass sie dank Rebecca diesen Sommer zum ersten Mal seit Jahren selbst wieder einen Bikini tragen würde. Dass Rebecca ihr Mut machte, zu ihrem Körper zu stehen, ihn mit allen Macken und Dellen zu akzeptieren.

Was würde diese Frau jetzt über sie sagen?

Bestimmt hielt sie sie für verlogen. Zu Recht!

Sie schnaubte und raufte sich die Haare. Weil das natürlich total sinnlos war, fasste sie sich ihre Locken zu einem Pferdeschwanz zusammen und betrachtete sich im Spiegel. Ja, sie hatte keine klassische Bikinifigur, aber wer bestimmte diese Definition überhaupt? Rebecca mochte ihren Körper, aber das war nicht immer so gewesen. Doch heute war sie stolz, dass sie keine Probleme mehr mit ihrem Selbstvertrauen hatte. Sie fand sich schön. Trotzdem war ihre Laune unterirdisch – sie kam nicht damit klar, dass diese Firma ihre Glaubwürdigkeit nun infrage stellt. Mit einem Seufzen band sich Rebecca einen Sarong um die Hüfte und verließ ihr Zimmer. Eine Runde im Pool würde sie hoffentlich beruhigen, heute war das Wetter wieder bombig. Es würde ihr hoffentlich helfen, ihr erhitztes Gemüt ein wenig abzukühlen.

»Hey, warte mal«, rief Vinzent hinter ihr her.

Rebecca verdrehte im Geiste die Augen, setzte aber ein, hoffentlich, nichtssagendes Lächeln auf, ehe sie sich zu ihm umdrehte. Entsetzt stellte sie fest, dass er nur eine Badehose trug und auf sie zukam. Seine Brust war glatt und wohl definiert, ohne übertrieben aufgepumpt zu wirken. Seine Bauch-muskeln spannten sich bei jedem Atemzug an und offenbarten ein Sixpack. Aber das war nicht der Grund, vermutlich wäre Vinzent auch mit einem kleinen Bäuchlein unfassbar sexy – der Kerl hatte eine Ausstrahlung, der sie sich einfach nicht entziehen konnte. Rebecca schluckte. Auf einmal war ihr Mund so trocken wie die Wüste.

Scheiße. Ihr Körper reagierte ganz eindeutig auf ihn.

Oje. Hoffentlich sabberte sie nicht. Unter seinem Bauch-nabel – sogar der war hübsch! – verlief eine dünne Linie dunkler Haare, die sich unter dem Saum seiner Badeshorts verlor. Heilige Mutter Gottes.

Vinzent konnte ohne Probleme Vorbild für alle griechi-schen Götterstatuten gewesen sein. Sie hatte darüber glatt vergessen, was sie hatte sagen wollen.

Er hatte sie mittlerweile erreicht, und der Hauch seines Aftershaves stieg ihr in die Nase. Sogar das passte perfekt zu ihm. Gemein.

Rebecca holte tief Luft, ihr Herz klopfte viel zu schnell. Ihre Knie fühlten sich wackelig an.

»Wegen gestern«, fing er an und geriet ins Stocken.

O nein. Sie wollte nicht darüber reden, denn dann müsste sie vielleicht zugeben, dass sie dankbar war, dass er sie gerettet hatte, dass sie es genossen hatte, mit ihm allein zu sein.

»Willst du zum Pool?«, fragte sie in die bedeutungs-schwere Pause hinein, weil sie kein Wort mehr über dieses verdammte Gewitter verlieren wollte. Er hatte sie in einem schwachen Moment erwischt, und obwohl sie sich noch sehr gut – viel zu gut! – daran erinnerte, wie geborgen sie sich in seinen Armen gefühlt hatte, würde sie alles daransetzen, dass sie ihm nicht wieder so nahe kommen musste. Seine harschen Worte danach hatte sie nämlich noch genauso deutlich im Ohr. Das half ihr, wieder halbwegs klar denken zu können

Rebecca lief einfach weiter, Vinzent hielt mit ihr Schritt. Natürlich, seine Beine waren viel länger. Sie könnte rennen, und er müsste nur leicht traben ...

»Kann ich dich begleiten?«, schlug er vor.

Mein Gott. Was war denn mit ihm los? Warum verfolgte er sie? War das ein neuer Plan, um sie in den Wahnsinn zu treiben?

»Es wird sich ja wohl kaum vermeiden lassen, immerhin ist das ein freies Land, jeder darf baden gehen.«

Das klang nicht nett, und es tat ihr sofort leid, dass sie nur Gemeinheiten für ihn übrig hatte. Das lag an ihrer Unsicherheit, einem Gefühl, das sie sonst nicht von sich kannte.

Sie kamen an einem weiteren Häuschen wie ihrem vorbei. Aus dem geöffneten Fenster drangen eindeutige Geräusche. »Ja, mein Süßer, genau so ... fass dich an ... und erzähl mir, was du jetzt tust ...oooh ... ja, das ist gut ...«

Rebecca grinste. Nathalie war also hier untergebracht, und die Gute war anscheinend auch im Urlaub fleißig. Rebecca hatte keine Ahnung, wie das mit den Telefonanbietern im Ausland funktionierte, aber wenn es Nathalie Spaß machte, bitte schön. Rebecca sollte es egal sein, ob Nathalie sogar im Urlaub arbeitete.

Vinzent gluckste. »Da ist wohl jemand beschäftigt.«

»Das ist nur Nathalie«, erklärte Rebecca beiläufig.

»Oh, sie hat ja schnell jemanden gefunden.«

Rebecca würde den Teufel tun und ihm erklären, dass es ihr Job war, am Telefon die Versaute zu spielen. Vermutlich epilierte sie sich dabei die Beine oder sortierte ihre Wäsche in den Schrank, was der erregte Sex-Hotline-Anrufer natürlich nicht ahnte.

»Was willst du von mir, Vinzent«, sprach Rebecca einfach direkt aus, was ihr auf der Zunge lag. Sie hatte keine Lust, über Nathalies Job zu reden. Sie wollte Vinzent einfach nur loswerden, damit sie sich wieder normal fühlen konnte und nicht so ... komisch.

»Gar nichts. Ich bin einfach auf dem Weg zum Pool und dachte, wir könnten gemeinsam gehen.«

»So ein Unsinn, Vinzent.« Das glaubte er doch wohl selbst nicht. Er musste was Fieses im Sinn haben.

»Wieso Unsinn?«

Sie schüttelte den Kopf. »Du musst nicht so tun, als ob du mit mir klarkommen möchtest, wir können uns einfach aus dem Weg gehen – und beim nächsten Gewitter brauche ich deine Hilfe auch ganz sicher nicht noch einmal.«

»Mensch, Rebecca, du hast da was falsch verstanden.«

Ihr Magen zog sich zusammen. Da hatte es nichts gegeben, was sie hätte falsch verstehen können. »Habe ich nicht. Pass auf!« Sie blieb stehen und funkelte ihn an. »Wir können freundlich miteinander umgehen, aber das war es dann auch. Klar?«

Er seufzte leise, seine Schultern sanken ein wenig herab. Er wirkte bedröppelt. »Gut, wie du willst, Becks.«

Die restliche Strecke gingen sie in angespanntem Schweigen nebeneinanderher. Am Pool trafen sie auf Miriam, die sich am Beckenrand mit Toni unterhielt. Er hatte einen Falken auf dem Handgelenk sitzen. Götz und sein Vater lagen unter einem Sonnenschirm und dösten.

Nach einer kurzen Begrüßung lächelte Toni Rebecca an.

Er hatte eindeutig Interesse an ihr. Wenigstens einer, der nett war, fand sie und strahlte zurück. Vinzent stand noch immer neben ihr und klaubte jetzt einen nicht vorhandenen Fussel von seinen Badeshorts.

»Rebecca, du siehst wundervoll aus, was für ein hübsches Kleid«, umgarnte sie der Italiener mit seinem anmutigen Greifvogel.

»Danke, Toni.« Sie grinste noch immer über beide Ohren. »Es ist ein Sarong, ein Tuch, das man sich umbindet ...«, erklärte sie unnötigerweise und brach ab, als sie die Fragezeichen in Tonis Gesicht entdeckte.

Der Falke selbst war ein bisschen unruhig, deshalb ging der attraktive Italiener zwei Schritte zurück. »Ich habe Miriam gerade von unserer Falknerei erzählt.«

»Oh, ihr habt mehrere Tiere?«, tat Rebecca interessiert, aus dem Augenwinkel nahm sie Vinzents finstere Miene wahr. Mein Gott, niemand hatte ihn gezwungen, mit ihr herzukommen! Sollte er sich doch trollen, wenn er sich von ihr genervt fühlte.

»Ja, genau, daher auch der Name unseres Anwesens. Möchtest du, dass ich sie dir einmal zeige?«

Sie wollte gerade etwas erwidern, als Vinzent einen Schritt zur Seite trat und sie in den Pool schubste. Sie wusste gar nicht, wie ihr geschah. Sie flog ins Wasser, das zum Glück angenehm temperiert und nicht eiskalt war. Durch die Luft trieb ihr Sarong nach oben, ehe sie selbst prustend wieder auftauchte. »Bist du des Wahnsinns?«, kreischte sie an Vinzent gerichtet.

Miriam hielt sich eine Hand vor den Mund und musste offenbar ein Lachen unterdrücken.

Der Typ hatte doch echt eine Meise! Rebecca war fuchsteufelswild.

Sie schwamm mit kräftigen Zügen zur Leiter und kletterte aus dem Wasser. Sie fühlte sich nicht nur wie ein begossener Pudel, sie sah garantiert auch wie einer aus. Unglaublich, was bildete der Kerl sich eigentlich ein? Ihr Herz hämmerte hart gegen ihren Brustkorb.

Sie wollte sich rächen und stampfte los. Nach zwei Schritten merkte sie, dass die anderen das alles offenbar äußerst witzig fanden. Sogar Götz' Vater lachte und applaudierte.

Haha. Was für ein Spaß! So ein Arsch!

Rebecca rang sich ein Lächeln ab und tat so, als ob sie es auch witzig fände. »Mensch, Vinzent, an dir ist ja ein Komiker verloren gegangen.«

Er schien als Einziger nicht amüsiert, sondern er wirkte schockiert, so, als könnte er selbst nicht glauben, was er da eben getan hatte. Tja, ein Versehen konnte das ja wohl kaum gewesen sein. Mistkerl.

Für eine Sekunde starrten sie sich wortlos an. Rebecca vergaß das Publikum um sie herum. Sie hatte das Gefühl, zum ersten Mal den echten Vinzent zu sehen.

In seinem Blick lag so viel Unbehagen und Schuld, dass ihr ganz anders wurde. Aber da war noch mehr. Sie entdeckte Verlangen darin.

Rebecca öffnete ihren Mund und schloss ihn sofort wieder. Das konnte ja wohl nicht sein.

Und dann war der Moment vorbei.

Vinzent schaute als Erster weg und fuhr sich durch die Haare. »Ich habe was auf dem Zimmer vergessen ...« Damit machte er auf dem Absatz kehrt und marschierte davon, als hätte ihm jemand einen Schlag in den Solarplexus verpasst.

Fassungslos glotzte Rebecca ihm hinterher, bis sie merkte, dass die Leute jetzt alle sie anschauten.

Rebecca atmete kurz durch, dann zupfte sie an ihrem nassen Sarong. »Toni, ich denke, das mit der Falknerei machen wir lieber ein andermal, ich muss mich erst einmal trockenlegen.« Sie lächelte, es fühlte sich nach einer Fratze an.

»Natürlich, Bella«, gab er fröhlich zurück. »Jederzeit, du weißt ja, wo du mich findest.«

Wusste sie eigentlich nicht, so direkt jedenfalls. Mit einem Augenzwinkern zog auch der Italiener mit seinem Vogel von dannen, ohne ein Wort über das Spektakel zu verlieren, das Vinzent ihnen allen bereitet hatte.

Rebecca schnappte sich ein Handtuch von einem der Stapel, die neben dem Pool für die Gäste auf einem Regal drapiert waren, und tupfte sich das Gesicht ab. Miriam trat neben sie. »Was war das denn?«, wollte sie von ihr wissen.

Rebecca zischte: »Wieso fragst du mich das? Ich habe dir doch gleich gesagt, der Kerl ist verrückt.«

»Verrückt oder verschossen«, murmelte Miriam und wackelte anzüglich mit den Augenbrauen.

Verschossen?

Rebecca furchte ihre Stirn. »Du hast wohl heute schon ein wenig zu lange in der Sonne gebadet, meine Liebe. Nicht überall hat Amor seine Finger im Spiel, hier würde ich eher auf Loki tippen.«

Miriam gackerte. »Du vermischst die Mythologien, Loki ist ein nordischer Gott ... wo wir schon dabei sind, ich denke, dass Dionysos vielleicht passender ist.«

»O ja, gegen Wein hätte ich nach diesem bescheuerten Zwischenfall nichts einzuwenden.«

Miriam schüttelte ihren Kopf, ihre Augen funkelten amüsiert. »Dionysos ist nicht nur für Wein zuständig, er ist ebenfalls der Gott der Fruchtbarkeit und außerdem des Wahnsinns und der Ekstase ... du siehst, das hängt alles irgendwie zusammen.«

Rebecca holte tief Luft und dachte an Vinzent. »Ja, Wahnsinn, da ist was dran. Alles andere kannst du getrost vergessen.« Rebecca schlüpfte aus ihrem nassen Sarong und dachte noch einen Augenblick über Miriams Worte nach.

Tatsächlich lagen Wahnsinn und Liebe oft nicht weit auseinander, und Ekstase ... Sie hatte in Vinzents Nähe definitiv etwas gespürt, ein Prickeln ... Etwas Merkwürdiges auf jeden Fall. Egal war er ihr nicht, das konnte sie nicht behaupten. Immer, wenn Vinzent irgendwo auftauchte, fühlte sich Rebecca wie ein aufgescheuchtes Huhn. »Dionysos«, murmelte sie abwesend vor sich hin, während sie versuchte, Vinzent in irgendeine Kategorie einzuordnen. Ihr fiel nur keine passende ein.

»Hallöchen«, unterbrach Nathalie ihre Gedanken, sie schmiss sich neben Miriam auf eine freie Liege und streckte alle viere von sich. »Ist das Leben nicht schön?«

Rebecca hob eine Braue und schwieg. Sie war nachdenklich und wurde nicht schlau aus Vinzent und seinem komischen Benehmen. Daher war sie nicht für ein Schwätzchen aufgelegt. »Ja, das Leben ist schön«, gab Rebecca wenig begeistert zurück. Sie war noch immer tropfnass. »Könntest du öfter haben, wenn du deine Alten nicht verärgert hättest.«

»Du bist gemein, Rebecca«, gab Nathalie zurück.

»Ja, tut mir leid. Das habe ich nicht so gemeint. Vermisst du dein Studium denn nicht?«

»Wenn ich ganz ehrlich bin ... nein. Nicht wirklich. Ich

glaube, ich habe mich da zu was drängen lassen von meiner Familie.«

Rebecca wollte nicht wieder mit dem Thema Sex-Hotline anfangen, trotzdem glaubte sie, dass Nathalie nicht für den Rest ihres Lebens mit fremden Männern telefonieren wollte. »Sag mal, was macht eigentlich dein Liebesleben?«, wollte Miriam von Nathalie wissen.

Nathalie winkte ab. »Hör mir bloß auf. Das ist nicht vorhanden ... Also privat jedenfalls.« Sie lachte. »Aber bei dir scheint ja was los zu sein«, meinte Nathalie an Rebecca gerichtet.

»Was? Nein! Vinzent hat mich nicht deshalb ins Wasser geschubst.«

»Vinzent? Wer redet denn von dem. Ich meine Toni! Der ist ja total scharf auf dich ...« O Gott. Rebecca wurde heiß.

Natürlich. Toni!

Wie unangenehm. »Ich glaube, ich gehe doch wieder schwimmen, wo ich sowieso schon nass bin.« Damit stand sie auf und stürzte sich noch einmal kopfüber in den Pool. Dieses Mal freiwillig.

DIE TOUR zur Falknerei hatte Rebecca mit Toni am Nachmittag nachgeholt, es war beeindruckend gewesen und ein bisschen aufregend. Der Italiener war wirklich ein netter Kerl, der beim Flirten alle Register zog. Rebecca fühlte sich geschmeichelt; es war nett, mal wieder ein wenig Aufmerksamkeit zu bekommen. Aber sie hatte nicht vor, eine Kerbe an Tonis Bettpfosten zu werden. Die Nummer mit den Falken war bestimmt seine Masche und sie nicht die erste Touristin, der er die teuren Flattermänner vorführte. Trotzdem hatte es etwas ausgesprochen Männliches, wenn jemand so selbstbewusst wie er auftrat und die Raubvögel auf seine Kommandos reagierten.

Sie liefen nebeneinanderher, die Sonne stand nicht mehr hoch am Himmel, damit war es auch nicht mehr so brütend heiß. »Danke, dass du mich mitgenommen hast«, meinte sie, als sie ihr Zimmer erreicht hatten. Eine laue Brise strich ihr über den Nacken, das Zirpen der Zikaden erfüllte die Stille um sie herum.

Toni lächelte und vergrub seine Hände in den Hosentaschen. »Das habe ich gern getan, Rebecca.«

Für einen Augenblick sagte niemand etwas, das Schweigen war jetzt ein wenig peinlich. Was erwartete er von ihr? »Äh, ja dann, ich sollte mich mal für das Probeessen fertig machen.« Sie hob ihren Daumen und zeigte auf die Tür hinter sich.

»Wann kann ich dir die Weinberge und Olivenhaine zeigen?«, wollte er wissen.

Er kam einen Schritt näher, für eine Sekunde dachte sie, dass er sie küssen wollte, doch dann strich er ihr nur eine Strähne aus dem Gesicht. Sein Duft war angenehm, aber in seiner Nähe geriet ihr Herz nicht ins Stolpern.

Moment mal.

Was dachte sie da eigentlich?

Ja, bei Vinzent hatte sie Rhythmusstörungen, aber nur, weil der Typ sie maßlos aufregte. Sie wollte nicht an ihren Nachbarn denken. Nicht jetzt. Vielleicht sollte sie Toni küssen. Hier und sofort, um auf andere Gedanken zu kommen.

Rebecca lächelte, es fühlte sich wie eine Grimasse an. Mist.

»Äh, nachher. Nach dem Essen«, erwiderte sie, obwohl sie das Gefühl hatte, damit einen riesigen Fehler zu begehen.

»Wunderbar, Bella, bis nachher dann, Ciao.«

Toni blinzelte und lächelte breit, dann schlenderte er vor sich hin pfeifend davon.

Rebecca atmete leise aus und schloss ihre Tür auf, als sie ein Geräusch von der Terrasse hörte. Ein Klirren, als hätte jemand etwas fallen gelassen. Sie spitzte um die Ecke und sah Vinzent auf einem Stuhl sitzen. Vor ihm lagen einige Papiere, aber das war es nicht, was sie stocken ließ. Er hatte seinen Ellenbogen auf den Tisch aufgestützt und rieb sich die Stirn, sein Kopf war gesenkt. Er wirkte bedrückt, schlimmer, sogar irgendwie hoffnungslos und einsam.

Hastig wandte sie sich ab und ging in ihr Zimmer, dort schloss sie die Tür mit einem lauten Krachen. »Was mache ich hier eigentlich?«, fragte sie sich selbst in die Stille ihres Zimmers.

Natürlich bekam sie keine Antwort. Rebecca ging ins Bad. Sie würde keine Selbstgespräche führen, sonst würde sie noch verrückt. Sie dachte stattdessen an die Unterhaltung mit Miriam über Dionysos zurück. Wahnsinn und Ekstase.

Ja, das ergab schon irgendwie Sinn.

Rebecca wusste nur nicht, auf welchem Pfad sie sich selbst gerade bewegte. Obwohl sie den Flirt mit Toni genoss, wollte sie sich eigentlich gar nicht in die Situation bringen, ihm einen Korb geben zu müssen. Und trotzdem hatte sie zugesagt. Um sich was zu beweisen? Sie wusste es selbst nicht.

Oder doch. Sie wollte es nur nicht wahrhaben.

VINZENT NIPPTE AN SEINEM WEIN. Sie saßen im Restaurant des Hotels zusammen, es gab diverse Gerichte zum Verkosten für das Hochzeitsdinner und die entsprechenden Getränke dazu. Es war köstlich, gar keine Frage. Trotzdem konnte er es nicht wirklich genießen. Im Gegenteil, er hatte ganz ausgesprochen schlechte Laune. Deshalb sprach er auch so gut wie kein Wort, was natürlich längst aufgefallen war. Gut, dass er nie mit dem Gedanken gespielt hatte, sein Glück in Hollywood zu versuchen.

»Vinzent«, unterbrach Miriam seine Gedanken. »Erzähl mal, was du noch vorhast in den nächsten Tagen?«

Er nahm sein Wasserglas in die Hand und lehnte sich ein wenig zurück. »Ich möchte nach Mailand fahren, einmal unseren Flagship-Store dort unter die Lupe nehmen – nicht nur das, Mailand ist ja die Modemetropole schlechthin, ich möchte mal wieder die Luft dort schnuppern.«

»O wow, das klingt aufregend«, gab Miriam zurück und guckte Rebecca an. »Da wäre ja vielleicht auch die Lösung deines Problems, Rebecca.«

Rebecca schaute von ihrem Teller auf. »Was meinst du, ich kann dir nicht folgen.«

Vinzent auch nicht, umso gespannter war er natürlich, was Miriam meinte.

Rebecca tupfte sich den Mund mit einer Serviette ab, während die Braut erklärte. »Du könntest mitfahren.« Dann wandte sie sich an Vinzent. »Rebeccas Handy ist nämlich kaputt, sie braucht ein neues.«

Er sah, wie Rebecca langsam aus- und wieder einatmete. Sie hatte keine Lust, mit ihm irgendwohin zu gehen, natürlich nicht. Das war offensichtlich. Rebecca hatte etwas anderes im Kopf – oder jemand anderen. Vinzent hatte das Gespräch mit Toni vorhin notgedrungen mit angehört, die beiden waren auf dem besten Weg, sich bald in den Laken zu wälzen.

Vinzent hielt das Wasserglas so fest, dass seine Knöchel weiß hervortraten. Als er das realisierte, ließ er es los. »Ich nehme dich gern mit«, hörte er sich auch noch sagen. Sein Mund formte ein nichtssagendes Lächeln.

Gott, er war so bescheuert.

Warum machte er das? Hatte er nicht genug davon, sich von ihr blöd anmachen zu lassen? Die mehr als vierhundert Kilometer nach Mailand konnte er gut und gern allein hinter sich bringen. Er hatte keine Ahnung wieso, aber Rebecca kehrte seine schlechtesten Seiten heraus. Dass er sie am Mittag in den Pool geschubst hatte, war ihm auch jetzt noch unfassbar peinlich. So etwas Kindisches hatte er nicht mal im Grundschulalter getan.

»Ich soll mit ihm nach Mailand fahren?«, stieß Rebecca hervor. Sie wirkte entsetzt.

Vinzent lächelte süßlich, aber schwieg. Dass sie ihn so offenkundig abstoßend fand, setzte ihm allerdings zu, mehr als ihm lieb war.

Götz stopfte sich eine Olive in den Mund. »Nun fahr schon mit, Rebecca. Vinzent beißt nicht, du hast schon längere Strecken neben ihm ausgehalten, außerdem kannst du ihm dann mal bisschen was von Mailand zeigen, ein paar andere Marken, die er vielleicht noch nicht kennt. Ihr habt euch doch viel zu sagen, das Model und der Modemacher.« Götz wackelte mit den Augenbrauen.

Vinzent war so kurz davor, seinem Freund die Fresse zu

polieren. Noch blöder ging es ja kaum. Er schaute zu Rebecca, die auf einmal nachdenklich wirkte.

»Ich habe die Bilder zu deiner neuen Kampagne gesehen«, fiel Vinzent dazu ein.

Rebecca wurde blass, sie sagte keinen Ton.

Miriam verzog ihre Lippen und fuhr dazwischen, es war klar, dass sie dieses Thema nicht besprechen wollte. »Also gut, dass wir das geklärt haben, Rebecca begleitet dich dann nach Mailand in den kommenden Tagen. So, und jetzt sagt mir mal bitte, was ihr von diesem Dessert haltet.«

Vinzent hakte nicht weiter nach, aber Rebecca wirkte in sich gekehrt. So zurückhaltend und still hatte er sie lange nicht gesehen. Vielleicht noch nie.

Er wagte nicht, sie zu fragen, was los war, immerhin waren sie keine Freunde, aber Miriam schien zu wissen, was sie bedrückte, sonst hätte sie nicht versucht, das Gespräch zu übernehmen.

Nach dem Essen verabschiedete er sich eilig, er wollte nicht miterleben, wie Rebecca sich in Tonis Arme warf.

Vinzent ging sofort ins Bett, aber er konnte nicht schlafen. Also stand er wieder auf und setzte sich mit einer Flasche Wasser aus der Minibar auf die Terrasse. Es war dunkel, die Sterne leuchteten hell über dem Firmament. Hier draußen in der Toskana gab es keine Lichtverschmutzung, es roch ganz herrlich nach Zypressen und Pinien. Grillen zirpten überall um ihn herum.

Er saß schon eine ganze Weile im Dunkeln, als er Schritte und ein hohes Kichern hörte.

Vinzent wollte davonlaufen, aber er rührte sich nicht. Er konnte nicht hören, was Rebecca mit Toni plauderte, aber er vernahm immer wieder ihr glockenhelles Lachen.

Bei ihm hatte sie nie so gelacht. Wenn sie ihn ansah, dann stets böse.

Trotzdem konnte er nicht vergessen, wie weich sie sich angefühlt hatte, als er sie in seinen Armen gehalten hatte. Rebecca mochte eine Zicke sein, die ihn hasste, aber Vinzent fühlte nicht mehr nur Ärger, wenn er an sie dachte. Gerade spürte er sogar viel mehr. War es Neid? Er konnte dieses Gefühl nicht beschreiben. Vermutlich fühlte er sich so komisch, weil Vinzent sonst die Herzen aller Frauen innerhalb kürzester Zeit zuflogen. Ja, vielleicht war es das, was ihn wurmte. Dass Rebecca sich so offenkundig einen Dreck um ihn scherte.

Erleichtert, eine Antwort auf seine Fragen gefunden zu haben, lehnte er sich im Stuhl zurück.

Das Kichern hatte aufgehört. O Gott. Knutschte sie mit dem Italiener vor ihrer Zimmertür, oder waren sie schon im Bett gelandet?

Er konnte nichts hören und wollte auch, um Gottes willen, nicht mitbekommen, wie Rebecca es sich von Toni besorgen ließ.

Für einige Minuten blieb es still, bis Rebeccas Terrassentür geöffnet wurde.

Er spürte ihre Anwesenheit, ehe er einzelne Schritte wahrnahm. Sie war allein.

Die Erleichterung, die ihn durchflutete, irritierte Vinzent zutiefst.

»Was machst du hier?«, wollte sie wissen, während er noch mit sich beschäftigt war. Ihr Tonfall war nicht zu deuten.

Er schaute sich nicht nach ihr um. Sein Herz pochte schneller. »Wenn es dich stört, kann ich gern reingehen.«

»Nein, das meine ich nicht – nur wieso sitzt du hier im Dunkeln?«

Vinzent hatte keine passende Antwort darauf, er wusste es selbst nicht genau. Deshalb stand er auf und guckte sie an. Ihre Augen waren beinahe schwarz. Ihr Brustkorb hob und senkte sich schneller. Er wollte nicht die pulsierende Lust spüren, nicht das Verlangen, aber er war machtlos dagegen. Weil sein Bedarf, sich lächerlich zu machen, gedeckt war, räusperte er sich. »Gute Nacht, Becks.« Dann verschwand er in seinem Zimmer, schloss die Fenster und zog die Vorhänge mit einem lauten Ratsch zu.

Vinzent rührte sich nicht und blieb wie angewurzelt stehen. Er hörte das Blut in seinen Ohren rauschen.

Ein Klopfen an seiner Scheibe ließ ihn auffahren. Mein Gott, was war nur mit ihm los?

Vinzent öffnete wieder und guckte Rebecca an. Mondlicht erhellte die eine Hälfte ihres hübschen Gesichts. Sie lächelte nicht, wirkte ein wenig unentschlossen.

»Was ist los?«, wollte er wissen. Seine Stimme klang heiser.

O Gott.

Er war so was von bereit, sie zu küssen.

War sie deshalb hier?

Vinzent hatte keine Ahnung gehabt, wie sehr er sie begehrte, bis sie hier vor ihm stand.

Nein, das war eine Lüge. Er hatte es gewusst, aber nicht wahrhaben wollen.

Dieses brennende Verlangen brachte ihn geradezu um den Verstand.

»Ich wollte dir nur sagen, dass ich für morgen Abend den Junggesellinnenabschied in Florenz geplant habe, solltest du also den Trip nach Mailand morgen anvisiert haben, kann ich leider nicht mitkommen.«

Hui. Eine kalte Dusche hätte nicht effektvoller sein können.

Sie hatte die ganze Zeit nach einer Ausrede gesucht, um nicht mit ihm nach Mailand zu müssen. Krass. Das hatte er mal wieder völlig falsch interpretiert. Wie dämlich von ihm.

Vinzent hob eine Braue, dann atmete er leise aus. »Klar, kein Ding. Dann wünsche ich euch Mädels viel Spaß.«

Vinzent hatte mit Götz und seinen Kumpels schon vor zwei Wochen die Sau rausgelassen, er hatte gar nicht daran gedacht, dass Miriam natürlich auch einen Abend mit ihren Freundinnen vor sich hatte.

»Ja, äh, ich geh dann mal. Gute Nacht.« Rebecca trat einen Schritt zurück und schaute ihn dabei noch immer direkt an. Zögerte sie? Warum?

Vinzent sagte kein Wort, dabei wirbelte ihm eine Menge durch den Kopf. Er fühlte sich seltsam, so, als ob eine Grippe im Anflug wäre. Vielleicht war das der Punkt. Er sollte ein Aspirin nehmen und sich ins Bett legen. Was er auch tun würde, sofort, wenn sie weg war. Warum schloss er dann nicht einfach die Tür?

»Bis, äh, morgen«, hörte er sie sagen, dann ging sie einen Schritt rückwärts, und noch einen. Schließlich drehte sie sich hastig um und eilte in ihr Zimmer. Die Scheibe klirrte, so energisch schloss sie ihre Terrassentür.

Vinzent seufzte in die Dunkelheit und fuhr sich durch die Haare. Irgendwas stimmte nicht mit ihm, ganz und gar nicht. Vielleicht hatte er auch was Falsches gegessen, kein Wunder bei dem ganzen Kram, den er heute hatte kosten müssen. Es musste daran liegen, alles andere wäre zu verrückt.

KAPITEL
SIEBEN

D as hier ging gerade so was von schief. Rebecca stöhnte leise, während sie Miriam dabei zusah, wie die Braut sich einem Stripper an den Hals warf und seinen Bauch ableckte. Nathalie trank ihren Grappa aus und lachte hysterisch. Das war gar nicht gut. Rebeccas Magen zog sich unangenehm zusammen, sie ahnte, dass hier etwas aus dem Ruder laufen könnte, wenn das so weiterging.

Miriams Cousinen Serafina und Tina waren ebenfalls am Tisch, sie waren am Nachmittag angekommen – als Überraschungsgäste. Jetzt fragte sich Rebecca, ob sie die beiden lieber nicht mit hätte einplanen sollen. Das und andere Dinge. Sie hatte mit den Mädels in einen Club gehen wollen, aber Serafina, die jüngere Cousine, hatte sie in einen Stripclub für Frauen gezogen. Seitdem war eine Menge Alkohol geflossen. Sehr viel Alkohol.

Aber damit konnte man schließlich nicht alles entschuldigen.

Was war nur mit Miriam los? So kannte Rebecca ihre

Freundin nicht. Natürlich stieg ihr der ganze Hochzeits-quatsch allmählich zu Kopf. Heute zum Beispiel hatte sie ganze sechs Stunden beim Coiffeur für eine Probefrisur verbracht. Vielleicht hatte man ihr da mit dem Lockenstab den gesunden Menschenverstand weggebrannt.

Rebecca gönnte sich einen Schluck Wasser, sie hatte das Gefühl, dass sie keinen Schnaps mehr trinken durfte, damit wenigstens eine von ihnen die Übersicht behielt. Eine Sekunde später fragte sie sich, ob sie das hier überhaupt in Erinnerung behalten wollte. Nein, nicht wirklich, trotzdem durfte sie nicht auch noch ihren Verstand verlieren. Sie goss den anderen nach – die konnten ruhig Spaß haben, und vielleicht wäre es sogar gut, wenn sie einen Filmriss bekamen.

Nathalie kicherte neben ihr. »Dass unsere Miri mal so abgeht, hätte ich nicht gedacht.«

»Torschlusspanik?«, mutmaßte Rebecca mit gerunzelter Stirn.

Die Cousinen klatschten Beifall und schwankten dabei bedrohlich. Rebecca bezweifelte jetzt stark, dass sich morgen irgendjemand noch an diesen Abend erinnerte. Ein Glück.

Die Bässe dröhnten durch den Club, Frauen kreischten in einer Tour. Es war irrsinnig heiß hier drin. Da niemand mehr Strip-Dollars hatte, die dem italienischen Muskel-Boy in die Shorts gesteckt werden konnten, verließ selbiger jetzt ihren Tisch.

Gott sei Dank, dachte Rebecca und atmete hörbar aus. Miriam kam lachend zu ihnen heruntergeklettert, ließ sich auf die Bank fallen und kippte sich direkt noch einen Schnaps hinter die Binde.

»So, Mädels!« Rebecca klatschte in die Hände. »Jetzt lasst

uns mal selbst tanzen gehen! Wir haben lange genug hier gesessen und anderen dabei zugeschaut.«

Serafina und Tina zogen eine Schnute. »Nö, hier ist es doch geil.«

Rebecca fragte sich gerade, ob sie die Einzige war, die die aufgeheizte Stimmung im Stripclub unangenehm fand, als Miriam schon wieder einen neuen Kerl heranwinkte. Rebecca verdrehte die Augen.

So ging das eine ganze Weile, bis keine von den Frauen – außer ihr selbst – noch geradeaus gucken konnte.

Genug war genug, nur wie sollte sie das den Damen hier erklären? Die waren gar nicht mehr zugänglich für gesunden Menschenverstand und vernünftige Vorschläge.

Miriam schwankte. »Ich muss mal!«

»Ich gehe mit dir.« Rebecca hakte sich ihre Freundin unter und nahm ihre Handtasche mit.

Hilfe, das war ja schlimmer, als einen Sack Flöhe zu hüten, oder so ähnlich. Wobei, Flöhe waren vielleicht einfacher im Umgang, die tranken wenigstens Blut und keinen Grappa.

Als sie die Toiletten erreichten, rülpste Miriam. »Ups, 'tschuldigung.«

Sie ging torkelnd in eine der Kabinen und schloss nicht mal ab.

Es dauerte und dauerte.

Rebecca schaute auf ihre Armbanduhr. Schon nach eins, wie lange musste sie das noch aushalten? Dem Pegel ihrer Mitstreiterinnen zu urteilen, nicht mehr lange. Götz sei Dank – sie musste über ihren eigenen Wortwitz schmunzeln – stand ein dunkler Van vor dem Haus, der auf sie wartete. Für die einstündige Fahrt müssten sie dann wenigstens kein Taxi suchen.

»Miriam?«, fragte sie in die Stille.

»Bin noch da«, murmelte sie.

Oje. Vermutlich war ihr jetzt übel geworden. Das hatte ja kommen müssen.

»Musst du spucken?«

»Nein.«

Nein? Rebecca furchte ihre Stirn. Sie selbst war auch nicht mehr ganz nüchtern, aber sie hatte deutlich weniger als die anderen intus.

»Was ist dann los?«, hakte sie weiter nach.

»Ich ... ich weiß nicht«, stammelte ihre Freundin.

»Komm raus, Miri, wir wollen weiter.« Eigentlich nach Hause, aber damit konnte sie Miriam vermutlich nicht aus dem Klo locken.

»Ich weiß nicht«, wiederholte sie.

Etwas war nicht okay, das war auf jeden Fall klar. »Miriam, nun komm schon. Wenn du keine Lust mehr auf Feiern hast, fahren wir zurück.« Hoffentlich!

»Nein!«

Rebecca kapierte nicht, was ihre Freundin für ein Problem hatte. Alkohol war definitiv Teufelszeug, er veränderte Leute und brachte sie vor allem auf sehr komische Ideen. »Komm doch bitte raus, dann trinken wir erst einmal ein Glas Wasser.«

Das Gegenteil passierte, Miriam schloss die Tür von innen ab.

Rebecca stöhnte. Sie konnte sich keinen Reim darauf machen. »Miri?«

»Ich gehe nirgendwohin. Ich bleibe hier.« Das klang trotzig.

»Das geht nicht, hier ist ein Klo.« Vielleicht half es, wenn sie mit ihr wie mit einem Kind sprach.

Nein, vermutlich nicht.

»Mir egal«, brummte Miriam.

Rebecca seufzte. »Was soll ich denn den anderen sagen, hm?«

»Die sollen heimfahren.«

Rebecca hatte keine Ahnung, was mit ihrer Freundin auf dem Weg vom Tisch zur Toilette passiert war, aber etwas war ganz und gar aus dem Lot geraten. »Meinst du das ernst? Die gehen doch nicht ohne uns.«

»Mir ist das alles so peinlich.« Miriam bekam einen Schluckauf.

»Was denn?«

»Du hast es eben ja gesehen.«

»Was heute passiert, bleibt unter uns, Süße. Es ist nichts gewesen, nur ein bisschen Spaß.«

»Ich ... ich kann nicht.«

Rebecca ahnte, dass mehr dahintersteckte als ein Tanz mit dem Stripper. Sie hatte die ganze Zeit schon so ein komisches Gefühl gehabt. »Komm raus, dann reden wir drüber.«

»Nein!«

Das war deutlich. Rebecca fuhr sich mit der Hand über die Augen.

»Was soll ich denn jetzt machen?«

»Schick die anderen nach Hause. Ich muss nachdenken.«

Ihre Sprache war nicht klar, sie war sturzbetrunken, aber wenn Miriam sich etwas in den Kopf gesetzt hatte, dann war sie nicht so leicht umzustimmen. Rebecca dachte nach, was sollte sie tun?

»Rebeccaaaaaa«, hörte sie Miriam aus der Toilette. »Schick die Mädels nach Hause!«

Sie zögerte eine Sekunde, dann entschied sie, dass das vielleicht das Beste wäre. Wenn Miriam einen Zusammenbruch hatte, sollten die anderen lieber nicht dabei sein. Also war es wirklich besser, sie fuhren nach Hause.

Fünf Minuten später war sie wieder bei Miriam, aber die war nicht mehr da. Die Kabine war leer.

So ein Mist!

Rebecca fluchte derb, dann suchte sie ihre Freundin im ganzen Club. Sie dachte über die Möglichkeiten nach, sie konnte abgehauen sein oder, schlimmer, Miriam könnte mit einem der Stripper in den hinteren Bereich verschwunden sein. Was dort passierte, durfte kein Bräutigam jemals erfahren, kein Ehemann, kein Partner, kein Freund – es sei denn, man führte eine offene Beziehung. Ach du grüne Neune!

Rebecca hatte ja gar nicht erst herkommen wollen.

Verdammt. Sie stieß einen tiefen Seufzer aus und schüttelte den Kopf, während sie fieberhaft überlegte.

Wenn hier etwas schiefging, war Rebecca schuld. Sie würde sich ihr Leben lang Vorwürfe machen, dass sie die nervöse Braut nicht davon abgehalten hatte, Dummheiten zu begehen. Miriam war keine von den Frauen, die Fehltritte für sich behielten, sie würde Götz davon erzählen, der würde die Hochzeit abblasen, und Miriam würde in ihrem Elend versinken.

Scheiße.

Das durfte nicht passieren!

Es dauerte Ewigkeiten, Rebecca hatte sich bereits das

Schlimmste ausgemalt, bis sie ihre Freundin doch noch entdeckte. Allein.

Halleluja. Rebecca fiel ein Stein vom Herzen. Sie rieb sich über die Augen und blinzelte. Miriam saß an der Bar, vor ihr standen fünf leere Schnapsgläser. O mein Gott. Noch mehr Grappa?

Das musste böse enden. Sehr böse. Aber wenigstens hatte sie keinen sabbernden Kerl an sich kleben – oder umgekehrt.

Mit einem erleichterten Seufzen bahnte Rebecca sich ihren Weg zu ihrer Freundin. Als Miriam sie erkannte, hob sie eine Hand. Ganz langsam, wie in Zeitlupe. Mit der Koordination klappte es nicht mehr so gut.

»Miriam«, stieß Rebecca hervor und setzte sich neben sie. »Endlich habe ich dich gefunden.«

»Wassss soll ich nur machen«, lallte Miriam und vergrub ihr Gesicht zwischen den Händen.

Rebecca rieb ihr über die Schulter. »Was meinst du?«

Miriam schwieg kurz. »Ich habe es echt genossen mit dem Stripper. Was ist, wenn ich Götz gar nicht liebe? In dem Moment, in dem ich ihm die Sahne vom Bauch geleckt habe, habe ich mich gefragt, ob ich das aushalte, nur noch Sahne von Götz zu schlabbern.«

Oje. Rebecca atmete leise aus. Da hatte jemand kalte Füße bekommen. Mist.

»Du liebst ihn doch«, beruhigte sie ihre Freundin. »Oder?«

Miriam guckte sie aus glasigen Augen an, dann nickte sie.

»Siehst du? Komm, wir gehen auch nach Hause.«

Sie wollte aufstehen, aber Miriam krallte sich an Rebecca fest. »Neeein! Nicht gehen. Ich will nicht. Ich will nicht zurück!«

Verdammt. Die Kuh war noch nicht vom Eis. Was sollte sie machen?

In Miriams Handtasche brummte etwas. Ihr Handy.

O nein. Was, wenn es Götz war, der fragen wollte, wie es lief? Nein, das würde er nicht tun, aber das brachte Rebecca auf eine Idee. Kein Taxifahrer würde Miriam in dem Zustand bis zum Anwesen Il Falconiere nach Cortona fahren.

»Gib mir mein Telefon«, nuschelte Miriam.

»Lieber nicht, Miriam, du wirst es mir morgen danken.« Sie guckte dennoch aufs Display.

Es war ihre Cousine, die wollte Miriam ganz sicher jetzt auch nicht sprechen. Je weniger Leute von diesem kleinen Zusammenbruch erfuhren, desto besser.

Was sollte sie nur tun?

Sie musste Miriam zurückschaffen. Aber die bestellte sich schon wieder einen neuen Schnaps. Hilfe, lange konnte das nicht mehr gut gehen. Sie überlegte fieberhaft.

Am Ende entsperrte sie Miriams Handy, indem sie den Finger ihrer Freundin darauflegte; die merkte es nicht mal. Dann suchte sie Vinzents Nummer und rief ihn an. Es war höllisch laut im Club, aber sie konnte Miriam nicht wieder allein lassen, sonst haute sie womöglich noch mal ab und verschwand irgendwo in Florenz.

Erst als es einige Male gebimmelt hatte, dachte Rebecca daran, dass er garantiert schon lange schlief. Aber es war sozusagen ein Notfall. Endlich hob er ab, ein wenig verschlafen. »Miriam?«, hörte sie Vinzents Stimme.

»Hey, ich bin's, Rebecca. Becks.« Gott, sie war so blöd, er wusste doch, wer sie war. Sie verdrehte die Augen.

»Was ist los?« Er klang alarmiert.

Rebecca schloss die Augen und hoffte inständig, dass

Vinzent keine blöden Fragen stellen würde, vor allem aber betete sie, dass Miriam aufhörte, an ihrer Zukunft zu zweifeln. Mittlerweile lag Miriams Stirn auf dem Tresen. Okay, sie musste so wenigstens keine Sorge haben, dass Miriam Vinzent von ihren Zweifeln berichtete. Daran hatte sie eben nämlich gar nicht gedacht, als Götz' Trauzeuge würde er ihm bestimmt davon erzählen.

Verdammt.

Nun war es zu spät.

Blieb nur noch die Hoffnung.

Rebecca schwitzte, so hatte sie sich den Ausgang des Abends nicht vorgestellt.

»Ich brauche deine Hilfe«, bat sie Vinzent schließlich. »Du musst sofort nach Florenz kommen.« Da, sie hatte die Worte ausgesprochen, die sie noch vor fünf Stunden nicht einmal gedacht hätte, dass sie je über ihre Lippen kommen würden. Ich brauche deine Hilfe.

Schon wieder.

VINZENT RASTE NACH FLORENZ, zum Glück war kaum noch jemand auf der Straße. Als er vor dem Stripclub eintraf, entdeckte er Miriam und Rebecca. Miriam sah fix und fertig aus, Rebecca winkte ihm hektisch zu und wirkte sehr erleichtert, ihn zu sehen.

Vinzent unterdrückte das Gefühl, das Rebecca in ihm auslöste, und konzentrierte sich auf seine Aufgaben. Er parkte den Wagen und stieg aus. »Hallöchen«, grüßte er so lässig wie möglich, das hier dürfte den beiden auch so schon unangenehm sein. Gleichzeitig fühlte er sich geadelt, dass

Rebecca ihn angerufen hatte. Das hieß wohl, dass sie ihm auf eine gewisse Weise vertraute, auch wenn sie ihn nicht leiden konnte.

Miriams Augen waren glasig, sie saß auf der Bordsteinkante.

»Ich weiß nicht, ob sie noch laufen kann, sie ist voll wie eine Haubitze«, erklärte Rebecca erschöpft. Sie wischte sich mit beiden Händen über das Gesicht, dann atmete sie leise aus und guckte ihn direkt an. »Danke, dass du hergekommen bist.«

Vinzent mochte diese weiche Seite an ihr, er hatte sie noch nicht oft zu Gesicht bekommen. »Klar, kein Problem. Wo drückt denn eigentlich der Schuh?«

»Viiiiiiinzent?«, lallte Miriam, die ihn endlich erkannt hatte.

Er grinste schief. »Oh, da hat aber jemand zu viel getrunken, hm?« Er ging zu ihr. »Komm, ich helfe dir auf, ich bringe dich nach Hause.«

»Nach Hause? Ja, ich will zurück nach Hamburg.«

Vinzent guckte Rebecca an. Sie machte eine Geste. »Nimm sie nicht ernst, zu viel Grappa«, erklärte Rebecca ein bisschen zu eilig.

»Wo sind die anderen?«, wollte er jetzt wissen.

»Die, äh, sind schon vorgefahren.« Rebecca wich seinem Blick aus.

»Okay, Becks, was ist hier los? Was habt ihr angestellt? Müssen wir uns Sorgen machen, dass morgen Schläger im Hotel aufkreuzen?«

Sie riss die Augen auf. »Was? Nein! Natürlich nicht. Lass uns einfach Miri ins Bett schaffen, es war echt 'ne lange Nacht. Ich kann nicht mehr.«

Er fand, dass Rebecca im Gegensatz zu ihrer Freundin noch ganz okay ausschaute. Ja, nüchtern wirkte sie nicht, aber sie war weit entfernt davon, Miriams alkoholisiertem Zustand auch nur nahe zu kommen. »Warum weichst du meiner Frage aus?«, wollte er wissen und schaute Rebecca direkt an.

Für einen Moment sagte niemand etwas, er verlor sich in ihren dunklen Augen, die sehnsüchtig und verletzlich zu ihm aufblickten. Seine Kehle wurde eng. Er unterdrückte den Impuls, ihr eine Strähne aus dem Gesicht zu streichen, obwohl er zu gern wissen würde, wie sich ihre Haut anfühlte. Sicher weich und zart, ein wenig erhitzt vielleicht nach der langen Nacht. Sein Unterleib reagierte sofort mit einem lustvollen Ziehen.

»Sie hat nur ein paar Zweifel«, murmelte Rebecca.

Mit einem Schlag war er zurück in der Realität. »Zweifel?«, wiederholte er irritiert.

»Scheiße! Wieso hab ich das gesagt?« Rebecca stampfte mit ihren Heels auf, es war offensichtlich, dass sie sich über sich ärgerte, weil sie etwas ausgeplaudert hatte, was ein Geheimnis hatte bleiben sollen.

Vinzent neigte seinen Kopf ein wenig zur Seite. »Becks.« Dann hielt er sie an der Schulter fest. Sie guckte zu ihm auf. »Was?«, brummte sie.

Allein dafür wollte er seine Lippen auf ihre pressen, aber das war nicht der richtige Moment, hier, vor einem Stripclub mit einer Betrunkenen, auf die sie achtgeben mussten.

»Was auch immer heute los war, ich bin mir sicher, morgen ist wieder alles okay. Und ich werde garantiert niemandem etwas erzählen – was bei einem Junggesellenabschied passiert, darf man nicht zu ernst nehmen, das ist wie mit Las Vegas.«

»Hat Götz ...« Sie brach den Satz ab.

»Hat Götz was?«

»Na, hat Götz andere geküsst oder so?«

»Nein. Hat er nicht, und ich bin mir sicher, dass Miriam das auch nicht getan hat. Das ist ein Stripclub, mach dir keinen Kopf, ich bin mir durchaus darüber bewusst, dass da nackte oder halb nackte Männer tanzen.« Er grinste. Miriam hatte ein bisschen über die Stränge geschlagen, übermorgen war sie wieder die Alte, morgen würde es ihr bestimmt sehr schlecht gehen. Auf Miriam wartete ein übler Kater. Und Götz war eine treue Seele, er liebte Miriam von Herzen – natürlich hatte er bei seinem Junggesellenabschied ordentlich Gas gegeben. Aber der Einzige, der seine Finger nicht hatte bei sich behalten können, war Marius gewesen. Der hatte die Prinzessin im Märchenpark geküsst und dabei nichts anbrennen lassen. Aber das war nichts, was er jetzt mit Rebecca beschnattern wollte, die Arme hatte keinen Kopf für Klatsch und Tratsch.

Rebecca atmete leise aus, sie wollte gerade etwas sagen, als Miriam sich auf ihre Schuhe übergab.

»O nein!«, stöhnten beide gleichzeitig.

Es dauerte eine Ewigkeit, bis Miriam »transportfähig« war, unterwegs mussten sie noch viermal anhalten.

Als sie endlich im Hotel angekommen waren, hatte die Dämmerung eingesetzt. Rebecca guckte auf die jetzt schlafende Braut. Sie lag leise schnarchend auf der Rücksitzbank. »Hilfst du mir noch, sie in mein Bett zu schaffen, ich bin mir sicher, Götz möchte sie so nicht sehen, und vor allem Miriam wird mir morgen dankbar dafür sein ...«

»Logisch, ich wollte schon immer mal mit zwei hübschen Frauen in einem Schlafzimmer sein«, scherzte er und entlockte der erschöpften Rebecca sogar noch ein schwaches Lächeln. Sein Herz vollführte einen kleinen Hüpfer.

Mit vereinten Kräften brachten sie Miriam schließlich in Rebeccas Bett. In ihrem Zimmer roch es nach ihrem Parfum, überall lagen Klamotten verstreut. Vinzent unterdrückte ein Schmunzeln. Genau so hatte er sich ihre Bude vorgestellt: chaotisch und lebendig.

»Ich, ähm, geh dann mal«, erklärte er zögerlich, während Rebecca die dünne Decke über ihrer Freundin ausbreitete.

»Warte, ich komme gleich noch mal raus auf die Veranda.« Sie hob ihren Blick nicht an, aber ihr Tonfall war bestimmt, so als hätte sie noch etwas Wichtiges zu sagen.

Vinzent fragte nicht nach, schlich auf Zehenspitzen hinaus –, was vermutlich unnötig war, denn Miriam schlief den Schlaf der Gerechten. Draußen setzte er sich auf einen Gartenstuhl und schaute in den heller werdenden Horizont. Morgentau glitzerte auf dem Gras, es war angenehm kühl. Die Luft roch herrlich frisch nach Pinien und Zitronen. In den Bäumen zwitscherten ein paar Vögel ihr morgendliches Liedchen.

Wenige Minuten später trat Rebecca neben ihn. Vinzent stand auf.

Für einen Atemzug lang sahen sie sich nur in die Augen. Jetzt waren sie Komplizen, hier war definitiv eine neue Art von Nähe zwischen ihnen entstanden, die ihm gefiel. Er fühlte sich mit ihr verbunden. Sein Herzschlag beschleunigte sich. Mit einem Mal war alles anders, die Stimmung zwischen ihnen schlug um. Eine sanfte Brise strich über sie hinweg, und Vinzent erschauderte kaum merklich, während das Knistern zwischen ihnen förmlich greifbar war.

»Ich kann dich nicht leiden, aber ich will dich gerade trotzdem küssen ...«, wisperte Rebecca. Sie schaute ihn direkt an, und das Feuer, das in ihren Augen loderte, war einfach umwerfend. Um sie herum war alles in eine sanfte Morgenröte getaucht, die die Umgebung unwirklich kitschig erscheinen ließ. Der perfekte Augenblick.

Vinzent atmete hörbar aus, der Duft ihres Parfums stieg ihm in die Nase. Er sollte dem Verlangen nicht nachgeben, nicht in diesem Moment, in dem sie übermüdet und vielleicht nicht Herrin ihrer Sinne war und es später womöglich bereute. Andererseits – er hatte sich schon immer gefragt, wie Rebecca schmeckte. Also senkte er seinen Mund auf ihren und kostete von ihr. Seine Welt hörte auf, sich zu drehen, alles, was zählte, waren die Empfindungen, ihr heißer Atem und Rebeccas sinnlicher Körper, der sich an seinen schmiegte. Es war, als ob sich zwei Teile zu einem Ganzen zusammenfügten.

Halleluja.

Vinzents Lippen streiften über ihre, er knabberte zärtlich daran, ehe er seine Zunge in ihren Mund schob. Rebecca seufzte leise und schmolz in seinen Armen dahin. Es war ein zärtlicher Kuss mit viel Gefühl, der ihm auch den letzten Funken Verstand zu rauben drohte.

Nach einem viel zu kurzen Moment löste er sich von ihr, weil sich sein Gewissen doch noch regte. Das hier war falsch. Es war gefährlich.

Vinzents Knie waren wackelig, sein Atem kam schnell.

Hatte gerade die Erde gebebt?

Vinzent lächelte träge, dann trat er zurück. »Gute Nacht,

Becks, du solltest ein wenig schlafen.« Seine Stimme klang rau, sein Puls raste noch immer.

Ehe er es sich vielleicht doch anders überlegte und sie mit sich in sein Schlafzimmer zerrte, verschwand er von der Terrasse.

KAPITEL

ACHT

Am darauffolgenden Nachmittag war es wieder brütend heiß, Rebecca lag mit Miriam und Nathalie am Pool unter einem Sonnenschirm. Nathalie döste mit Kopfhörern in den Ohren, und Miriam hatte ihr Gesicht hinter einer dunklen Sonnenbrille halb versteckt. Rebecca hatte versucht, ihre Freundin auf die letzte Nacht anzusprechen, um herauszufinden, ob sie sich an alles erinnerte, aber Miriam war ausgewichen – und schrecklich verkatert, was ihre Mitteilungsfreude nicht gerade förderte. Vielleicht war es wirklich besser, noch eine weitere Nacht darüber zu schlafen oder Vinzents Tipp zu beherzigen: Was bei einem Junggesellenabschied passierte, wurde totgeschwiegen.

Trotzdem – Rebecca war besorgt. Sie wollte herausfinden, warum Miriam so überreagiert hatte. Das konnte doch nicht nur die Nervosität einer Braut sein, oder?

Margot kam gerade mit ihren beiden Lieblingen vorbei, sie trug glitzernde Zehensandalen und eine rosafarbene

Seidentunika über weißen Shorts. »Na, ihr Schönen? Wie war es in Florenz?«, erkundigte sie sich.

Rebecca fühlte sich unbehaglich, Miriams Schwiegermutter erfuhr besser nichts von der Stripper-Nummer. Miriam war wach, aber sie wusste offenbar auch nicht, ob sie es ausformulieren sollte, dass der Junggesellinnenabschied im Desaster geendet hatte. »Wir haben einen feuchtfröhlichen Abend erlebt«, sprang Rebecca für ihre Freundin ein und lächelte – hoffentlich – unverfänglich. Das war jedenfalls nicht gelogen, wenn auch nicht die ganze Wahrheit.

Gerade als Margot etwas erwidern wollte, tauchten Miriams Verwandten auf, die Rebecca allmählich auf die Nerven gingen. Ohne die beiden Cousinen wären sie gar nicht erst in der Misere gelandet, dass Miriam sich zu den Toiletten geflüchtet hatte. Die beiden trugen billige, aber quietschbunte Klamotten, für die sicher vieler Kinderhände Arbeit benötigt worden war, und grinsten frech. Rebecca war weiß Gott keine Person, die selbst alles richtig machte, aber auf Fast-Fashion verzichtete sie schon lange. Es gab auch fair produzierte Mode zu erschwinglichen Preisen. Ruhig, sagte sie sich. Ihren Ärger auf die beiden konnte sie sich getrost sparen, und ihnen jetzt eine Rede über billig produzierte Mode zu halten, war ohnehin total fehl am Platz. Sie würde die beiden weder belehren können noch hatte sie Lust darauf.

»Na, wie geht es unserem Schnapsdrosselchen?«, erkundigte sich Tina, und ihre Schwester lachte gemein. Hatten sie von Anfang an vorgehabt, Miriam so abzufüllen? Rebecca schaute irritiert. Dabei hörte der Spaß für sie auf. Definitiv.

Gestern war ihr gar nicht aufgefallen, wie fies die zwei sein konnten. Miriam war so ganz anders, aber vielleicht war

Rebecca selbst auch dünnhäutiger als üblich nach der langen Nacht.

Miriam war es jedenfalls sichtlich unangenehm, sie rutschte auf ihrer Liege hin und her und suchte nach den passenden Worten. Mit ihrem Kater fiel es ihr vermutlich schwer, klar zu denken. Kein Wunder. Rebecca knirschte mit den Zähnen, dann lächelte sie die beiden unverbindlich an. »Ihr seid ja nicht ganz unschuldig daran, nicht wahr? Grappa zu bestellen, war ganz sicher keine eurer besten Ideen.«

Margot guckte vom einen zum anderen, sie verstand nicht so recht, was hier vor sich ging. Und ehe die Cousinen noch von den Strippern erzählen konnten, sprang Rebecca auf und zog die Schwiegermutter in spe mit sich. »Kann ich dich kurz unter vier Augen sprechen?«, bat sie.

Scheiße. Sie hatte keine Ahnung, was es Wichtiges geben könnte, aber sie musste die Frau aus der Schusslinie bringen.

Und wo war eigentlich Götz? Den hatte sie heute noch gar nicht gesehen.

»Sicher, gern, mein Kind«, erwiderte Margot und hakte ihre beiden Hündchen von der Leine ab. Denen war es offenbar zu heiß, sie ließen sich direkt unter Miriams Liege im Schatten fallen.

Das war es! Über die Hunde hatten sie und Miriam sich ja kennengelernt, sie waren Margots Enkel-Ersatz.

»Was kann ich für dich tun?«, fragte Margot und schob sich ihre goldumrandete Sonnenbrille ins Haar.

»Äh, ja«, fing Rebecca an. »Weißt du, ich habe überlegt, ob ich es ansprechen soll – das habe ich noch nicht mit Miriam und Götz geklärt, ich wollte dich zuerst einmal fragen, und es soll auch irgendwie eine Überraschung sein.«

»Ja?« Margot schaute erwartungsvoll.

»Also ich wollte fragen, ob du dir vorstellen könntest, dass Nuna und Pippa die Ringe zum Altar bringen? Es gibt so Kissen, da befestigt man die Ringe darauf, die könnte man an den Halsbändern der beiden ...«

Margot klatschte in die Hände, ihre Augen leuchteten auf. »Mein Gott, Rebecca! Das ist ja eine entzückende Idee.«

»Meinst du?« Sie furchte die Stirn, dann blinzelte sie und lächelte »Ja, natürlich! Es ist eine ganz niedliche Sache, weil die Hunde Götz und Miriam ja zusammengebracht haben.«

Margot tätschelte Rebeccas Schulter. »Ganz toll, Rebecca, ich freue mich.«

Rebecca atmete leise aus, sie schwitzte – zum Glück war es so heiß, dass man es darauf zurückführen würde und nicht auf ihre Verlegenheit.

Ehe sie noch etwas sagen konnte, tauchte Vinzent auf. Er trug ein blaues Leinenhemd zu hellen Shorts, die Sonnenbrille verdeckte seine Augen. Seiner Mimik konnte sie nicht entnehmen, was in ihm vor sich ging. Ob er noch an den Kuss dachte? Sie selbst hatte danach kaum ein Auge zugetan, weil sie sich einerseits zu ihm hingezogen fühlte, andererseits aber nicht aus ihm schlau werden konnte.

»Moin«, grüßte er, wie es in Hamburg zu jeder Tageszeit üblich war.

Rebeccas Magen zog sich nervös zusammen. Sie hatte nicht vergessen, wie sich seine Lippen auf ihren angefühlt hatten. Im Gegenteil. Jedes Mal, wenn sie daran zurückdachte, wurde ihr ganz anders. Es war keine Überraschung gewesen, dass Vinzent ein ausgezeichneter Küsser war, trotzdem hatte es sie beinahe von den Füßen gehauen.

Auch jetzt fühlte sie sich schwach, einer Ohnmacht nahe.

Was lächerlich war! So kannte sie sich gar nicht, es musste an der Hitze liegen.

Das wäre ja noch schöner, dass sie hier vor allen zusammensank wie Scarlett O'Hara vor Rhett Butler – die wohl berühmteste Südstaaten-Zicke aller Zeiten. Rebeccas Gewissen meldete sich leise, sie hatte sich selbst oft genug in Vinzents Gegenwart wie eine Diva verhalten. Im Nachhinein bereute sie es wenigstens ein bisschen, er schien wirklich ganz in Ordnung zu sein.

Mehr als das.

Er war ein Mann, dem man vertrauen konnte, einer, der sich nachts um zwei ins Auto setzte, um die Verlobte seines besten Freundes zu retten.

Das hätte sie ihm nach der ersten Begegnung niemals zugetraut. Trotzdem konnte sie nicht einfach vergessen, dass er ein Mann war, der seine Frauen knochig und mager mochte. Komisch war nur, dass er auf ihren fülligen Körper reagiert hatte, als ob es ihm gefallen hätte, ihre weichen Partien an sich zu pressen. Aber was wusste Rebecca schon ... sie konnte einfach nicht vergessen, was er damals gesagt hatte.

Es war mehr als dieser eine blöde Kommentar. Es war vielmehr die Tatsache, dass Männer wie er in vielen Fällen wegen ihrer ständigen Sprüche dafür verantwortlich zu machen waren, dass Essstörungen Hochkonjunktur hatten. Nein, da konnte Vinzent so vertrauenswürdig sein, wie er wollte. Das war ein so schlechter Wesenszug, den nichts aufwiegen konnte. Nichts.

Rebecca merkte, dass sie sich schon wieder aufregte. Ihr Puls lag deutlich über der gesunden Grenze. »Moin«, erwiderte sie und es klang ein bisschen gereizt. Mist. Eigentlich hatte sie es belanglos und beiläufig äußern wollen.

»Hallo, mein Lieber«, grüßte Margot höflich. »Gehst du baden?«

Vinzent lächelte unverbindlich, er beherrschte das deutlich besser als sie. »Ich habe gleich noch eine Telefonkonferenz, leider kann das Geschäft nicht immer warten.« Er zuckte entschuldigend mit den Achseln.

»So fleißig«, lobte Margot und tätschelte seine Wange. Sie kannte Vinzent seit Ewigkeiten, die beiden kamen Rebecca sehr vertraut vor. »Götz ist mit meinem Mann unterwegs, du weißt schon, wegen des Golfturniers.«

»Ach ja, na, das ist nicht so mein Sport.« Vinzent winkte ab und grinste spöttisch. »Du kennst sicher den Spruch dazu, oder?«

Margot kicherte. »Ja, den kenne ich.«

Vinzent nickte. »Eben – ich fühle mich noch zu jung dafür.«

Rebecca war enttäuscht, als sie hörte, dass Vinzent nicht dabei sein würde. Das hieß, sie würde ihn morgen gar nicht sehen.

Huch? Was war das denn für ein komischer Gedanke?

Der Kuss hatte nichts zu bedeuten, es war in einem schwachen Moment passiert. Das war alles. Sie würde jetzt ganz sicher nicht damit anfangen, ihn anzuschmachten.

Außerdem hatte Vinzent ihn beendet und war abgehauen.

Darüber hatte sie bis jetzt noch gar nicht nachgedacht.

Oje. Was, wenn er sich von ihr bedrängt gefühlt hatte?

Quatsch, sagte sich Rebecca. Er war ein erwachsener

Mann, er hätte den Kuss ganz bestimmt nicht erwidert, wenn er ihn nicht auch gewollt hätte.

»Welchen Spruch?«, fragte Rebecca.

Vinzent schaute sie an, aber sie sah sich nur selbst im Spiegel seiner Brillengläser. »Hast du noch Sex, oder spielst du schon Golf?«

Rebecca atmete scharf ein. Die Worte musste sie erst mal sortieren. Ihr Mund war auf einmal staubtrocken. Sie war sich plötzlich sehr bewusst, dass sie nur einen sexy Bikini trug. »Äh, nee, den kannte ich nicht.« Jetzt wünschte sie sich, sie hätte nicht nachgefragt. Sie musste knallrot angelaufen sein, denn natürlich hatte sie sofort an Sex mit ihm gedacht. Er war garantiert ein großartiger Liebhaber. Sie wollte sich Luft zufächeln, aber hielt sich zurück.

Vinzents Mundwinkel zuckten verräterisch. Glücklicherweise ging er nicht weiter darauf ein und wandte sich Margot zu. »Also ich werde nicht mitspielen, Margot. Tut mir leid.«

»Es ist so schade, Vinzent.« Margot guckte irritiert. »Ich bin mir sicher, wenn du es mal versuchen würdest, hättest du auch Spaß daran. Götz hatte mir gar nicht erzählt, dass du nicht mit von der Partie bist, er saß gestern Abend mit meinem Mann zusammen, sie haben die Flights eingeteilt.«

Vinzent zuckte die Schultern entschuldigend. »Vielleicht hofft er ja, dass ich meine Meinung ändere.«

Sie lächelte.

Rebecca hatte von der Einteilung noch nichts gehört. Es war ihr auch nicht wichtig, wer mit ihnen eingeplant war. Bei einem Turnier spielte man in Gruppen von vier Leuten zusammen. Götz war sehr ambitioniert, es war fast klar gewesen, dass er nicht mit Miriam in der Gruppe sein würde, die den Programmpunkt eher als Spaß denn als Wettkampf betrachtete.

»Jetzt verstehe ich, warum er Toni in Miriams Flight gesteckt hat und nicht dich, Vinzent«, erklärte Margot gerade. »Rebecca und Nathalie sind auch dabei. Die drei sind ja unzertrennlich.« Toni? Rebecca unterdrückte ein Seufzen. Das könnte unangenehm werden. An ihn hatte sie keinen einzigen Gedanken mehr verschwendet, und dann hatte sie Vinzent geküsst. O Gott.

Rebecca wurde noch heißer als ohnehin schon. Sie schaute Vinzent an, an seiner Wange zuckte ein Muskel. Er kommentierte nichts weiter, sondern überreichte Rebecca ein kleines Päckchen, das sie vorher gar nicht bemerkt hatte.

»Äh, danke?«, erwiderte sie. Erst jetzt erkannte sie, dass es sich dabei um ein iPhone der neusten Generation handelte.

»So musst du übermorgen nicht mit mir nach Mailand fahren, aber du kannst, wenn du möchtest. Schönen Tag noch, Ladys.« Er wandte sich um und ging los.

Rebecca war sprachlos, was in letzter Zeit deutlich häufiger vorkam, als ihr lieb war. Margot fächelte sich Luft zu. »Ja, ich muss auch zusehen, dass ich aus der Sonne komme ... Bis später, Liebes. Wir sprechen nachher noch mal wegen der Ringe, ja?«

»Ja, genau ...« Rebecca schaute Vinzent geistesabwesend hinterher. Er schlenderte lässig davon. Sie betrachtete das Telefon in ihrer Hand. Du kannst, wenn du möchtest. Was sollte das denn nun wieder bedeuten?

Sie wurde nicht schlau aus dem Mann. Er schenkte ihr ein Telefon?

Als sie zu den Mädels am Pool zurückkehrte, regte sich

Nathalie, Miriam trank eine eisgekühlte Cola mit Strohhalm. Die Cousinen planschten im Pool.

Rebecca setzte sich und guckte das Geschenk noch immer ratlos an.

»Was ist das?«, wollte Nathalie wissen und zog sich die Kopfhörer aus den Ohren.

»Ein neues Handy.«

»Wow, nice.« Nathalie lächelte. »Womit hast du das denn verdient?«

O Gott. Sie hatte Vinzent nicht mal angeboten, ihm das Geld dafür zu geben – was sie nachholen würde. »Nee, ich zahle das natürlich.«

Miriam stellte das leere Glas ab. »Vinzent wird es nicht umbringen, wenn du es nicht tust.«

Es war klar, dass er als Erbe der Modedynastie den Wert eines Handys locker verschmerzen konnte, aber Rebecca wollte keine Almosen – oder Geschenke. »Ist mir egal, ich bin nicht käuflich«, brummte sie und überlegte, ob sie es gleich anschalten und ihre SIM-Karte einsetzen sollte. Eigentlich hatte sie keine Lust, zu erfahren, wer mittlerweile alles versucht hatte, sie zu erreichen. In den letzten Tagen war es herrlich still gewesen. Ihren Eltern hatte sie von Miriams Handy Bescheid gegeben, dass sie gut angekommen war und dass ihr Handy kaputt war, die hatten sich keine Sorgen machen müssen.

»Käuflich?«, Nathalie kicherte. »Wieso das denn? Hast du was mit ihm?«

Rebecca schnappte erst nach Luft und stieß dann ein Quietschen aus. »Du spinnst wohl. Nein!«

»Wieso? Er ist doch nett«, fragte Miriam.

»Nett«, knurrte Rebecca und hob eine Augenbraue. »Du weißt genau, dass das nicht das ist, was mir zu ihm einfällt!«

»Ich habe immer noch nicht verstanden, warum du ihn nicht leiden kannst«, hakte Miriam nach.

Vielleicht war es an der Zeit, ihren Freundinnen zu erklären, warum sie so allergisch auf Vinzent Voss reagierte. Es war für Rebecca ein langer und manchmal sehr schmerzhafter Weg gewesen, sich mit ihren Kurven anzufreunden und heute sogar stolz darauf sein zu können. Leute wie Vinzent hatten sie als Jugendliche oft fertiggemacht. Abfällige Kommentare über ihren Hintern oder etwaige Röllchen am Bauch hatten sie in tiefe Löcher gestoßen, aus denen sie sich erst nach langer, mühevoller Arbeit mit sich und ihrem eigenen Wertgefühl herausgezogen hatte. Ihre Freundinnen würden es verstehen, wenn sie davon berichtete, wie abfällig er sich auf der Party geäußert hatte, dass für ihn nur Size-Zero bei einer Frau infrage kam. Und dann auch noch die bescheuerten Kommentare nach der Gewitter-Rettung, als Vinzent nicht gewusst hatte, dass sie hörte, was er zu Götz sagte.

Rebecca öffnete ihren Mund und wollte gerade eine Schimpftirade über Kerle loslassen, die Frauen vorschrieben, wie ihre Körper zu sein hatten, als Miriam abwinkte. »Leute, ich bin so verkatert, dass ich dringend was Fettiges zu essen brauche.«

Nathalie grinste. »Ich auch. Aber in diesem feinen Schuppen hier gibt es ja nur Mini-Portionen vom Sternekoch.«

»Sollen wir ins Dorf gehen? Vielleicht finden wir irgendwo ein XXL-Steak und hinterher eine Riesenportion Tiramisu? Na, wie klingt das?« Miriam rieb sich den Bauch.

Ein Glück, dass es ihr besser ging. Dass sie essen wollte, war ein gutes Zeichen.

Rebecca nickte. »Tolle Idee, ich bin dabei!«

Also vertagte sie das Gespräch über Vinzent, sie hatte sowieso keine Lust, sich schon wieder aufzuregen. »Ich bringe nur kurz das Handy aufs Zimmer.«

Miriam und Nathalie erhoben sich. Miriam schien zu überlegen, ob sie den Cousinen Bescheid sagen sollte, die trieben mit geschlossenen Augen auf Luftmatratzen und hielten ein Nickerchen. Rebecca konnte nach dem gestrigen Abend und dem Schnapsexzess gut auf weitere Gesellschaft verzichten, daher riet sie: »Lass sie ruhig schlafen.«

ALS DIE DREI aus dem Ort zurückkehrten, war es kurz nach neun. Die Dämmerung hatte eingesetzt. Es war ein wunderbarer Abend gewesen, und Miriam hatte erklärt, dass sie gestern nur so komisch überreagiert hatte, weil sie gestresst gewesen war.

So ganz hatte Rebecca es ihr nicht abgenommen, aber sie wollte Miriam auch nicht übermäßig damit nerven.

Götz trat gerade aus dem Zimmer. Als er seine Braut entdeckte, kam er zu ihnen und gab ihr einen Kuss. »Da bist du ja, Schatz. Ich habe dich schon gesucht, wir wollten doch noch mal wegen der Musik sprechen. Das Streichquartett hat mir ein paar Vorschläge für Lieder geschickt.«

Streichquartett? Rebecca hob eine Augenbraue und tauschte einen kurzen Blick mit Nathalie aus. Das war so gar nicht das, was zu Miriam passte, die eine echte Pop-Maus war und vielleicht Mozarts »Kleine Nachtmusik« kannte, aber nichts damit anfangen konnte. Miriam lächelte trotzdem. »Ich bin gleich da, wo wollen wir uns zusammensetzen?«

»Mama ist schon auf der Terrasse«, erklärte er und nahm sie in den Arm.

»Mädels, ihr habt es gehört, die Pflicht ruft.« Miriam winkte den beiden zu.

Nathalie und Rebecca verabschiedeten sich und setzten ihren Weg fort.

»Streichquartett«, wiederholte Nathalie wenig begeistert.

»Ich weiß«, gab Rebecca zurück. »Aber wenn sie es nicht möchte, könnte sie es auch sagen, oder?«

»Stimmt. Da hast du recht. So, bei mir ruft die Pflicht, die Telefondrähte glühen gleich wieder.«

»Du willst jetzt noch arbeiten?« Rebecca atmete laut aus.

»Ja, ein oder zwei Stündchen. Gute Nacht, Süße.« Nathalie drückte sie, dann bog sie zu ihrem Häuschen ab, und Rebecca kehrte zu ihrem Zimmer zurück. Ihre Gedanken wanderten zu Vinzent, sie konnte nicht erkennen, ob er da war.

Nicht an ihn denken, sagte sie sich, als sie das Telefon kurz darauf vom Ladekabel nahm und die SIM-Karte einsetzte. Ihre Daten waren so natürlich nicht zu retten, sie kam von hier aus nicht in die Cloud, aber das würde sie nachholen.

Ihre Mailbox meldete zig Nachrichten, auch über die sozialen Medien hatte sie viele Benachrichtigungen. Rebecca seufzte. Die Pause war zu schön gewesen.

Zuerst hörte sie eine Nachricht von ihrer Mutter ab. »Becky, ach, nur die Mailbox? Na, egal, ich wollte dir bloß sagen, dass ich die neue Werbung gesehen habe. Du siehst toll aus! Hast du abgenommen? Melde dich doch mal, wie es in Italien ist. Tschüss, Mama.«

Rebecca schüttelte den Kopf. Das Verhältnis zu ihren Eltern war nicht das beste, sie war schon als Kind dicker als die anderen Mädchen gewesen. Und das, obwohl ihre Mutter auch nach zwei Geburten gertenschlank geblieben war. Sie hatte Rebecca immer zum Abnehmen gedrängt und ihr kalorienarme Gerichte gekocht, was dazu geführt hatte, dass sie ständig hungrig gewesen war. Nicht nur das, sie hatte schon früh eingebläut bekommen, dass sie nicht gut genug war, wie sie war, und dass Äußerlichkeiten wichtiger waren als ihre Seele.

Erst im späten Teenageralter hatte Rebecca mithilfe eines Therapeuten herausgearbeitet, dass dem nicht so war. Sie war genug, sie war schön, egal, welche Kleidergröße sie trug. Rebecca hatte viel an ihrem Körpergefühl gearbeitet, das tat sie immer noch. Es war ein ständiger Prozess. Zuerst hatte die Therapeutin ihr damals empfohlen, ihrem Spiegelbild immer wieder zu sagen, wie schön sie sei, wie in Ordnung sie war. Und in der nächsten Stufe der »Hausaufgaben« hatte Rebecca alle Spiegel abgehängt und allein darauf vertraut, was sie selbst fühlte: nämlich, dass sie okay war, dass es richtig war, sich mit sich selbst wohlzufühlen, ohne Schuldgefühle haben zu müssen. Das hatte Wunder gewirkt. Das und die Tatsache, dass Rebecca irgendwann angefangen hatte, nackt durch das Badezimmer zu tanzen, während ihre Lieblingsmusik lief.

Klar hatte sie auch heute noch manchmal einen schlechten Tag, wer hatte das nicht? Grundsätzlich war Rebecca heute jedoch stolz darauf, dass sie mit sich im Reinen war. Dass sie sich wirklich selbst liebte und nicht nur so tat.

Schon allein deswegen war es wichtig, dass sie als Curvy Model für ihre eigenen Werte einstand und sich nicht von Männern wie Vinzent suggerieren ließ, dass es vielleicht okay war, sie zu küssen, aber dass er im Grunde etwas anderes an Frauen schön fand.

Sie hörte die nächste Nachricht ab vom Kunden der Marke Strawberry. »Frau Höfner, wir haben jetzt schon mehrfach versucht, Sie zu erreichen. Wir werden die Kampagne selbstverständlich nicht ändern – Ihre Fotos kommen sehr gut an. Was nicht gut ankommt, sind Ihre Beiträge auf Social Media, in denen Sie uns wie Verbrecher hinstellen, das wird noch Folgen haben. Unser Anwalt wird sich melden.« Klick.

Rebecca schmiss das neue Handy aufs Bett und stieß einen unterdrückten Schrei aus. »So eine Scheiße.«

Ehe sie auf den Berg zur Quelle gekraxelt war, hatte sie ein unverfälschtes Foto von sich gepostet und klargestellt, dass sie gegen Retusche war und dass die Bilder nicht in ihrem Sinne bearbeitet worden waren. Sie hatte ihrer Fanbase erklärt, dass sie sich davon distanzierte und dass sie jeder Frau den Mut wünschte, zu ihren Kurven und ihrem Körper zu stehen – egal, wie der aussah. #youarenough #dubistgenug hatte sie als Hashtags benutzt.

Was auf Instagram und Facebook los war, wollte sie lieber nicht wissen, so schlimm konnte es aber nicht sein, sonst hätten Miriam und Nathalie sie schon gewarnt. Oder?

Rebecca öffnete schließlich doch ihr Profil und scrollte durch einige Nachrichten.

Nichts Außergewöhnliches. Einige beschimpften sie als fette Sau, bei der man gar nicht genug bearbeiten konnte, die überging sie, die bekam sie immer wieder, sie hatte gelernt, das zu ignorieren: Haters gonna hate. Es gab zum Glück viel mehr Nachrichten, die ihr beipflichteten, von Frauen, die schrieben, dass sie ihr Vorbild sei, dass sie ihnen den Mut gebe, zu sich zu stehen.

Rebeccas Herz schwoll an. Solange es Stimmen wie diese gab, würde sie weitermachen!

UM NEUN AM nächsten Morgen tummelten sich die Golfer auf dem Platz. Rebecca war froh, dass Toni nicht beleidigt zu sein schien, dass sie sich nach dem Date so rargemacht hatte. Er war bester Dinge und flirtete nicht nur mit ihr, sondern auch mit Nathalie und Miriam.

Rebecca atmete erleichtert aus. Das hätte noch gefehlt, dass sie Stress mit einem Kerl hatte. Heute war es zum Glück auch nicht so irre heiß, jedenfalls noch nicht.

»So, gleich geht's los.« Miriam rückte sich ihre Schildmütze zurecht und zog sich einen Handschuh über. Sie sah wirklich aus wie ein halber Profi.

Rebecca selbst trug nur ein Trägershirt und normale Shorts, dazu einen Strohhut. Sie stach damit etwas hervor, ansonsten überwogen weiße Poloshirts, Bundfaltenhosen und die obligatorischen Schilde auf dem Kopf. Witzig irgendwie.

Rebecca und Nathalie teilten sich ein Schlägerset, was eigentlich nicht erlaubt war nach den internationalen Golfregeln. Sie wollte gerade damit losmarschieren, als Vinzent auf der Bildfläche erschien. Ihr Herz stolperte, seit gestern am Pool hatte sie ihn nicht gesehen und sich – leider – viel zu oft gefragt, was er machte und wo er steckte.

»Moin«, grüßte er mit einem Kopfnicken in die Runde.

»Hey, Vinzent.« Miriam gab ihm ein Küsschen. »Spielst du doch mit?«

»Nee.« Er winkte ab und verbeugte sich. »Ich habe mir aber sagen lassen, dass ihr einen Caddy braucht.«

Nathalie kicherte. »Echt jetzt? Witzig. Von mir aus gern. Wollte mich schon immer mal wie Bernhardine Langer fühlen.«

Rebecca war irritiert. »Du weißt schon, dass es ein Mann ist, er heißt Bernhard.«

»Klar!« Nathalie lachte.

Toni und Vinzent starrten sich an, und für einen Moment hatte Rebecca das Gefühl, dass eine merkwürdige Schwingung zwischen den beiden hin und her ging.

»Ich kann uns auch ein Elektrowägelchen besorgen«, bot Toni gönnerhaft an. Da er ein ganzes Stück kleiner war als Vinzent, stellte er sich noch etwas aufrechter hin und reckte das Kinn vor.

Vinzent zuckte die Schultern und schwieg.

»Ich kann gut selbst laufen, meine Hüfte hält das noch aus.« Miriam zwinkerte.

»Also schön, dann lasst uns mal loslegen«, meinte Toni und stapfte mit seinem Elektro-Golfbag zum ersten Loch. Miriam hatte auch so ein Teil, natürlich, Götz hatte es ihr zum Geburtstag geschenkt. Rebecca fand diese Dinger komisch, fehlte nur noch ein Roboter, der auch die Bälle automatisch abschlug, dabei kamen die Golfer doch immer damit, dass man so schön in Bewegung sei – aber die Schläger fuhren quasi wie von selbst durch die Gegend. Egal, sagte sie sich. Nicht ihr Problem.

»Darf ich?«, riss Vinzent sie aus ihren Überlegungen,

nahm ihr das Schlägerset ab und schwang es sich über seine rechte Schulter.

»Du meinst das ernst?« Rebecca schaute zu ihm auf. Miriam und Nathalie waren schon ein paar Schritte weiter als sie, sodass sie allein neben ihrem »Caddy« ging.

»Klar. Hab gerade nichts Besseres vor.« Er wirkte lässig und entspannt, ganz im Gegensatz zu ihr.

Es war ihr unangenehm, dass hier ein Mann im Flight war, mit dem sie einen Flirt am Laufen hatte – oder gehabt hatte? Sie war sich nicht sicher – jedenfalls einen, den sie geküsst hatte. Hilfe. Auf einmal war das alles doch irgendwie kompliziert geworden.

Toni schlug seinen Ball ab, er flog hoch und erreichte sogar das Putting-Green mit dem Loch und dem weißen Fähnchen. Die drei Damen klatschten, Vinzent nicht.

Rebecca guckte überrascht, sagte aber nichts. Dann war Miriam dran, ihr Schlag ging flach ab und war nicht besonders gelungen, er flog nicht weit. Sie nahm es nicht tragisch und lächelte. »Ich hab einfach kein Talent, aber es macht mir trotzdem Spaß«, erklärte sie.

»Gib mir mal einen Schläger, bitte«, wandte sich Nathalie an Vinzent und streckte ihre Hand aus.

Vinzent setzte die Tasche ab und reichte ihr den Driver, einen Schläger mit einem klobigen Endstück für den Abschlag. »Danke.« Nathalie setzte ihr Tee auf den Boden und dann den Ball darauf. Mit hüftbreiten Beinen platzierte sie sich neben dem Ball und machte einige schwingende Bewegungen, ehe sie ausholte und abschlug. Besser als Miriam, aber Tonis weiße Kugel lag am besten platziert.

Nathalie überließ Rebecca ihren Schläger. Rebeccas Hände waren feucht – vielleicht wäre so ein dämlicher Handschuh doch besser gewesen. Zu spät, als Miriam sie letztens mit in einen Golfladen geschleppt hatte, hatte Rebecca lachend abgelehnt. Dass sie diese Mode nie mitmachen würde, hatte sie gescherzt. Tja, nun bereute sie es, denn sie wollte gut sein – sportlich gesehen.

Rebecca atmete durch und konzentrierte sich. Sie schaute auf den Ball und dann in die Ferne. Sie führte ein paarmal den Schläger zum Ball, ehe sie ausholte und mit voller Kraft auf den Ball donnerte.

Das dachte sie jedenfalls.

Ihre Schulter war alles, was krachte, als sie die weiße Kugel verfehlte.

Nathalie und Miriam gackerten und hielten sich die Hände vor den Mund. Toni hatte ihren Schlag gar nicht mitbekommen, er war mit sich beschäftigt.

Rebeccas Wangen brannten. So eine Scheiße. Peinlicher ging es wohl nicht.

Sie spürte Vinzents Blick auf sich. Vorsichtig lugte sie unter halb gesenkten Lidern zu ihm auf.

Er lachte nicht, sondern schaute sie offen und direkt an. »Passiert den Besten, Becks«, kommentierte er. »Augen immer auf den Ball, dann klappt es.«

Damit hätte sie nicht gerechnet. Sie ging nicht darauf ein und guckte grimmig auf das blöde kleine weiße Ding.

Jetzt aber. Sie biss die Zähne zusammen, fixierte den Golfball vor ihren Füßen, holte aus und traf.

Halleluja. Der Ball flog und flog und flog und rollte aufs kurze Grün.

»Yes!«, rief Nathalie und klatschte. »Hey, der ist weiter als der von Toni.«

Rebecca war nicht nur erleichtert, sie lächelte sogar.

Ein Glück, dass sie getroffen hatte – und wie! So gut hatte sie selten einen Ball platziert. Nein. Eigentlich noch nie.

Rebecca reichte Vinzent den Driver. »Gut gemacht, Becks«, lobte er anerkennend.

Der Klang seiner dunklen Stimme sandte kleine Schauer an ihrer Wirbelsäule entlang.

Vinzent ging etwas langsamer und sprach dann mit Miriam. Gab er ihr Tipps?

Egal, Rebecca setzte ihren Weg fort, auf einmal war Toni neben ihr. »Bella! Was für ein Schlag!«

»Danke«, erwiderte sie.

»Das war wunderbar, geht es dir gut?« Er lächelte breit. Oje, er war in Flirtlaune.

»Äh, ja, sehr gut.« Himmel, war das unangenehm. Sie konnte Toni ja schlecht sagen, dass er sich zum Teufel scheren sollte, nur weil sie Vinzent geküsst hatte. Sie schaute sich unauffällig nach ihm um und war überrascht, als sie seinem Blick begegnete. Seine Lippen waren schmal. Hastig wandte sie sich ab.

»Was hast du gesagt?«, wollte sie von Toni wissen, der anscheinend auf eine Antwort wartete.

»Ich habe gefragt, ob ich dir nachher die Olivenhaine zeigen soll?«

»Äh ...« O Gott. Hilfe! Auf gar keinen Fall.

Zum Glück kam Miriams Schlag dazwischen, da ihr Ball am weitesten hinten lag, machte sie als Nächste weiter.

Endlich hatte sie gut getroffen. Rebecca klatschte ein wenig zu begeistert. »Toll, Miri! Weiter so.« Dann ließ sie Toni stehen und wackelte zu Nathalie, ohne ihm eine Antwort gegeben zu haben.

Rebecca schwitzte schon wieder. Na, das konnte heute ja noch heiter werden.

REBECCA HIELT sich bei den nächsten Löchern dicht in der Nähe ihrer Freundinnen – so dass sie weder mit dem einen noch mit dem anderen Kerl reden musste. Das hielt sie für die beste Taktik.

Es lief mittelmäßig für sie, was egal war, weil sie ohnehin nie eine Chance gehabt hatte zu gewinnen. Es ging um den Spaß.

Haha. Spaß! Das hier war in etwa so lustig wie ein Brazilian Waxing.

Sie trat zu ihrem Ball und überlegte, welchen Schläger sie nehmen sollte. Vinzent stellte die Tasche neben ihr ab. »Achtereisen?«, fragte er.

Rebecca hatte wiederholt das Gefühl, dass er sich doch auskannte. Warum spielte er dann nicht? »Äh«, war alles, was sie hervorbrachte.

Auf einmal war Toni bei ihren Schlägern. »Nein, ein Neuner muss sie nehmen«, mischte er sich ein und suchte selbigen.

Vinzents Miene glich einem Gewitter. »Achter!«, blaffte er.

Toni guckte auf.

Die beiden lieferten sich einen stummen Schlagabtausch. Rebecca hielt den Atem an. Es sah aus, als würden sie gleich aufeinander losgehen. Aus dem Augenwinkel bekam sie mit, dass Miriam und Nathalie amüsiert tuschelten. Aha, dann hatten die beiden es also auch bemerkt. Na, kein Wunder. Das hier war ein Tanz unter Gockeln. Einer plusterte sich mehr auf als der andere. Vinzent gewann beim direkten Vergleich, er war größer, seine Schultern ein wenig breiter.

Nein, erinnerte sie sich. Hier gewinnt niemand.

Ehe sich die beiden doch noch wie Boxer im Ring wegen eines Schlägers prügelten, ging sie dazwischen. Dabei wurde sie das Gefühl nicht los, dass das Eisen hier gar nicht die Hauptrolle spielte, sondern sie.

»Ich entscheide das immer noch selbst, Jungs«, erklärte sie und zog ein Siebener heraus – die beiden konnten ja nicht wissen, dass das ihr Lieblingseisen war, mit dem sie am besten zurechtkam.

Vinzent zuckte nicht mit der Wimper, sondern trat nur einen Schritt zurück. Toni schnaufte leise. »Du wirst schon sehen, dass es damit nicht geht.«

Gott, wie ätzend.

Da lernte sie gerade eine Seite an dem Italiener kennen, die ihr gar nicht gefiel. Rebecca enthielt sich einer Antwort und konzentrierte sich auf ihren Schlag. Der klappte, zum Glück. Mit geradem Rücken schob sie den Schläger zurück zu den anderen. »Kann sein, Toni, trotzdem brauche ich deine Hilfe nicht.«

Sie würdigte ihn keines Blickes mehr, bekam aber noch mit, dass sich Vinzents Mundwinkel leicht nach oben bogen. Er hielt jedoch einen gewissen Abstand zu ihr und trug die Schläger stumm zu Nathalies Ball weiter.

Rebecca war fix und fertig, als sie nach den achtzehn Löchern am Clubhaus ankamen.

Götz saß mit seinen Eltern und Marius – einem weiteren Freund aus Hamburg, der gerade erst angereist war, weil es im Firmenunternehmen einige Schwierigkeiten gab – auf der Terrasse. Rebecca hatte gehört, dass Marius zudem einer von den Typen war, die nichts anbrennen ließen. Zutrauen würde sie es ihm, Marius sah nicht nur fantastisch aus mit seinem schwarzen Haar und den dunklen Augen. Er hatte zudem diese gewisse Ausstrahlung, die bei Frauen im Allgemeinen sicher sehr gut ankam. Als Götz Miriam entdeckte, ließ er seine Tischnachbarn sitzen und kam zu seiner Braut gelaufen. »Hallo, mein Schatz! Wie war es bei dir?«

Miriam lächelte. »Ach, frag lieber nicht.«

Götz hob Miriam hoch und ließ sie durch die Luft wirbeln. »Du bist meine Königin, egal, wie deine Score-Karte ausschaut.«

Die zukünftige Braut warf den Kopf in den Nacken und lachte herzhaft. »Du bist süß«, quietschte sie.

Götz stellte Miriam auf den Boden ab und küsste sie innig. Hastig wandte Rebecca sich ab, sie wollte nicht glotzen. Trotzdem hatte diese Szene zwischen den beiden etwas in ihr angerührt. So verschieden Götz und Miriam auch sein mochten, die Liebe der beiden war tief und ehrlich.

»Noch ein Drink?«, sprach jemand sie von der Seite an.

Rebeccas Herz stolperte, als sie in Vinzents Augen blickte. Im Gegensatz zu ihr wirkte er frisch und voller Energie. Außerdem glaubte sie nicht, dass es eine gute Idee war, sich zu häufig in seiner elektrisierenden Nähe aufzuhalten. Sie dachte auch so schon viel zu oft an ihn. »Vielleicht später, entschuldigst du mich kurz?«, erwiderte sie unverbindlich und machte sich auf den Weg ins Clubhaus. Ehe sie mit irgendwem an einem Tisch sitzen konnte, musste sie sich kurz frisch machen ...

KAPITEL
NEUN

Am nächsten Tag stand ein Kochkurs auf dem Programm – für die jungen Leute, wie Margot es definiert hatte. Sie standen in der Hotelküche – da heute im Restaurant Ruhetag war. Edelstahl und moderne Geräte dominierten das Bild, der Boden war mit Sicherheitsfliesen zweckmäßig, aber nicht besonders hübsch. Die mit Fliegennetzen ausgestatteten Fenster waren geöffnet, es herrschte ein angenehmer Durchzug.

Miriam, Nathalie, die Cousinen, Götz, Marius und Vinzent machten mit beim Bespaßungsprogramm. Die Herren der Schöpfung waren deutlich in der Unterzahl, stellte Rebecca fest, während sie alle ein Glas Wein gereicht bekamen und die Köchin ihnen erklärte, was sie heute erwartete. Miriam schien sich von ihrem Ausflug nach Florenz erholt zu haben, sie nahm ebenfalls einen Schluck Wein zu sich.

Tina und Serafina wanzten sich an Vinzent heran, der gar nicht zu merken schien, wie oberflächlich die beiden waren.

Rebecca guckte nicht weiter hin und lächelte stattdessen die Köchin an, die gerade erzählte, dass sie Tomatensoße und Nudeln herstellen würden und zum Nachtisch lernten, wie man das beste Pannacotta der Welt kreierte. Rebecca war gespannt, sie liebte gutes Essen und diese kleinen Sahnepuddings ganz besonders.

Hier gab es keine Teams wie beim Golf. Ein Glück, den gestrigen Tag hatte sie als sehr anstrengend in Erinnerung. Zwischen Toni und Vinzent war es zwar nicht mehr zum offenen Schlagabtausch gekommen, aber die Stimmung war definitiv angespannt gewesen.

Nathalie trank einen Schluck. »Die beiden haben es ja ganz schön auf den armen Vinzent abgesehen.«

Aha, sie hatte es also auch bemerkt.

Rebecca erinnerte sich an Vinzents Scherz über einen Dreier. Den konnte er mit den beiden vermutlich wahr werden lassen.

Ihr wurde schlagartig übel. Sie versuchte nicht daran zu denken, aber sie wurde diese grauenvollen Bilder in ihrem Kopf nicht mehr los.

Rebecca spürte Nathalies Ellenbogen in der Seite. »Was ist, willst du den ganzen Tag träumen oder sollen wir loslegen?«

Sie blinzelte und begriff, dass die anderen schon angefangen hatten. Obwohl es hier keine offizielle Einteilung gab, arbeitete Miriam mit Götz – vielmehr guckte Götz zu, wie Miriam mit den Messern und Schalen hantierte. So ein Macho. Marius sprang ein bisschen ein, alberte dann aber doch die meiste Zeit mit Götz herum, ohne dass was im Topf landete.

Vinzent war deutlich engagierter, er schnippelte Tomaten und ließ sich dabei von Tina und Serafina umgarnen.

»Klar«, antwortete Rebecca lakonisch und band sich eine Schürze um. Die Köchin des Hotels, Chiara, trat zu ihnen. »Sehr gut, ich würde euch empfehlen, mit dem Nudelteig anzufangen, der muss ein wenig ruhen. Nehmt das hier, auf dieses Mehl schwören unsere Pastaspezialisten.«

Rebecca lag ein Kommentar auf den Lippen, dass andere schon sehr mit den Tomaten beschäftigt wären, aber sie schluckte den Spruch herunter – sonst wäre klar, dass sie Vinzent beobachtete. Was sie natürlich nicht tat! Sie hatte das nur zufällig mitbekommen.

»Gute Idee«, pflichtete Nathalie bei. Chiara schob ihnen eine Tüte mit speziellem Mehl zu; da Rebecca kein Italienisch sprach, konnte sie nicht sagen, was das Besondere daran war. Sie wogen, kneteten und stellten ihren Teig dann zur Ruhe beiseite.

Rebecca wurde von etwas getroffen. Sie schrie auf und sprang zur Seite. Als sie sich umschaute, entdeckte sie auf der anderen Seite des Edelstahltresens Vinzent. Er grinste breit, seine Augen funkelten amüsiert.

»Hast du mich gerade beworfen?«, fragte sie überrascht.

In der linken Hand hatte er noch eine Kirschtomate, die er jetzt nach ihr schmiss.

»Bist du verrückt?«, schimpfte Rebecca.

»Was ist los? Verstehst du keinen Spaß?«

Sie wollte kontern, dass er sich doch lieber mit Serafina und Tina einen Spaß machen sollte, bis sie begriff, dass er das falsch verstehen könnte. Also hielt sie die Klappe und zuckte die Schultern. Dann erwiderte sie: »Ich finde es einfach nicht lustig, mit Essen zu werfen, wie alt bist du, drei?«

Vinzents Lächeln fror ein wenig ein, dann stieß er langsam die Luft aus. Und ehe er noch etwas zu ihr sagen konnte, war er wieder von den Cousinen umgeben, die ihn aufforderten, ihnen beim Sahneerhitzen zu helfen.

Ätzend, die beiden, dachte Rebecca und widmete sich ihrer eigenen Pannacotta.

»Der steht so was von total auf dich«, flüsterte Nathalie ihr ins Ohr. »Warum bist du so gemein zu ihm?«

»Hä?« Rebecca schaute irritiert zu ihrer Freundin. »Wir können uns nicht leiden.«

»Na, wenn du das sagst, bitte schön. Dann ist Toni also aus dem Rennen?«

»Toni!«, brummte Rebecca. »Der hat beim Golf wohl bewiesen, was für ein Charakter er ist. Nee, also wirklich nicht. Du tust ja gerade so, als würden die Kerle mich umschwärmen wie ich die Pralinen in der Vitrine.« Rebecca lachte.

Nathalie grinste ebenfalls. »Mich guckt hier irgendwie keiner an«, gab sie zurück.

Rebecca wollte gerade erwidern, dass sie wohl genug mit ihren Telefonanrufern zu tun hätte, bis sie begriff, dass das vermutlich nicht das Gleiche war. Nathalie war, seit sie sie kannte, Single. Jedenfalls seit dem Dekan-Desaster, wie sie es selbst nannte. »Bist du denn auf der Suche?«

Nathalie schaute bedröppelt. »Nicht wirklich, aber auf Dauer ist es blöd, immer alleine zu sein. Ist egal, komm, wir machen weiter.«

Rebecca merkte, dass ihre Freundin nicht weiter darüber sprechen wollte, nicht jetzt zumindest, und sie akzeptierte es. Während sie im Topf mit der Sahne rührte, sah sie sich nach Vinzent um. Er lachte gerade über etwas, was Serafina gesagt hatte. Schnell widmete sie sich wieder ihrem Dessert.

REBECCA FÜHLTE sich rundum satt und zufrieden, als sie nach dem selbst zubereiteten Essen zu ihrem Zimmer zurückkehrte. Der Kochkurs war wirklich witzig gewesen, vor allem solange sie sich von Vinzent ferngehalten hatte. Rebecca schmunzelte, als sie an Miriam und Götz dachte, er hatte gar kein Talent fürs Kochen und es sogar geschafft, das Nudelwasser überkochen zu lassen. Sehr viel mehr hatte er zur Mahlzeit nicht beigetragen, sondern mehr mit seinem Kumpel Marius scherzhafte Klugscheißerkommentare abgegeben, aber Miriam hatte es mit einem Lächeln ertragen und erklärt, dass er andere Qualitäten hatte, als den Kochlöffel zu schwingen. Wenigstens hatte er mitgemacht, das war schon ein Pluspunkt. Rebecca fand zwar, dass Götz ein bisschen verwöhnt war – ein bisschen zu sehr sogar –, aber er war ein guter Kerl, der Miriam liebte. Im Hause der Kaffeemillionäre gab es sicher eine Köchin, Götz hatte vermutlich noch nie in seinem Leben etwas selbst zubereiten müssen. Das war eine völlig andere Welt, in der Rebecca sich nicht auskannte und sich auch nicht wirklich wohlfühlte. Und es war für Götz vielleicht auch nur eine Ausrede, denn soweit sie das beurteilen konnte, hatte sich Vinzent deutlich geschickter angestellt – und er stammte ja aus ähnlichen Verhältnissen.

Jetzt dachte sie schon wieder an ihn. Meine Güte! Musste denn jeder Gedanke bei Vinzent enden? Wie nervig. Das musste aufhören.

Rebecca beschleunigte ihren Schritt und atmete tief ein. Sofort entspannte sie sich ein wenig. Sie liebte diesen Duft nach Pinien und Sommerblüten. Das Konzert der Zikaden war an diesem Abend mal wieder besonders laut.

Zurück in ihrem Zimmer verging ihr das Lächeln jedoch sofort wieder, als sie auf ihrem neuen Handy entdeckte, dass sie eine E-Mail von einem Anwalt bekommen hatte.

Rebecca setzte sich auf die Terrasse, wo sie sicher war, dass sie niemand störte. Vinzent war nicht auf dem Zimmer, er hatte eben noch mit Götz und den Cousinen beim Espresso gesessen.

Rebecca las die Nachricht wieder und wieder.

Ihr Kunde hatte vor, sie wegen Rufmord zu verklagen. Das hier war die Abschrift, die ihr ebenfalls per Post zugesandt worden war. Die lag vermutlich in Hamburg in ihrem Briefkasten.

»So eine Scheiße«, fluchte sie und knallte ihr Handy auf die Tischplatte.

Sie stand auf und ging hin und her, während sie überlegte, was jetzt zu tun wäre. Sie hätte sich nicht zu diesem Posting hinreißen lassen dürfen, nicht, ehe sie nicht in ihren Verträgen nachgesehen hatte, wie die Vereinbarungen zur Bearbeitung der Bilder waren. Aber das hatte sie aufgeschoben, weil sie Angst hatte, dass sie diese Klausel bei Vertragsunterzeichnung übersehen hatte. Ja, es war natürlich nicht klug, dass sie das nicht längst gecheckt hatte, aber manchmal schob sie Dinge vor sich her – das rächte sich jetzt.

Rebecca ärgerte sich, dass ihr Temperament sie erneut in Schwierigkeiten gebracht hatte. Gleichzeitig konnte sie sich keine ernsthaften Vorwürfe machen, weil sie es auch jetzt noch als ehrlich und richtig empfand, Klartext zu sprechen. Dass richtig und falsch nicht immer so klar zu definieren waren, stellte sich mal wieder deutlich heraus.

Sie rief sich zur Ruhe. Nichts wurde so heiß gegessen, wie es gekocht wurde. Morgen würde sie sich nach einem Anwalt umhören – sie kannte genügend Models, sicher hatte die ein oder andere schon mal ein ähnliches Problem gehabt. Bestimmt konnte man für alles eine Lösung finden. Nur nicht mehr heute Abend.

So ganz überzeug war sie nicht, aber der erste Schock flaute langsam ab. Rebecca ließ sich wieder auf einen der Stühle fallen und genoss die laue Sommernacht. Sie versucht es zumindest. Ihre Stimmung war trotz der wunderbaren Umgebung unterirdisch schlecht.

»Becks?«, hörte sie eine vertraute, dunkle Stimme und sich langsam nähernde Schritte.

»Du schon wieder«, brummte sie. »Lass mich in Ruhe.« Ihr war klar, dass sie unhöflich und zickig klang, aber eine Diskussion mit Vinzent über was-auch-immer konnte sie jetzt noch weniger gebrauchen als sonst.

»Nein, das werde ich nicht«, widersprach er ihr, zog sich einen Stuhl heran und setzte sich neben sie.

Der Duft seines Aftershaves stieg ihr in die Nase. Es war gemein, dass er auch nach einem langen und schweißtreibenden Kochkurs noch roch, als wäre er eben aus der Dusche gestiegen. Sie merkte, wie ihr Herzschlag sich beschleunigte. Sie wollte sich in seiner Nähe nicht so fühlen, so aufgeweckt, lebendig. Erregt.

Aber sie war machtlos dagegen, und in ihrer jetzigen Stimmung machte es sie noch unglücklicher.

»Ich weiß echt nicht, was du von mir willst, Vinzent«, murmelte sie niedergeschlagen.

»Nein?«

»Komm, wenn du mich nerven willst, dann lass es bitte sein.«

»Ich will dich nicht ärgern, Becks.«

»Was willst du dann?« Sie konnte nicht verhindern, dass ihre Stimme seltsam hoffnungsvoll klang.

Dämliche Hormone.

»Bilde ich mir nur ein, dass zwischen uns was ist?«

O Gott.

Ihr Magen vollführte einen Purzelbaum. Ihre Kehle war trocken. In ihrem Unterleib sammelte sich Hitze. »Ich weiß nicht, was du meinst.« Leugnen war in diesem Fall sicher die beste Strategie.

Er lachte, es war ein sinnlicher, wissender Laut. »Du lügst, Becks. Aber ich will dich auch nicht bedrängen.« Er streifte ihre Hand mit seiner, dann stand er auf. »Ich gehe jetzt ins Bett, Becks.«

Sie befeuchtete sich ihre Lippen. »Und? Erwartest du etwa noch Besuch und warnst mich vor, dass es lauter werden könnte?« Ihre Stimme klang atemlos, Blut rauschte in ihren Ohren.

»Hm«, gab er zurück.

»O ich bin mir sicher, Tina und Serafina beglücken dich gern.«

Er wirkte verdutzt, dann schüttelte er den Kopf. »Ganz bestimmt nicht, Becks. Ich stehe auf echte Frauen.« Er beugte sich zu ihr herunter; kurz dachte sie, dass er sie küssen wollte, aber das tat er nicht. Stattdessen strich er ihr eine Strähne hinters Ohr und flüsterte: »Ich begehre dich, Rebecca. Wenn du auch so empfindest wie ich, weißt du, wo du mich findest. Ich warte auf dich, Becks.« Sein heißer Atem streifte ihre Haut und ließ sie erschaudern. Sie schluckte.

Ohne auf eine Antwort zu warten, machte er sich aus dem Staub und ließ sie sprachlos zurück.

Das war deutlich gewesen. Nicht misszuverstehen.

Ich begehre dich.

Himmel. Sie atmete zittrig ein und wieder aus.

Ja, dass sie ebenfalls Lust in seiner Nähe verspürte, konnte sie nicht abstreiten. Es war geradezu lächerlich, wie stark dieses Verlangen war, das in ihrem Schoß pulsierte.

Rebecca stand so schnell auf, dass der Stuhl mit einem Scheppern auf die Steine kippte.

»Verdammt«, fluchte sie und schaute zu seinem noch dunklen Fenster. Dann griff sie ihr Handy und lief in ihr eigenes Zimmer und knallte die Tür mit einem lauten Krachen zu.

Vinzent zog sein Hemd aus und hängte es auf einen Bügel, dann fuhr er sich mit beiden Händen durch die Haare. Was war bloß in ihn gefahren?

Er hatte Rebecca ein eindeutiges Angebot gemacht. Dass sie ihn nicht sofort deswegen verspottet hatte, war das einzig Tröstliche. Noch nie hatte er sich so befangen und unsicher gefühlt wie bei ihr. Vielleicht lag es daran, dass er nach wie vor nicht begriffen hatte, warum sie ihn nicht leiden konnte.

Und da fiel ihm nichts Besseres ein, als sie in sein Bett einzuladen? Bescheuert.

Vinzent stöhnte und schlug sich mit der flachen Hand gegen die Stirn. »Du bist ein Volltrottel«, knurrte er.

Kurz hatte er geglaubt, dass sie eifersüchtig auf Tina und Serafina wäre, den Gedanken aber sofort verworfen. Die beiden waren so was von keine Konkurrenz für sie. Sie waren nervig, mehr noch, es waren die typischen Kandidatinnen, die es nur auf ihn abgesehen hatten, weil er Vinzent Voss war. Nicht, weil sie ihn als Mensch mochten.

Gut, das konnte er bei Rebecca auch ausschließen.

Er schnitt sich selbst eine Grimasse, dann entschied er, schlafen zu gehen. Er hatte das Badezimmer noch nicht erreicht, als ein Klopfen an seiner Tür ertönte.

Er stöhnte innerlich. Vielleicht waren das Tina oder Serafina – den beiden war nach Rebeccas eigener Aussage alles zuzutrauen. Er überlegte sich eine freundliche Abfuhr – bei was auch immer – und öffnete.

Vinzent hob beide Brauen, als er Rebecca vor seiner Zimmertür entdeckte. Sie schaute sich verstohlen um, als wollte sie nicht, dass jemand sie sah, dann blickte sie zu ihm auf. »Gilt dein Angebot noch?«

Vinzent glaubte zu träumen. Er blinzelte und trat beiseite.

Kurz rechnete er damit, dass sie ihn auslachen und dann davonrennen würde, aber sie trat ein und schloss die Tür langsam hinter sich, so, als ob sie sich fragte, ob sie hier gerade das Richtige tat. Dann wandte sie sich zu ihm. Der Schein der gedimmten Lampen spiegelte sich auf ihrem Teint wider, ihre Augen schillerten dunkel und verheißungsvoll. Sein Herzschlag beschleunigte sich.

»Rebecca ...«, fing er an, wusste aber nicht, was er sagen oder tun sollte. Nie hätte er damit gerechnet, dass sie wirklich bei ihm auftauchen würde. Gehofft hatte er es jedoch, das konnte er nicht leugnen.

Sein Gehirn hatte längst aufgehört zu arbeiten, weil alles Blut auf dem Weg in tiefere Regionen war.

Sie trat näher und legte ihm einen Finger an die Lippen. »Nicht reden, Vinzent. Das hier bleibt unter uns!«

Diese Frau überraschte ihn immer wieder. Er dachte über ihre Worte nach, soweit ihm das noch möglich war. »Du meinst ...«

Sie unterbrach ihn erneut, was ihn zum Schmunzeln brachte. Mit ihr würde es garantiert niemals langweilig werden. Alles, aber nicht das. »Du begehrst mich, ist das korrekt?«, fragte sie leise.

Er nickte, sein Atem kam schneller.

»Keine Verpflichtungen, keine Versprechungen und, vor allem, niemand darf davon erfahren, klar?« Sie schaute ihn direkt an, voller Leidenschaft.

Er war verloren.

Vinzent schluckte hart. »Du willst mich also benutzen?« Es hatte wie ein Scherz klingen sollen, seine Stimme war heiser.

Rebecca nickte langsam. »Und wie!« Und dann stellte sie sich auf die Zehenspitzen und küsste ihn so hart und fordernd, dass auch der letzte Funke Verstand in Rauch aufging. Alles, was blieb, war heiße, lodernde Lust. Rebecca machte keine halben Sachen, im Gegenteil, sie zögerte keine Sekunde.

Sie schob ihn zum Bett, sodass er rücklings darauf fiel. Er ließ sich gerne von ihr verführen, vielleicht hatte er so die Chance, nicht sofort zu kommen und wie der totale Versager dazustehen. Dabei ahnte er, dass es ihn größte Mühe kosten würde, länger als eine Nanosekunde durchzuhalten. Sie waren noch nicht mal nackt, und er glaubte bereits, zu explodieren.

Vinzent keuchte, als Rebecca über seine Brust streichelte

und sich langsam zu den Knöpfen seiner Hose vorarbeitete. Sie saß rittlings auf ihm und rutschte zu seinen Oberschenkeln. Hilfe, hatte sie kein Höschen an? Der Gedanke, dass sie womöglich den ganzen Tag ohne Slip in der Küche gestanden hatte, machte ihn fertig.

Seine Hände glitten unter ihren Rock, und er war erleichtert, dass er einen schmalen String fand, sonst wäre es vermutlich schon um ihn geschehen gewesen. »Becks«, stöhnte er, als sie ihm Hose und Shorts über die Hüften nach unten zog. Als Nächstes war ihr Kleid dran. Ehrfürchtig ließ er seine Fingerkuppen über ihre Schlüsselbeine, den Ansatz ihres Busens und dann über die hübsche Spitzenwäsche gleiten, die ihre vollen Brüste bedeckte.

Rebecca legte den Kopf in den Nacken und seufzte genüsslich. Er liebte es, wie sinnlich sie reagierte, wie natürlich. Dass sie heißblütig war, überraschte ihn nach den bisherigen Begegnungen kein bisschen. Er ließ seine Hände über ihren Rücken wandern, löste die Häkchen ihrer Wäsche und warf das Ding achtlos beiseite. »So schön«, murmelte er rau und strich mit den Fingern über ihre rosig aufgerichteten Warzen. Sie rieb sich an seiner Erektion und Vinzent keuchte auf. Lust pulsierte durch seine Adern, er biss sich auf die Unterlippe. Dann richtete er sich auf und bettete sie neben sich auf den Rücken. »Lass mich von dir kosten«, murmelte er und knabberte an ihrem Ohrläppchen, dann küsste er sie heiß und fordernd. Er beugte sich zu ihr und hielt sie unter sich gefangen, Rebecca reagierte mit einem wohligen Stöhnen. Ihre Zungen spielten miteinander, er nahm sich ausgiebig Zeit, bis sie sich ungeduldig unter ihm wand.

Das war gut, sehr gut. Dann war er also nicht der Einzige, der halb wahnsinnig vor Erregung war.

Er lächelte zufrieden, während er ihren Hals mit feuchten Küssen bedeckte. Er wanderte weiter über ihre Schlüsselbeine, widmete sich ihren Brüsten und dann ihrem Bauch. Er hatte auf einmal alle Zeit der Welt, bis er ihren Unterleib erreichte. Dort spreizte sie die Schenkel für ihn. Vinzent leckte am Zentrum ihrer Lust. Rebecca schrie auf. Vinzent schob seine Hände unter ihr Gesäß, um sie genau da zu halten, wo er sie haben wollte, und küsste sie erneut. Langsam, aber bestimmt fanden seine Zunge und seine Lippen einen Rhythmus, der Rebeccas Atem schneller kommen ließ. Ihre Hüften zuckten immer wieder unter ihm, während er das Kratzen ihrer Nägel auf seinem Rücken genoss. Er hatte sich lange nicht mehr so lebendig gefühlt. So belebt. So erregt.

Vinzent stöhnte und vertiefte seine Liebkosungen. Er wusste, dass sie kurz davor war, immer heftiger wand sie sich, immer schneller kamen ihre lustvollen Seufzer, bis sie sich versteifte und aufschrie. Er machte weiter, bis sie ihn sanft von sich schob. Mit einem Lächeln bahnte er sich einen Weg mit tausend Küssen auf ihrer erhitzten Haut nach oben. Er war glücklich und froh, dass er nicht selbst gekommen war – was beinahe passiert wäre. Diese Frau machte ihn verrückt.

Er schob ihr eine feuchte Strähne aus dem Gesicht, sie hatte ihre Augen geschlossen. »Becks«, murmelte er, und sie öffnete ihre Lider.

Er liebte es zu sehen, wie zufrieden und träge ihr Blick war. Dann zog sie ihn zu sich herunter, und er ließ sich gern von ihr küssen. Wieder und wieder, bis sie ihre Hüften erneut ungeduldig unter ihm kreisen ließ. »Vinzent«, bettelte sie.

Es war unbeschreiblich, wie sehr es ihn befriedigte, seinen Namen aus ihrem Mund zu hören. Seinen Namen, den sie in Lust wisperte, nicht in Ärger. »Becks, was willst du?«, fragte er heiser.

»Ich will dich. Ich will dich in mir spüren.«

Er öffnete ihre Schenkel und ließ seinen Finger in ihre Hitze gleiten. Ihm entfuhr ein kehliges Stöhnen, als er fühlte, wie heiß und bereit sie für ihn war.

»Vinzent!«, flehte sie, und ihr Atem kam schnell, während er immer wieder sanft in sie stieß.

»Sag es noch mal, Becks«, bat er sie leise.

»Ich will dich. Jetzt!«

Er lächelte bei der Intensität ihrer Forderung. Dann küsste er sie und zog seine Hand zurück. »Nicht weglaufen«, sagte er halb im Scherz, halb ernst gemeint, als er ins Bad eilte, um ein Kondom zu holen. Besser, man war vorbereitet, wobei er sich noch vor wenigen Tagen nicht erlaubt hatte, sich vorzustellen, dass er mit Rebecca ...

Er riss die Packung auf und zog das Kondom hervor. Er sah mit Genugtuung, dass sich ihre Augen weiteten, als sie ihren Blick auf seine Erektion richtete. Langsam rollte er den Gummi ab und biss sich erneut auf die Unterlippe, um ein Stöhnen zu unterdrücken, sich selbst zur Zurückhaltung zu mahnen. Der Gedanke an das Bevorstehende genügte, dass er kurz davor war zu kommen. Er wollte selbstverständlich vermeiden, wie ein Teenager zu explodieren, noch ehe er überhaupt in sie eingedrungen war.

Vinzent kletterte zu ihr aufs Bett, Rebecca richtete sich auf und drückte ihn mit den Schultern ins Kissen.

»Heilige Mutter Gottes«, stieß er hervor, als er begriff, was sie vorhatte. »Du willst ...«

Sie lächelte lasziv und setzte sich auf seine Oberschenkel,

dann umfasste sie seinen Schaft und rieb ein paarmal auf und ab.

»Mein Gott«, knurrte er zwischen zusammengebissenen Zähnen. »Du bringst mich um!«

»Im Gegenteil«, wisperte sie und ließ ihn endlich in ihre enge Hitze gleiten.

Das Paradies. So musste es sich anfühlen, im Himmel anzukommen.

Vinzent legte seine Hände auf ihre Hüften und schnappte nach Luft. Er legte den Kopf auf das Kissen und schloss die Augen. Er konnte sie nicht ansehen, sonst wäre es sofort vorbei. Er war so erregt, dass er es kaum noch aushalten konnte.

Er stöhnte kehlig, als sie anfing, sich auf ihm zu bewegen.

Verdammt, war das gut. So unbeschreiblich ekstatisch. Einzigartig. Erregend. Explosiv – vor allem das. Die Leidenschaft loderte zwischen ihnen in einer so überwältigenden Intensität, dass er glaubte, innerlich zu zerreißen.

Rebecca beugte ihren Oberkörper ein wenig nach vorn und legte seine Hände auf ihre vollen Brüste. Er liebte das Gefühl ihrer seidigen Haut, ihres weichen Fleischs. Es war zu viel und doch zu wenig. Die Empfindungen schwappten über ihn hinweg, er konnte nicht mehr denken, nicht mehr handeln. Er war Wachs in ihren Händen, sie konnte mit ihm tun und lassen, was sie wollte. Er war mit allem zufrieden, während er nach dem letzten bisschen Selbstbeherrschung in seinem Innersten suchte. Sein Körper lechzte nach Erlösung, seine Lungen brannten, er merkte, wie seine Hoden kribbelten. Seine Muskeln spannten sich ausnahmslos an. »Becks«, flehte er und machte den Fehler, die Augen zu öffnen.

Was er sah, setzte das Unausweichliche in Gang. Der

Orgasmus kündigte sich mit einem heftigen Brennen an, ihre Brüste wippten auf und ab, immer schneller bewegte sie sich auf ihm. Sie hatte die Lider geschlossen, und ihre Lippen waren geöffnet.

»Becks«, stöhnte er erneut, und als sie ihn ansah, grub er seine Finger in ihr Fleisch, und alles um sie herum verblasste, während der heftigste Orgasmus seines Lebens wie ein Tsunami aus Feuerwellen über ihn hinwegfegte. Er bekam gerade noch mit, wie Rebecca auf ihm zusammenbrach und sich ihre inneren Muskeln wieder und wieder um ihn zusammenzogen.

Es dauerte eine Ewigkeit, bis er mit ihr ins Hier und Jetzt zurückkehrte.

Er atmete schwer, ihre Körper waren schweißbedeckt. Rebecca lag auf ihm, sein Schwanz zuckte noch immer in ihrer Hitze.

Himmel, was war das gewesen? Vinzent konnte es nicht benennen, sein Gehirn bestand aus einer unbrauchbaren Masse. Totale Erschöpfung vermischte sich mit der nachhallenden Euphorie seines Orgasmus. Er konnte sich nicht rühren, war wie gelähmt. Ihr schien es genauso zu gehen, was ihm ein träges Grinsen entlockte. Seine linke Hand ruhte auf ihrem herrlichen Hintern.

Irgendwann glitt sie zur Seite, und er stand kurz auf, um das Kondom zu entsorgen. Als er zurückkehrte, lag Rebecca auf dem Bett und schaute ihn aus großen Augen an.

Wo eben Lust und Leidenschaft vorgeherrscht hatten, spürte er eine neue Unsicherheit in der Luft, die auch vor ihm nicht haltmachte. Wollte sie gehen? Sollte er sie bitten zu bleiben?

Üblicherweise verbrachte er die Nacht mit seinen One-

Night-Stands, aber mit Rebecca war nichts normal. Es konnte gut sein, dass sie ihn gleich beschimpfen und davonlaufen würde. Er hoffte, dass es anders wäre.

Sein kleiner Freund war nämlich schon wieder bereit.

Das schien sie auch zu bemerken. Ihre Mundwinkel bogen sich nach oben. »Nicht dein Ernst«, kommentierte sie mit einem Funkeln in den Augen, das ihm sagte, dass sie den befangenen Moment überwunden hatte.

Reden konnten sie auch später noch ....

KAPITEL

ZEHN

Als Vinzent das nächste Mal die Augen aufschlug, war die Bettseite neben ihm leer. Er atmete hörbar aus und ließ sich ins Kissen zurücksinken. Durch die Vorhänge fiel das erste Tageslicht. Wann war Rebecca gegangen?

Obwohl er nichts anderes hatte erwarten können, war er enttäuscht.

Andererseits, vielleicht sollte er dankbar sein, so blieben ihnen unangenehme Gespräche erspart, die man mit jemandem führte, den man nicht wiedersehen wollte.

Dass das eine einmalige Sache war, hatte sie klargemacht. Nun, nicht direkt, nur, dass niemand davon erfahren durfte. Er hätte nichts gegen eine Wiederholung einzuwenden.

Heute war ein Ausflug nach Montepulciano geplant, um einige Winzereien zu besichtigen und auch ein wenig Wein zu verkosten. Da blieb wohl kaum Gelegenheit für ein Stelldichein, da die ganze Gesellschaft dabei sein würde. Er würde

Rebecca also aus dem Weg gehen, trotzdem kribbelte es in seinem Unterleib, wenn er an sie dachte.

Obwohl sie sich außerhalb des Bettes nicht gut verstanden, hatte es – vielleicht gerade deshalb – in der Horizontalen unfassbar gut zwischen ihnen harmoniert.

Er schluckte und seufzte.

Lust war nicht das Problem. Im Gegenteil. Diese Frau hatte einfach eine einzigartige Wirkung auf ihn. Er seufzte und zog sich die Decke über den Kopf.

REBECCA WAR FROH, dass es heute nicht so sengend heiß war wie in den letzten Tagen. Sie hatten zwei Weingüter in Montepulciano besichtigt und einige Weine verkostet. Der Ort war weltberühmt für seine Roten. Ihr Kopf fühlte sich leicht an, sie war zum Glück weit davon entfernt, betrunken zu sein. Die Sonne stand nicht mehr ganz so hoch am Himmel. Die schmalen Gassen des uralten Dorfs Montepulciano strahlten das typische Flair der Toskana aus. Gerade waren sie mit einer Italienerin unterwegs, die gut deutsch sprach und ihnen viele Details zur Stadtgeschichte erzählte. Rebecca hatte es geschafft, Kontakt zu Vinzent zu vermeiden, was nicht hieß, dass sie sich nicht an jedes Detail der letzten Nacht erinnerte.

Allein beim Gedanken an diese lustvollen Stunden wurde ihr heiß. Wellen der Erregung fluteten durch ihren Körper, ein leichtes Wundsein erinnerte sie daran, wie intensiv sie sich mit Vinzent vergnügt hatte. Es war der beste Sex ihres Lebens gewesen, und sie konnte ihren Freundinnen nicht mal davon erzählen. Die würden sie nämlich für verrückt erklären. Das war sie auch, trotzdem bereute sie nichts davon. Keine Sekunde.

Vinzent lief vorn mit Götz und Marius, die drei unterhielten sich so angeregt, als hätten sie sich Jahre nicht mehr gesehen, es kam ihr so vor, als ob die Stadtführung sie nicht die Bohne interessierte.

Egal, sagte Rebecca sich und schaute weg, nicht, dass Nathalie oder Miriam noch mitbekamen, dass sie Vinzent aus der Ferne anhimmelte.

»Die Geschichte Montepulcianos lässt sich bis ins Jahr 715 vor Christus zurückverfolgen, die Siedlung wurde von den Etruskern gegründet«, erklärte die Italienerin gerade.

Sie gingen weiter, Rebecca schaute sich um. Verrückt, wie gut erhalten die Häuser der Altstadt waren. Über die Gasse waren Wäscheleinen gespannt, und offenbar hatten die Leute keine Probleme, ihre Unterhosen über den Köpfen anderer zu trocknen. Vor manchen Fenstern gab es Blumenkästen mit bunten Blüten, was im wunderbaren Kontrast zu den sandfarbenen, groben Steinen stand.

»... im Zweiten Weltkrieg hatte die Wehrmacht als Vergeltung von Partisanenangriffen schon die Zerstörung der Altstadt angeordnet, glücklicherweise konnte es verhindert werden. Der Graf Origo und seine Frau konnten die Katastrophe in allerletzter Sekunde abwenden, sodass nur das Osttor Porta al Prato zerstört wurde ...«

Rebecca wunderte sich immer wieder, wie weit die Nazis gekommen waren. Ein Glück, dass diese wunderbare Stadt erhalten geblieben und nicht dem Wahnsinn zum Opfer gefallen war.

Sie zückte ihr Handy und knipste ein paar Fotos, die Reisegruppe setzte ihren Weg fort. Sie nahm sich kurz Zeit für sich, auch, um einmal durchzuatmen. Die ständigen Gedanken an Vinzent und an das, was er mit ihr angestellt hatte, hielten ihren Puls dauerhaft über der gesunden Grenze.

Sie schoss noch ein paar Fotos den Hügel hinab, dann schob sie ihr Handy in die kleine Handtasche zurück.

»Becks«, hörte sie eine sehr vertraute, dunkle Stimme hinter ihr.

Sie hielt den Atem an und drehte sich zu ihm um.

Vinzent war allein, und die lustvoll glänzenden Augen machten ihr klar, warum er gekommen war. Der Reiz des Verbotenen steigerte die Sehnsucht, sich in seine Arme zu werfen.

»Vinzent«, erwiderte sie, weil sie nicht wusste, was sie sonst sagen sollte.

»Weißt du, ich habe es wirklich versucht«, wisperte er und kam näher.

Sie schaute zu ihm auf und ging einen Schritt rückwärts, bis sie die warme Hauswand im Rücken spürte. Der Halt war willkommen, ihre Beine fühlten sich wackelig an. Er hatte diese Wirkung auf sie, die sich offenbar noch immer steigern konnte. Ein heißes Prickeln durchlief ihren Körper, als er vor sie trat und leise lächelte. Er roch so gut, sie bekam eine Gänsehaut.

»Wir sollten nicht ...«, versuchte sie sich selbst daran zu erinnern, dass das keine gute Idee war. Ihr hormongesteuertes Ich sah das allerdings ganz anders. Hitze sammelte sich in ihrer Mitte, sie öffnete ihre Lippen, um besser Luft zu bekommen.

»Was sollten wir nicht?«, fragte er und lachte heiser. »Das?« Er küsste ihren Hals und fuhr mit der Fingerkuppe über ihre Schlüsselbeine.

Rebecca stöhnte leise auf und schloss die Augen. Sie biss sich auf die Unterlippe, während sie um Beherrschung rang. Gott, es war unglaublich, wie erotisch eine so einfache Berührung sein konnte.

»Oder das?«, fuhr er fort und seine Lippen fanden ihren Mund.

Vinzents Zunge spielte mit ihrer.

Was soll's, sagte sie sich und gab auf. Sie vergrub ihre Hände in seinem Haar und zog ihn dichter zu sich heran. Seine harten Muskeln drängten sich gegen sie, der Beweis seiner Erregung war deutlich zu spüren. Sie liebte es, dass sie der Grund dafür war.

Ein unendlich leidenschaftlicher Kuss, gleißende Lust und ihr dröhnender Herzschlag waren alles, was sie noch wahrnahm. Gott, sie wollte ihm die Kleider vom Leib reißen und ihre Erregung nicht länger unterdrücken. Sie wollte ihn. Sofort.

Rebecca sollte entsetzt sein, dass sie sich auf offener Straße so aufführte, wo jeder sie sehen konnte. Aber ihr Gehirn war schon lange nicht mehr funktionsbereit.

Seine Hände lagen auf ihrer Taille, irgendwann – sie hatte keine Ahnung, wie lange sie hier standen. Minuten? Stunden? Nein, eher nicht. – löste er sich von ihr.

Es war lange genug gewesen, dass ihr Unterleib qualvoll pochend nach Erlösung forderte.

»Becks ...« Er lehnte seine Stirn schwer atmend gegen ihre.

Sie konnte nicht sprechen, ihre Lippen fühlten sich geschwollen an. Sie wollte mehr. So viel mehr.

»Ich will dich«, flüsterte er heiser. »Ich will dich so sehr ...«

O Gott, ihr ging es genauso. »Später«, versprach sie. »Nicht hier ...«

Endlich hatte sie wieder ein bisschen Kontrolle über ihren Verstand. Nicht viel, aber ausreichend, um einzusehen, dass das hier in der Öffentlichkeit keine gute Idee war.

Sie hörte Schritte und atmete erleichtert aus, dass es nur ein alter Herr in weißem Hemd und ausgebeulter Hose war, der in Ledersandalen vorbeigeschlappt kam. Niemand, den sie kannten. Der Mann grinste breit, als er sie sah, und ging weiter.

Rebecca atmete zittrig ein und wieder aus. »Nach dem Essen fahren wir zurück, ich werde Kopfschmerzen vortäuschen und sofort aufs Zimmer zurückgehen ...«, kündigte sie an und zwang ihre Hände, neben ihrem Körper zu bleiben, obwohl sie viel lieber weiter in Vinzents Haaren wühlen wollte.

Er seufzte leise. »Gut, ich bleibe danach kurz am Tisch, dann sage ich, dass ich noch telefonieren muss.«

Grinsend trat er einen Schritt zurück. »Bis später, Becks.« Eine Sekunde verlor sie sich in seinem sengenden Blick, dann wandte er sich ab. »Weißt du, wo du hinmusst?«

Sie nickte stumm.

»Okay, dann sehen wir uns gleich im Restaurant – oder wir sehen uns nicht.« Er kam noch einmal zu ihr und presste seinen Mund auf ihren. »Ich sehe dich, Becks, ohne zu dir aufzuschauen.«

Rebecca glaubte zu zerfließen, auf der Stelle. Obwohl sie den Sinn der Worte nicht komplett verstand, wusste sie genau, was er meinte. Vinzent dachte mindestens so intensiv an sie wie sie an ihn.

Lust war ein machtvolles Gefühl, das offenbar alles

andere übertraf. Sie fing gar nicht erst damit an, darüber nachzudenken, wohin das alles führen sollte, denn ihre Entscheidung war gefallen. Sie würde den Sex mit Vinzent genießen. Ihr Liebesleben hatte in den letzten Monaten dem einer keuschen Nonne geglichen. Nun, das war vorbei, und sie würde den Teufel tun und nicht das annehmen, was sie mit Vinzent haben konnte. Ein perfektes Arrangement – Sex ohne Verpflichtungen. Im Geheimen, sodass sie sich vor niemandem rechtfertigen musste. Nach dieser Reise – oder wenn sie genug voneinander hatten – wäre alles vorbei, jeder ginge seiner Wege. Sie lächelte in sich hinein, dann stieß sie sich von der Wand ab. Sie zupfte ihr Kleid zurecht und rettete von ihrer Frisur, was noch zu retten war, ehe sie zum Restaurant marschierte, das sie dank Navigations-App sehr schnell fand.

Nathalie und Miriam guckten sie schief an, als sie eintraf. Vinzent beachtete sie nicht, er saß bereits bei Tina und Serafina und studierte angestrengt die Speisekarte. Sein Haar war noch immer zerwühlt, Rebecca wusste genau, woher das kam. Wenn sie die Augen schloss, konnte sie seine Wärme auf ihrer Haut spüren.

»Wo warst du?«, wollte Nathalie wissen. »Geht es dir gut? Du siehst irgendwie mitgenommen aus.«

Rebecca setzte sich. Miriam legte ihr eine Hand auf die Stirn. »Ja, fiebrig. Deine Augen glänzen auch so komisch. Du wirst doch nicht krank?«

Rebecca unterdrückte ein Schmunzeln. »Das muss die Hitze sein, mir geht's gut, ich brauche nur ein Glas Wasser.«

Das Essen zog sich schier unendlich, Rebecca saß auf glühenden Kohlen. Es kostete sie alle Anstrengung, nicht ständig nach Vinzent zu sehen, nicht daran zu denken, was nachher noch geschehen würde.

Sie folgte der Konversation nur leidlich und gab, wenn überhaupt, einsilbige Antworten. Zum Glück forderte man nicht mehr von ihr, Götz' Vater übernahm den Großteil der Unterhaltung; der Mann hatte ein einnehmendes Wesen, das irgendwie anstrengend war. Er war der typische Patriarch, der gerne mal anderen über den Mund fuhr. Rebecca schaute zu Miriam, sie wirkte in Gegenwart ihres zukünftigen Schwiegervaters immer ein wenig gehemmt. Kein Wunder, dachte Rebecca voller Mitgefühl. Zum Glück heiratete sie Götz und nicht seinen Vater. Trotzdem kam ihr Miriam auch heute Abend wieder sehr zurückhaltend vor.

»Alles okay?«, fragte sie ihre Freundin leise.

Miriam rang sich ein Lächeln ab, das ihre Augen nicht erreichte. »Klar doch, war nur ein langer Tag.«

»Da hast du recht.« Rebecca pflichtete ihr bei und hoffte, dass das Dessert bald serviert würde, damit sie endlich zurück zum Hotel fahren konnten.

KAPITEL
ELF

Vinzent küsste Rebecca auf den Scheitel, sie lagen in seinem Bett. Er liebte den Duft ihres Shampoos, der sich mit ihrem ganz eigenen Duft vermischte. Ein träges Grinsen lag auf seinem Gesicht. Diese Frau war einfach unglaublich, und der Sex mit ihr war besser als alles, was er jemals erlebt hatte. Sie malte mit ihren Fingernägeln kleine Kreise auf seinen Bauch. »Das kitzelt«, murmelte er.

»Du willst es also härter?«, scherzte sie.

»Nicht unbedingt«, gab er zurück. »Hör mal, Becks, ich ... ähm ...«

Huch. Warum war er auf einmal verlegen? Wieso stellte er die Frage nicht einfach?

Weil er Angst hatte, einen Korb zu bekommen. Sex war eine Sache, aber ein Trip nach Mailand eine andere. Nicht umsonst hatte er ihr das Handy gegeben; es war ihm wichtig, dass sie sich nicht gezwungen fühlte, ihn begleiten zu müssen. Trotzdem wollte er, dass sie mitkam.

»Was ist?«, wollte sie jetzt wissen.

»Ich fahre morgen nach Mailand, kommst du mit? Dort wären wir ... ungestört ... wir könnten eine Nacht bleiben ...«

Rebecca schwieg.

Sein Herz klopfte schneller. Was, wenn sie Nein sagen wollte? Zögerte sie deshalb?

Er konnte damit umgehen. Natürlich. Auch wenn ihn der Gedanke jetzt schon fertigmachte. »Becks?«

Scheiße. Er klang geradezu erbärmlich.

»Du willst mich mitnehmen?«, hörte er ihre klare Stimme, und sein Herz schlug höher.

»Sicher, habe ich dir ja schon mal angeboten. Wäre doch nett.«

Nett war die kleine Schwester von langweilig, jeder wusste das.

Er atmete leise aus. Er kannte jeden Zentimeter ihres göttlichen Körpers, wusste, wie sie seufzte, wenn sie einen Orgasmus hatte. Aber Vinzent konnte nicht beurteilen, ob sie ihn nach wie vor verabscheute oder doch eingesehen hatte, dass er nicht so ein übler Kerl war, wie sie anfangs ständig wiederholt hatte.

»Na schön«, erklärte sie. »Aber was sagen wir den anderen?«

Hatte sie deswegen so lange überlegt? Seine Erleichterung war geradezu lächerlich. Er verschwendete keinen weiteren Gedanken daran und an das, was es über ihn aussagte. »Oh, das ist einfach. Wir ziehen durch die Läden und sammeln Inspirationen und schnuppern den Duft italienischer Designer – du bist das Model, ich der Modemacher, Mailand ist die Metropole für uns.«

Vinzent verdrehte im Geiste die Augen. Seit wann schwafelte er eigentlich so einen Unsinn? Vielleicht hatte sie ihm das Gehirn rausgev...

Er verzog seine Lippen. Das war möglich. Mehrfach sogar. Jetzt grinste er.

»Ja, das klingt gut. Und die Übernachtung?«

Er rollte sich auf sie und hielt sie unter sich gefangen. »Lass das mal meine Sorge sein, Becks. Ein hübsches Hotel mit einem noch größeren Bett werde ich schon für uns auftreiben. Na, wie klingt das?«

Sein Schwanz regte sich, was unglaublich war, denn sie hatten sich zuvor bereits intensiv ausgetobt. Aber Rebecca war wie eine Droge: Wenn man von ihr kostete, wollte man immer mehr.

»Das hört sich großartig an.« Sie schlang ihm die Hände um den Nacken, zog seinen Kopf zu ihrem hinunter und küsste ihn.

Okay, wenn er es sich so überlegte, könnte er vielleicht doch noch eine Runde ...

Als sie ihre Hüften unter ihm kreisen ließ, war es um ihn geschehen. Vinzent stöhnte. »Deine Kurven machen mich verrückt«, murmelte er heiser und widmete sich den Bedürfnissen dieser einzigartigen Frau.

Er war enttäuscht, als er allein erwachte. Schon wieder.

Vinzent blieb regungslos auf dem Rücken liegen. Sonnenstrahlen fielen durch einen Spalt im Vorhang, er fischte nach dem Handy auf seinem Nachttisch.

Schon zehn Uhr durch.

Ja, kein Wunder, dass er etwas Schlaf nachholen musste

– auch in dieser Nacht hatte er etwas Besseres zu tun gehabt. Und wie. Er fühlte sich herrlich matt und entspannt.

Vinzent überflog seine Nachrichten; da war nichts, was nicht warten konnte. Dann duschte er und schlenderte pfeifend zum Frühstück. In den Bäumen sangen die Vögel, die Sonne strahlte von einem hellblauen Sommerhimmel. Der Duft von Pinien hing in der Luft. Ein Schmetterling flatterte an ihm vorbei und setzte sich mit geöffneten Flügeln auf eine Oleanderblüte. Kam es ihm nur so vor oder war es heute noch schöner hier als sonst? Er verdrängte den Gedanken und die daraus folgenden Überlegungen und setzte seinen Weg fort, denn sein Magen knurrte lautstark. Ein ausschweifendes Liebesleben machte hungrig.

Rebecca saß mit ihren Freundinnen unter einem Sonnenschirm, die drei gackerten und plauderten. Als er an ihren Tisch kam, strahlten ihn alle an, außer Rebecca. Sie spielte ihre Rolle wirklich gut, oder war das die Realität? Sie vögelte ihm nachts das Hirn aus dem Leib, und tagsüber hasste sie ihn?

Der Gedanke gefiel ihm nicht, andererseits, Rebecca hatte von Anfang an klargemacht, worauf es hinauslaufen würde. »Moin, die Damen«, grüßte er und war froh über seine Sonnenbrille.

»Na, was hast du heute vor?«, wollte Nathalie wissen.

»Ich möchte nach Mailand«, gab er zurück.

Rebeccas Wangen röteten sich ein wenig, immerhin ein Zeichen, dass er sie nicht komplett kaltließ. Was ohnehin absurd war, denn er erinnerte sich gut, wie sie zuletzt unter ihm seinen Namen gestöhnt hatte.

Nicht jetzt, sagte er sich. Mit einer Erektion wollte er

nicht auf der Terrasse sitzen. Er holte tief Luft. »Wollen wir in dreißig Minuten starten, Becks?«

Sie guckte zu ihm auf. »J-ja«, erwiderte sie. Nathalie und Miriam schienen nicht überrascht, also hatte sie den beiden vermutlich schon erzählt, was sie vorhatte.

Seine Mundwinkel bogen sich nach oben. Es war Rebecca peinlich, so viel war klar. So abgebrüht war sie also nicht. Gut, das war gut. Alles andere hätte ihn doch enttäuscht. Der Höflichkeit halber erkundigte er sich, was Miriam geplant hatte. Die winkte nur ab. »Hochzeitskram, du weißt schon. Der große Tag rückt näher, morgen ist die Generalprobe, du bist ja dann auch dabei, oder?«

Ups. Das hatte er total vergessen. »Natürlich. Wann geht's noch mal los?«

»Erst am Nachmittag, wenn die Kirche geschmückt ist.«

Gut, dann konnte er mit Rebecca in Mailand übernachten und entspannt nach dem Frühstück zurückfahren. Er hatte schon eine Idee, wo er sie nett zum Essen ausführen wollte, ehe er ihr in einer schicken Hotelsuite ausgiebig zeigen würde, wie sehr er sie begehrte. Immer noch. Oder immer mehr.

Auch jetzt war der Impuls da, sich eine Ausrede einfallen zu lassen, warum er sie von ihren Freundinnen weg mit sich ziehen musste, um sie besinnungslos zu küssen.

Das nahm langsam beängstigende Formen ein.

»Super, bis dann, Mädels«, brummte er und zog von dannen, ehe sie mitbekamen, dass in seiner Leinenhose schon wieder viel mehr los war, als ihm lieb war.

∿

REBECCA KAM sich vor wie eine Diebin, als sie mit ihrer Handtasche das Zimmer verließ. Sie hatte das Notwendigste hineingestopft, denn einen Koffer hatte sie nicht mitnehmen wollen. Was brauchte man schon, wenn man vorhatte, mit einem teuflisch attraktiven Kerl einen Trip nach Mailand zu machen? Deo, Zahnbürste und einen frischen Slip – sehr viel mehr hatte sie auch nicht in ihrer Tasche unterbringen können. Sie schüttelte den Kopf über sich und verdrängte den Gedanken an die Schlachtfelder ihres beruflichen Lebens. Sie hatte sich nach einem Anwalt umgehört, aber es war gar nicht so einfach, einen zu finden, der sich in dem Bereich auskannte. Nicht mal ihren Freundinnen hatte sie davon erzählt, weil sie Miriams Hochzeit nicht mit ihrem Kram überschatten wollte. Letztlich hatte Rebecca einfach keine Lust, sich mit dem Thema auseinanderzusetzen. Jedenfalls nicht jetzt.

Sie schob den Gedanken also weit von sich und lief los. Hinter sich hörte sie ein Rumpeln.

Sie sah sich um und entdeckte Toni auf einem verbeulten, grünen Traktor auf sie zukommen.

O Mist. Sollte sie einfach davonlaufen?

Nein, er schaute sie direkt an. Sein Gesichtsausdruck war dabei unergründlich.

Ahnte er, dass sie mit Vinzent …? Nein. Sicher nicht.

Beim Golfturnier hatte sie offenbar klargemacht, dass da nichts mehr laufen würde, was für ihn bedeutete, dass er sich auch nicht mehr um große Freundlichkeit zu bemühen brauchte. Das kam ihr gelegen. Sie entschied sich für unverbindliche Höflichkeit, hob ihre Hand und winkte ihm zu. »Hallo, Toni«, rief sie, als er ihre Höhe erreichte.

Er nickte ihr zu. »Hallo, Rebecca, wohin des Weges?«

»Heute geht es nach Mailand ...« Dass sie mit Vinzent fuhr, musste er ja nicht wissen.

»Ah, ein Shopping-Trip. Natürlich, die Damen lieben Mailand.«

Nicht direkt. Einkaufen stand nicht ganz oben auf der Liste, eher sich mit Vinzent in der Horizontalen zu vergnügen. Weil das aber ganz sicher kein Thema für einen Small Talk war, bestätigte sie lieber seine Vermutung. »Richtig, man kann gar nicht oft genug durch die Boutiquen schlendern und Geld zum Fenster hinauswerfen.« Sie schwenkte ihre Handtasche und lächelte.

Es war ein peinlicher Moment. Die Befangenheit war ihr jedenfalls unangenehm, sie hatte den Flirt mit ihm nicht vergessen. Umso schneller wollte sie jetzt weg von hier zu einem anderen Mann. »Ja, dann also, ciao, Toni.«

Er legte einen Gang ein. »Ciao, Rebecca.« Dann rumpelte er mit seinem Traktor davon.

Sie rieb sich über die Stirn, anschießend nahm sie einen Seitenweg zum Haupttor, wo Vinzent auf sie wartete. Er lehnte lässig am Mietwagen, die kleine Klapperkiste hatte er gegen einen schnittigen Sportwagen getauscht. Auf der Nase saß seine Sonnenbrille.

Als er sie entdeckte, nahm er sie ab, und seine Mundwinkel bogen sich nach oben. »Hey«, grüßte er und öffnete den Kofferraum, bis er bemerkte, dass sie nur eine Handtasche dabeihatte. »Oh, das ist wohl nicht nötig.« Er lachte.

Sie sah, dass er ebenfalls kein Gepäck hatte.

Vielleicht wollte er ja doch nicht mehr übernachten. Gut, dass sie keinen Koffer angeschleppt hatte.

Ihr Herz schlug schneller, sie fühlte sich unsicher. Es war etwas anderes, mit ihm zu schlafen, wenn sie sich von ihrer

Lust, ihrer Erregung leiten ließ. Mit ihm fünf Stunden Auto zu fahren, einen ganzen Tag mit ihm zu verbringen, war etwas anderes. Ach was, sagte sie sich, das hatte sie schon mal geschafft.

Aber damals hatte sie ihn noch bei jeder Gelegenheit beschimpft, das würde sie jetzt nicht mehr tun. Es war seltsam, in jedem Fall. Worüber sollte sie mit ihm sprechen?

»Kommst du? Ist alles in Ordnung?«, erkundigte er sich. »Oder willst du fahren? Kein Problem.«

»Äh, nein, danke.« So nervös, wie sie war, würde sie das schnittige Ding noch in den Graben setzen.

»Fahren wir offen?«, wollte er wissen.

»Ach, das ist ein Cabrio, hab ich gar nicht gesehen.« Jetzt erkannte sie es auch, es war ein Coupé.

»Ist so ein Spezialdach. Also offen?«, schlussfolgerte er.

Sie nickte und zeigte mit dem Daumen nach oben.

»Perfekt.« Vinzent zauberte ein Tuch hervor und bot es ihr an. »Für deine Haare, wenn du es brauchst.«

Rebecca war überrascht, sie nahm es entgegen. Kühle Seide mit einem dezenten Muster, die Farben – grün und violett – passten perfekt zu ihren Haaren. Sie entdeckte das eingestickte Logo. »Voss, natürlich«, murmelte sie und band es sich um.

Er grinste und zuckte entschuldigend mit den Achseln. »Damit kenne ich mich am besten aus.«

Wenig später sausten sie über die Landstraßen der Toskana. Die Luft roch würzig und warm. Die Kornfelder erstrahlten in einem hellen Gold. Hin und wieder kamen sie an einem Trecker oder einigen Fahrradfahrern vorbei. Sie selbst konnte sich nicht vorstellen, bei diesen Temperaturen größere Strecken zurückzulegen, und war froh, dass ihr Fahrer sogar an Wasser für sie gedacht hatte.

Vinzent entpuppte sich zudem als überraschend angenehmer Gesprächspartner. Wer hatte den arroganten Arsch gegen den eloquenten Kerl neben ihr ausgetauscht, und warum hatte sie das vorher nicht mitbekommen? Jedenfalls war er ein ganz anderer als vor ein paar Tagen. Sie hörte auf, sich immer wieder die gleichen Fragen zu stellen, und genoss stattdessen die Fahrt, sonst wurde sie noch verrückt.

KAPITEL
ZWÖLF

I n Mailand steuerten sie direkt das Hotel an, wo der Mietwagen von einem Mitarbeiter in roter Livree entgegengenommen wurde. In der Mitte des Platzes sprudelte Wasser aus einem Springbrunnen. »Signore Voss, benvenuto.«

Ui. Er war hier also namentlich bekannt. Oder hatte er das Hotel vorab informiert, dass er eintreffen würde? Aber wie sollte ihn der Mitarbeiter erkennen? Nein, er musste öfter hier absteigen. Sie war jedenfalls beeindruckt, nicht nur von der Tatsache, dass Vinzent ein Promi war, sondern ebenso vom Hotel an sich. Es war ein altes Gebäude mit weißer Fassade und opulenten Säulen im Eingangsbereich. »Möchtest du etwas trinken, einen kleinen Snack, ehe wir in die Stadt gehen? Setz dich doch kurz, in der Zeit erledige ich die Formalitäten.« Er gab ihr einen kurzen Kuss, und Rebecca war überrascht, wie vertraut und richtig sich das anfühlte. Fast so, als wären sie ein echtes Paar. Absurd.

Er wirkte nach der Fahrt frisch und ausgeruht, nicht, als hätte er eben fünf Stunden auf kurvigen Straßen verbracht.

»Klar.« Mehr fiel ihr auch nicht ein. Sie ärgerte sich, dass sie ihre Schlagfertigkeit verloren hatte, und ließ sich auf einen der bequem aussehenden Sessel fallen und überschlug ihre Beine. In der Lobby war es angenehm kühl und ruhig. Durch eine Glaskuppel fiel Tageslicht, der Boden aus glänzendem Marmor wirkte frisch poliert. Ein Hauch von Bergamotte lag in der Luft, es roch herrlich zitronig.

Ein Kellner in weißem Jackett mit schwarzer Fliege und glänzenden Lackschuhen, brachte einen Espresso und eine Flasche Wasser für sie und zwei Gläser dazu. Rebecca war überrascht, das war schnell gegangen.

Rebecca entdeckte Vinzent an der Rezeption, er winkte ihr zu und lächelte.

Wow. Das war nett von ihm, dass er schon bestellt hatte. Fürsorglich. Gar nicht passend für einen selbstsüchtigen Arsch. Langsam, aber sicher musste sie sich eingestehen, dass ihr anfängliches Urteil, das sie über ihn gefällt hatte, vielleicht nicht in allen Punkten korrekt gewesen war.

Rebecca hob ihre Hand und winkte zurück, dann rührte sie Zucker in den Espresso und hoffte, dass dieses flaue Gefühl in ihrem Magen verschwinden würde.

Wenige Minuten später war Vinzent wieder bei ihr, ein anderer Kellner brachte kleine Sandwiches, die mit Avocado und geräuchertem Lachs belegt waren, und ein kleines Schälchen mit grünen Oliven. »Ich finde, hungrig shoppt es sich schlecht.«

»Du willst einkaufen?« Sie war erstaunt. Eigentlich hatte sie gedacht, dass der Chef eines Modeimperiums andere Leute für sich schickte – oder dass er sich direkt was aus der

Produktion holte. Nein, eigentlich hatte sie sich noch nie wirklich Gedanken darüber gemacht. Warum auch?

»Du nicht?«, wollte er wissen.

Sie zuckte die Schultern. »Ich, äh, weiß nicht.« Tatsächlich hatte sie nicht vorgehabt, mit ihm Kleider anzuprobieren, das konnte mitunter frustrierend sein. Sehr frustrierend.

Vinzent schob sich das letzte Stück eines Brots in den Mund. »Kein Problem. Ich brauche allerdings einen Smoking für die Hochzeit, dann sind wir frei.«

»Oh, verstehe, so war das nicht gemeint.« Mist. Sie musste was gegen ihre Nervosität tun. Nur was? Es sah ihr gar nicht ähnlich, und es fühlte sich auch nicht gut an. Und irgendwie doch. Das war ja das Komische.

Vinzent schien zu bemerken, dass sie ein wenig unsicher war. Er nahm ihre Hand in seine. Seine Haut auf ihrer zu spüren, beruhigte sie sofort. Dieser Mann hatte eine eigenartige Wirkung auf sie. »Wenn es okay für dich ist, würde ich auch gern einen Blick in unseren Flagship Store hier werfen, vielleicht hast du ja Lust, ihn dir mit mir anzusehen?«

»Natürlich, das ist aufregend. Wird das dann so wie Undercover Boss?« Oje, vermutlich kannte er diese Sendung nicht mal. Sie merkte, dass sie rot wurde. Rebecca lachte auf, als sie kapierte, was sie gesagt hatte.

Vinzent schmunzelte und gab ihr einen Kuss. »So ungefähr, wobei die Leute, denke ich, wissen, wer ich bin. Sollten sie eigentlich, auch wenn wir keine Fotos von uns an den Wänden hängen haben oder gar Ölgemälde.« Er lachte. »Ich will niemanden in die Pfanne hauen, sondern nur schauen, wie der Laden läuft. Es ist immer gut, mal nach dem Rechten zu sehen, weißt du? Wir haben eine sehr gute Managerin, der ich vertraue. Wir legen großen Wert auf gutes Personal.«

Rebecca wollte nicht wissen, wie gut er die Managerin kannte. Sofort verdrängte sie den Gedanken. Sein Liebesleben ging sie nichts an. »Dann bist du auch oft in New York, London, Paris?«, beeilte sie sich zu fragen.

»Oft nicht, aber hin und wieder. Das Nachtleben ist auch nicht zu verachten.«

»Das kann ich mir vorstellen.« Tatsächlich wollte sie sich nicht vorstellen, wie ihm die Damen weltweit reihenweise zu Füßen lagen.

»Und du? Du bist doch sicher auch viel auf Reisen?«, erkundigte er sich und stopfte sich noch ein Sandwich in den Mund.

»Es geht – um ehrlich zu sein. Ich arbeite hauptsächlich für nachhaltig produzierte Marken, das ist nicht so international. Und für Curvy Models ist der Markt auch deutlich eingeschränkter, was irre ist, weil kaum eine Frau so aussieht wie die normalen Modelle.« Sie malte Gänsefüßchen in die Luft.

Vinzent trank einen Schluck Wasser, er wirkte nachdenklich. Dann wandte er sich ihr wieder zu und schaute ihr tief in die Augen. Schmetterlinge stoben in ihrem Bauch auf.

Oje. Wann war das denn passiert? Sie blinzelte und tupfte sich den Mund mit einer Serviette ab. Schmetterlinge?

Hilfe.

So war das nicht geplant gewesen.

»Das ist sehr interessant, Becks. Hast du Lust, mir mehr davon zu erzählen?«

Meinte er das ernst? Seine Frage holte sie auf den Boden zurück.

Hatte er sich noch nie Gedanken darüber gemacht,

welche Wirkung die spindeldürren Models auf die normalen Frauen dieser Welt hatten?

Das konnte sie sich nicht vorstellen, andererseits, der Size-Zero-Spruch auf der Party kam sicher nicht von ungefähr. Trotzdem wollte sie jetzt nicht in die Diskussion einsteigen, denn dann würde sie mit Sicherheit emotional, und das wollte sie nicht. Nicht jetzt. Vielleicht auch, weil sie diesen Tag einfach genießen wollte, denn ihr war klar, dass das ein Ausflug aus der Realität war, der sich nicht so bald, oder niemals, wiederholen würde. Vinzent und sie passten in etwa so gut zusammen wie Kaviar mit Nutella.

Dass es im Bett so perfekt harmonierte, hatte nichts zu bedeuten. Ihnen war beiden bewusst, dass es in jedem anderen Bereich ihrer Leben nicht so war. Und das musste es auch nicht. Sie wollten sich miteinander vergnügen, nicht die Probleme der Modewelt lösen.

»Lass uns lieber erst mal deinen Smoking besorgen, ja?«, schlug sie deshalb vor.

Er wirkte kurz enttäuscht, dann nickte er. »Sicher, wenn du willst, können wir sofort los.«

HAND IN HAND bummelten sie durch Mailand. Es fühlte sich herrlich vertraut an. Vinzent plauderte und erzählte, und sie ließ sich gern von seiner guten Stimmung mitreißen. Vor dem Mailänder Dom tummelten sich eine Menge Touristen, was ihn nicht davon abhielt, sie in seine Arme zu ziehen und leidenschaftlich zu küssen. Sie war atemlos, als er sich mit einem Grinsen von ihr löste und sein Handy zückte. »Selfiezeit«, verkündete er gut gelaunt und legte einen Arm um ihre Schultern.

Rebecca war zu überrascht, sie hätte nie gedacht, dass er der Typ dafür wäre. Es wirkte spontan und ehrlich, deswegen strahlte sie neben ihm – es war nicht einmal aufgesetzt. Alles mit ihm fühlte sich natürlich und richtig an, völlig verrückt.

»Wow, das sieht gut aus, schau mal.« Er hielt ihr sein Handy vor die Nase.

Tatsächlich, sie wirkten wie ein echtes Paar und sahen wirklich gut zusammen aus. Neben einem verteufelt attraktiven Kerl wie ihm sah jede Frau gut aus, aber das war nicht der Punkt. Rebecca war lange damit fertig, dass sie ihre Schönheit infrage stellte. Das, was sie irritierte, war die Tatsache, dass sie sich mehr wünschte als nur ein gemeinsames Foto. Wie wäre es, wenn sie tatsächlich richtig zusammen wären?

Diese Gedanken entsprangen sicher nur aus der Euphorie der Urlaubsstimmung vergoldet von der Sommersonne und waren von dem absolut aufregenden Liebesleben befeuert, das er ihr bescherte. Kein Grund, gleich panisch zu werden und sich nach einer Beziehung zu sehnen.

Gut, dass sie sich daran erinnerte. »Ja, an dir ist ein Fotograf verloren gegangen«, neckte sie ihn und stupste ihn mit dem Ellenbogen in seine muskulöse Seite.

»Willst du reingehen?«, erkundigte er sich.

»In den Dom?«

»Ja!«

»Willst du?«

»Ich habe dich gefragt, Becks. Also, ja oder nein?«

Sie schaute auf die lange Schlange und dann zu ihm auf. »Nein, lieber nicht.«

»Bist du sicher? Der Dom ist die drittgrößte Kirche der Welt und sehr beeindruckend.«

Rebecca musste lachen. »Es klingt so, als wärest du schon oft drin gewesen.« Sie konnte nicht verhindern, dass sie sich fragte, mit wem.

Vinzent steckte sein Handy achselzuckend weg, dann küsste er sie erneut. »Spielt keine Rolle, Becks. Manchmal kann man auch Dinge genießen, wenn man damit jemand anderem eine Freude macht.« Er nahm sie an der Hand und zog sie mit sich. Rebecca lachte und holte auf. Sie gingen nebeneinanderher, ein paar Tauben flatterten vor ihnen auf. Sie zog ihren Kopf ein und stieß einen leisen Schrei aus. »Wo ist denn euer Flagship Store?«

»Ganz in der Nähe, da vorn, siehst du?«

Sie schaute auf einen riesigen Gebäudekomplex, der wie alles hier schon einige Jahre auf dem Buckel hatte. Doch im Vergleich zu Montepulciano war alles brandneu. Sie grinste.

»Achtzehntes Jahrhundert?«, fragte sie.

»Wenn du die Galleria Vittoria Emanuele meinst, ja, es wurde als Einkaufszentrum mit Marmorstuck, Fresken und einem gläsernen Kuppeldach erbaut. Shopping ist natürlich keine Erfindung unserer Zeit. Unser Store befindet sich da drin, außerdem gibt es viele tolle Restaurants und Cafés. Hast du Lust?«

»Du klingst wie ein Werbeprospekt«, scherzte sie.

»Sehr witzig, Becks.«

»Sorry.« Sie kicherte und gab ihm einen Klaps auf den Hintern.

»Ja, da kannst du gern weitermachen«, neckte er sie und legte einen Arm um ihre Schulter.

Rebecca schob eine Hand in seine Gesäßtasche, so schlenderten sie zur Galerie. Im Gebäude war es schrecklich heiß, von Klimaanlagen hatten die Italiener anscheinend noch nicht viel gehört. Gleichzeitig war sie von der Atmosphäre, dem einzigartigen Stil fasziniert und drehte sich einmal im Kreis. Es war laut, wegen der Kuppel hallte es, aber atemberaubend schön und prunkvoll. Sie spürte, dass sie beobachtet wurde. Als sie in Vinzents Gesicht schaute, stolperte ihr Herz. Ihr Begleiter sah sie mit einem so liebevollen Ausdruck an, dass ihr noch wärmer wurde.

»Und?«, fragte er hoffnungsvoll. »Wie gefällt es dir?«

»Es ist großartig!«

»Das freut mich sehr. Unser Laden ist gleich da vorn.« Wieder nahm er sie bei der Hand, und ihr Herzschlag beschleunigte sich, als sie den Voss-Store entdeckte, der sich über drei Etagen erstreckte. Vor dem Store regelten zwei Security-Mitarbeiter den Einlass, die zahlreichen Kunden warteten in einer kleinen Schlange auf ihr persönliches Shopping-Erlebnis. Bei einer edlen Marke wie Voss achtete man darauf, dass sich nicht zu viele Käufer auf einmal im Geschäft drängelten. Die meisten Wartenden waren asiatische Touristen, wie bei vielen anderen Luxusmarken hier in Mailand. Das war Rebecca schon zuvor bei anderen Läden aufgefallen.

»Das ist so krass«, murmelte sie.

»Möchtest du, dass wir den Hintereingang nehmen? Dann geht es schneller.«

Sie überlegte und war unsicher. »Was würdest du normalerweise machen, also wenn du ohne mich hier wärst.«

»Ich würde warten, Becks. So wie die anderen. Das ist ein Teil meines Checks.« Er zwinkerte ihr zu.

»Dann machen wir das.« Er wurde ihr immer sympathischer, was ihr gleichzeitig auch ein wenig Angst machte.

Sie standen knappe zehn Minuten, bis sie eingelassen wurden. In der Herrenabteilung war es angenehm kühl, leise Klaviermusik dudelte aus unsichtbaren Lautsprechern. Sie sah sich um. Alles war ordentlich und schrie geradezu »teuer« und »edel«. Eine unendlich lange Reihe an Anzügen verschiedener Farben befand sich direkt vor ihnen. Das hier war kein Geschäft, in dem sie normalerweise einkaufen würde.

Vinzent wartete neben ihr, er wirkte nicht ungeduldig, im Gegenteil. »Sollen wir zuerst in die Damenabteilung nach oben gehen und uns dort umsehen?«

Rebecca spürte Unbehagen in sich aufsteigen. »Ich möchte keine Geschenke«, erklärte sie resolut. Außerdem wusste sie, dass Edelmarken wie diese selten Kleidung produzierten, die kurvige Frauen wie sie selbst tragen konnten. Das wollte sie aber nicht sagen, seinen Ausspruch über »Size Zero« hatte sie auch nicht vergessen, obwohl er sich vielleicht gar nicht daran erinnerte.

Sein Lächeln wurde etwas weniger strahlend, er nahm ihre Finger in seine. »Becks, ich hoffe, du glaubst nicht, dass ich dich mit irgendwas kaufen möchte?«

Ihr Gewissen regte sich. Er hatte ihr keinen Anlass mehr gegeben, sich über ihn aufzuregen, im Gegenteil, er ließ sie spüren, wie begehrenswert sie war. Aber leider hatte sie ein Gedächtnis wie ein Elefant. Und Geschenke wollte sie auch keine von ihm. »Nein, aber ...«

»Aber was?« Er runzelte die Stirn und wirkte ehrlich verwirrt.

»Es wäre mir schlicht und ergreifend sehr unangenehm, wenn du mich beschenken wolltest. Und ich brauche wirklich nichts Neues.«

»Könntest du dich bitte einfach mal umsehen? Vielleicht geht es mir gar nicht darum, dass ich dich von Kopf bis Fuß in Voss einkleiden möchte.«

»Nicht?« Ihre Wangen brannten.

Er lächelte milde und legte ihr eine Hand in den Nacken, um ihr tief in die Augen zu sehen. »Becks, am liebsten habe ich dich nackt. Vielleicht hilft dir dieser Gedanke ja.«

Sie schnappte nach Luft. »O Gott.«

Er grinste schelmisch, was ihn jünger wirken ließ. Geradezu jugendlich. »Kommst du mit?« Er legte seinen Kopf schief. »Eine Runde, dann gucken wir nach dem Smoking, ja?«

»Okay, klar. Tut mir leid.«

»Dir muss nichts leidtun, Becks.« Mit einer Rolltreppe fuhren sie schließlich in die nächste Etage, wo sich die Damenabteilung befand. Sie fühlte sich nach wie vor ein wenig befangen, vor allem, weil sie Vinzent etwas unterstellt hatte. Mittlerweile hatte sie kapiert, dass er wirklich nur ihre Meinung über den Laden hören wollte, nichts weiter.

Oben angekommen hörte sie seine Stimme neben ihrem Ohr. Ein angenehmer Schauder überlief ihren Körper. »Schau dich in Ruhe um, das tue ich auch, ja?«

Sie nickte und lächelte, dann trennten sie sich, und Rebecca drehte eine Runde. An den Wänden hingen Plakate mit schlanken Models, die ernst schauten und beinahe schon gelangweilt bis arrogant wirkten. Alles Absicht, sie wusste das, aber in ihr sträubte sich alles dagegen. Sie mochte diesen Look nicht. Die Klamotten waren großartig, klare Linien, edle Stoffe und zeitloses Design prägten das Angebot. Das gefiel ihr, aber es gab zu viele vermeintliche Nebensächlichkeiten – wie die Tatsache, dass sechsundvierzig offiziell die größte Größe der Marke war, sie aber kaum etwas davon im Laden fand – was sie zu dem Schluss kommen ließ, dass sie niemals für Voss arbeiten würde, egal wie viel man ihr anbot. Sie könnte sich nicht damit identifizieren, sie wollte Mode repräsentieren, die für alle war, nicht nur für eine elitäre Gesellschaftsgruppe. Nur wie sollte sie das Vinzent erklären, wenn er ihre Meinung hören wollte, ohne ihn zu verletzen? Er war kein schlechter Kerl, das wusste sie mittlerweile, aber in dem Punkt würden sie sich niemals einig sein. Zum Glück mussten sie das nicht, denn sie waren kein Paar, sondern zwei Singles, die sich ein wenig miteinander vergnügten. Gut, dass sie sich das noch einmal in Erinnerung gerufen hatte, denn in seiner Nähe war es einfach, das zu vergessen.

Rebecca konzentrierte sich wieder auf das Hier und Jetzt. Sie hatte gerade ein blaues, mehrlagiges Kleid aus italienischem Plissee mit Dégradé-Effekt in der Hand, die Farbe verlief von oben nach unten heller, als sie auf Englisch angesprochen wurde.

»Guten Tag, kann ich Ihnen helfen?«

Rebecca schaute die Mitarbeiterin an. Sie trug einen schwarzen Hosenanzug mit weißer Bluse, ihre Lippen waren tiefrot geschminkt, die dunklen Haare zu einem strengen Knoten zusammengebunden.

»Nein, danke, ich sehe mich nur um«, erwiderte sie mit einem höflichen Nicken.

Kurzes Schweigen, die Frau antwortete nicht. Dann räusperte sie sich. »Ich fürchte, in Ihrer Größe können wir Ihnen auch nicht viel zeigen.«

Rebecca ließ das Kleid sinken, sie spürte Wut in sich aufschäumen. »Wie bitte?«, fragte sie, nur für den Fall, dass sie etwas missverstanden hatte. Ihr Puls schnellte in die Höhe.

Man musste der Frau immerhin zugutehalten, dass sie den Anstand besaß, ein wenig rot zu werden. »Es tut mir leid, wir führen keine Übergrößen«, erklärte sie jetzt.

Es verging eine Sekunde, in der Rebecca um Fassung rang. Obwohl die Mitarbeiterin sie vermutlich nicht absichtlich beleidigen wollte, fühlte sich Rebecca genau so: minderwertig, als gehörte sie hier nicht hin. Dabei war nicht sie es, an der etwas falsch war, sondern die Marke Voss war das Problem. Dass man hier Design verkaufte, das nicht jeder tragen konnte.

Rebecca hängte das Kleid mit einer hastigen Bewegung zurück. Aus dem Augenwinkel entdeckte sie Vinzent, der einige Meter entfernt von ihr stand. O nein. Er hatte das mitbekommen. Ihr wurde schwindelig, gleichzeitig merkte sie, dass ihre Wangen brannten. Sein Gesicht spiegelte ein inneres Gewitter, er war blass geworden. Seine Kiefer mahlten.

O nein. O nein. O nein.

Das war schlimm.

Richtig schlimm.

Sie hatte Angst vor dem, was gleich passieren würde. Es gab mehrere Möglichkeiten, keine davon war angenehm.

Sie sah, wie er mit sicherem Schritt auf sie zukam. Sein Gang war selbstbewusst, wie alles an ihm. Aber seine Lässigkeit war passé. Alles an ihm schrie: Autorität. Die Mitarbeiterin wich einen halben Meter zurück, als sie erkannte, wen sie da vor sich hatte.

»Signore Voss«, grüßte sie. »Buongiorno.«

Dass sie sich nicht verbeugte, war alles. Rebecca wollte sich in Luft auflösen, das hier war so was von unangenehm.

»Ist alles in Ordnung?«, fragte er Rebecca auf Englisch und ignorierte die andere Frau zunächst.

Rebecca nickte. »Ja«, war alles, was sie hervorbrachte. Sie fing trotz der klimatisierten Luft an zu schwitzen. Es war eine furchtbare Situation. Sie hätte nicht herkommen sollen. In der nächsten Sekunde rief sie sich in Erinnerung, dass nicht sie hier das Problem war. Trotzdem hatte sie den Schaden.

Als die Mitarbeiterin damit endlich begriff, dass Rebecca zu ihrem obersten Chef gehörte, wich alle Farbe aus ihrem Gesicht, was in Kontrast zu ihrem Lippenstift gruselig aussah. Fast hatte Rebecca Mitleid mit ihr, denn es war sicher nicht ihre Entscheidung, keine »Übergrößen« zu führen. Und Rebeccas Busen war nun mal üppiger als der der Durchschnittsfrau. In Standardblusen passte ihre Oberweite nicht rein. Daran gab es nichts zu rütteln, und Rebecca hatte Jahre damit verbracht, sich mit ihren Kurven anzufreunden, um sie heute als schön betrachten zu können. Deswegen mied sie Läden wie diese, denn hier bekam jeder, der nicht ins Raster passte, das Siegel: nicht okay.

»Haben Sie meiner Freundin gerade gesagt, dass wir keine Kleidung für sie haben?«, hörte Rebecca Vinzent fragen.

Die Dame stammelte. »Äh ... ich ... also ...«

»Vinzent«, unterbrach Rebecca auf Deutsch. »Sie kann nichts dafür, das passiert mir immer wieder, wenn ich in solche Geschäfte gehe. Lass es bitte.«

»Nein, Rebecca. Du tust ja gerade so, als wäre es in Ordnung für dich. Das ist es nicht.« Er riss das Kleid von der Stange und hielt es ihr vor die Brust. »Zieh es an, Becks. Jede Wette, dass es dir passt.«

»Komm schon, wem willst du hier etwas beweisen, Vinzent? Ich habe mich damit arrangiert, dass Luxuslabels auf Size-Zero genormt sind und für Frauen wie mich nicht infrage kommen.«

So, da hatte sie es gesagt. Sie forschte in seinem Gesicht, aber es war nicht zu erkennen, ob er sich an seinen Satz erinnerte, der sie damals auf der Party so verärgert hatte. Vermutlich nicht. Nein.

Seine Augen glänzten seltsam. »Für Frauen wie dich, was soll das denn heißen?«

»Willst du wirklich, dass ich das ausspreche?«, gab sie mit gedämpftem, aber eindringlichem Tonfall zurück. Ihr Herz klopfte schnell.

»Ja.« Er reckte sein Kinn nach vorn.

Sie schob das Kleid, das er ihr immer noch vor die Nase hielt, weg und funkelte ihn an. »Also schön, mein Herr. Ich trage BHs in Größe Doppel E und nicht Size Zero! Jeans habe ich seit Jahren keine mehr gekauft, weil einfach keine richtig sitzt, und in einem Geschäft wie diesem wird mir regelmäßig empfohlen, lieber in der Zeltabteilung einzukaufen. Das ist meine Realität! Finde dich damit ab, und tu nicht so, als ob deine Mitarbeiterin einen Fehler gemacht hätte. Derjenige, der dafür verantwortlich ist, dass ich mich gerade unförmig und klobig fühle, steht vor mir. Klar?« Sie atmete so schwer, als hätte sie einen Sprint hinter sich, aber wich seinem Blick nicht aus. Er hatte gefragt, also hatte er eine Antwort bekommen. Sie bereute es nicht, die Wahrheit gesagt zu haben. Das war längst fällig gewesen.

Vinzent schien ihre Worte gehört zu haben, aber er regte sich nicht. Er wirkte fassungslos. Das war nicht gespielt. Trotzdem passte es nicht zusammen.

Rebecca war verwirrt. Warum schrie er nicht zurück?

Warum leugnete er nicht, was sie ihm an den Kopf geworfen hatte?

Stattdessen murmelte er etwas zu der Frau auf Italienisch, das nach »Bitte lassen Sie uns allein« klang, woraufhin diese hastig das Weite suchte. Vermutlich erleichtert, dass ihr Kopf noch auf dem Rumpf saß, verschwand sie um die Ecke.

Vinzent hängte das Kleid wie in Zeitlupe zurück und wirkte dabei sehr bedrückt. Er wandte sich wieder zu ihr, und der Ausdruck auf seinem Gesicht schnitt ihr ins Herz. »Es tut mir leid, dass du das erleben musstest, Rebecca. Mit dir ist alles in Ordnung, was nicht stimmt, sind wir, da hast du recht.«

Rebeccas Mund klappte auf. Sie war sprachlos. Sie blinzelte irritiert. »Was?!«

»Du hast recht, Becks. Mit allem, was du sagst. Für alles in diesem Geschäft sind mein Vater und ich verantwortlich, und vielleicht ist es an der Zeit, etwas zu verändern.«

Sie glaubte keine Sekunde, dass bei der nächsten Kollektion auch Frauen mit Größe 52 hier etwas finden würden, aber sie sagte nichts, weil sie in der Öffentlichkeit keine Szene machen wollte. Sie hatten hier schon genug geboten.

Auch wenn die andere Frau weg war, bemerkte Rebecca dennoch, dass andere Mitarbeiter hinter Regalen und Kleiderstangen aufblickten und das, was hier vor sich ging, aufmerksam beobachteten.

Man musste kein Genie sein, um zu erkennen, dass der Boss sich mit einer fetten Frau in der Wolle hatte. Rebecca fühlte sich unwohl. Sie wollte weg. Sie hatte keine Lust, länger das Tier im Zoo zu spielen.

»Ich möchte gehen«, erklärte sie gefasst und achtete

darauf, dass sie gerade stand und nicht etwa den Kopf einzog. Mit ihr war alles in Ordnung, erinnerte sie sich selbst.

»Natürlich. Komm.« Er legte ihr eine Hand auf den unteren Rücken.

Einerseits fühlte es sich tröstlich an, seine mittlerweile vertraute Wärme zu spüren, anderseits völlig falsch. Während sie die Rolltreppe nach unten fuhren, fragte sich Rebecca, ob sie nicht besser bei ihren Freundinnen am Pool geblieben wäre. Dort, wo sie niemand wegen ihrer Röllchen und Kurven schräg anschaute. Es verletzte sie umso mehr, zumal Vinzent, sobald sie mit ihm allein war, kein Problem mit ihrer Fülle hatte. Gestern noch hatte er in Leidenschaft gemurmelt, wie verrückt ihn ihre Kurven machen würden. Sollte das gelogen gewesen sein? Rebecca wollte nicht darüber nachdenken, der Stachel saß auch so schon tief in ihrem Fleisch.

KAPITEL

DREIZEHN

Einige Minuten schlenderten sie schweigend nebeneinanderher. Sie hatten die Galerie verlassen. Die Sonne wärmte, es wehte eine laue Brise. Vinzent fühlte sich schrecklich. Schuldig irgendwie. Der Ausflug war verdorben, und er konnte niemanden, außer sich selbst, dafür verantwortlich machen. Aber auch das änderte nichts an der Tatsache, dass Rebecca in seinem Geschäft wie ein Mensch zweiter Klasse behandelt worden war. Wegen ein paar Kleidungsstücken.

Vinzent fuhr sich mit der Hand über die Stirn und wusste noch immer nicht, was er sagen oder tun konnte, um die Stimmung zwischen ihnen zu verbessern. Als sie an einem Eiswagen vorbeikamen, fand er, dass ein wenig Abkühlung nicht schaden könnte – er hatte einfach keine bessere Idee. »Möchtest du eine Kugel?«, fragte er und blieb stehen.

»Ja, warum nicht.« Sie zuckte mit der Schulter.

Er war froh, dass sie nicht gleich Nein gesagt hatte – oder davongelaufen war. »Was möchtest du?«

»Zitrone bitte.«

»Gute Wahl, nehme ich auch. Das erfrischt so schön.« Gott, wie banal und albern das klang. Herrgott noch mal, warum war das so schwierig?

Er bestellte für sie zwei Kugeln im Becher, dann setzten sie sich auf eine Bank im Schatten einer alten Kastanie. »Es ist richtig lecker«, brach er das angespannte Schweigen. Rebecca musste nichts sagen, er wusste auch so, wie verletzt sie nach der Begegnung im Voss Store war.

Sie nickte. »Ja, schön frisch. Genau passend bei dem Wetter.«

Vinzents Magen machte eine nervöse Umdrehung, er wusste, dass er das Thema noch einmal anschneiden musste – er wusste nur nicht, wie. »Rebecca«, fing er an. »Ich wollte mich entschuldigen.«

»Weshalb?«

Er atmete leise aus. »Weil es nicht okay ist, was du eben erlebt hast.«

Kurz rechnete er damit, dass sie abwinken und das Thema wechseln würde. Daher war er überrascht, als sie ihr Eis sinken ließ und sich ihm zuwandte. »Jeder braucht jemanden, der einem sagt, du bist okay so, wie du bist. Groß, klein, dick oder dünn. Ich fühle mich heute wohl so, wie ich bin, aber das war nicht immer so. Und Momente wie eben erinnern mich daran, dass es viele Frauen gibt, die tagtäglich umgeben sind von Leuten, die ihnen weismachen wollen, dass etwas mit ihnen nicht stimmt, dass sie nicht irgendeiner vorgegebenen Norm entsprechen. Es gibt zu viele Menschen, denen gesagt wird, wie sie sein sollen. Und wenn sie dieses Ideal nicht erreichen, werden sie traurig, depressiv oder essgestört. Das ist nicht gesund, Vinzent. Es ist gefährlich.

Niemand hat das Recht, einem anderen vorzuschreiben, wie man richtig oder falsch aussieht. Bodyshaming nennt man das. Ich arbeite hart dafür, dass Frauen wie ich, mit Kurven, Ecken und Kanten, sich schön und wohl fühlen, weil jeder auf seine Art schön ist. Ich liebe vielleicht nicht alles an mir, aber das muss ich auch nicht. Das Wichtigste ist, dass ich mit mir zufrieden bin. Dass ich mich annehme, wie ich bin. Dass ich dankbar für meinen Körper bin, der mich gesund überallhin trägt, wohin ich möchte. Und ich wünsche mir, dass ich auf meinem Weg mehr Menschen begegne, die das auch so sehen und gleichzeitig dafür eintreten.«

Sie schwieg und löffelte weiter an ihrer Kugel Zitroneneis, aber er spürte, dass zwischen ihnen nun etwas im Raum stand, was nicht so einfach zu lösen war, wie er gehofft hatte.

Rebecca hatte es eben im Laden deutlich ausgedrückt, und er verstand, wie sie dachte. Marken wie Voss und viele andere förderten Bodyshaming, indem sie nur eine spezielle Gruppe von Frauen ansprachen – bei Männern sah man das merkwürdigerweise nicht so eng. Aber auch hier nahm der Druck zu. Vinzent wusste nicht, wie er erklären sollte, was in ihm vorging, vor allem, weil er seit einiger Zeit selbst gemerkt hatte, dass sich bei Voss etwas ändern musste. Aber er ahnte, dass sie ihm nicht glauben würde, wenn er ihr davon erzählte. Dass sie ihn als Lügner beschimpfen würde, dass sie glauben würde, er redete ihr nur nach dem Mund, weil er weiter mit ihr ins Bett gehen wollte. Es war verzwickt.

Vinzent begriff nun endlich, warum sie anfangs so unzugänglich und skeptisch ihm gegenüber gewesen war. Es machte Rebecca nur noch sympathischer, dass sie so vehement für ihre Werte einstand. Trotzdem stand er mit dem Rücken zur Wand. Denn es stimmte: Voss galt für etwas, was

Rebecca verabscheute, und er war nun mal der Erbe dieses Imperiums, einer der Entscheider in der Geschäftsetage. Sie konnte ja nicht wissen, dass er mit seinem Vater ganz eigene Konflikte auszutragen hatte – aber hier ging es auch nicht um ihn.

Vinzent hatte keine Ahnung, wie er das Ruder herumreißen konnte, denn alles, was er erklären könnte, würde in diesem Augenblick nicht ändern, wofür Vinzent Voss stand und bekannt war.

Rebecca seufzte leise. »Am Ende meines Lebens werde ich garantiert nicht sagen: ›Oh, schön, dass mir Größe sechsunddreißig einmal gepasst hat.‹ Niemals! Am Ende meines Lebens möchte ich mir im Spiegel in die Augen schauen können, weil ich stolz auf mich bin, weil ich anderen – und mir selbst – mit meiner Geschichte Mut gemacht habe. Weil ich für mehr Wahrheit in den Medien bin, damit weniger Mädchen und Jungen einem absurden Wahn verfallen, dem kein normaler Mensch gerecht werden kann.« Sie schaute auf ihre Füße. »Tja, und wo wir so schön dabei sind, uns unsere Herzen auszuschütten.« Sie lachte humorlos. Vinzent wollte etwas erwidern, aber ihr Ausdruck brachte ihn zum Schweigen. »Ich habe auch noch eine Klage am Hals, weil ich mich dagegen wehre, dass meine Bilder nach einem Shooting mit Photoshop bearbeitet wurden, die ich nicht mehr als natürlich empfinde. Das habe ich auch öffentlich ausgedrückt, woraufhin mich der Kunde nun zur Rechenschaft ziehen will. Eigentlich wollte ich mich erst nach dem Urlaub darum kümmern, und ich weiß auch gar nicht, warum ich dir das jetzt erzähle ...«

Sie stand auf und schüttelte den Kopf, als ob sie sich über sich selbst wunderte oder ärgerte, dann lächelte sie. Es erreichte ihre Augen nicht. »Vergiss es, was ist mit deinem Smoking? Du brauchst doch noch einen.« Sie warf ihren leeren Eisbecher in einen nahe stehenden Mülleimer.

Vinzent seufzte und erhob sich ebenfalls. Er hatte keine Ahnung, was er sagen oder tun sollte. Er war ratlos und fühlte sich noch immer schrecklich. Dann hatte er eine Idee. »Ja, aber das kann ich anders regeln. Gibst du mir eine Minute?«

Sie zuckte die Schultern und nickte.

Vinzent nutzte die Gelegenheit und schickte eine Sprachnachricht an seine Assistentin in Hamburg, sie sollte ihm einen Smoking organisieren und ins Hotel schicken lassen. Normalerweise regelte er seinen privaten Kram selbst, aber das hier war so was wie ein Notfall. Das Hotel nannte er ihr zur Sicherheit auch noch, obwohl sie wusste, dass er in Mailand immer dort abstieg. Als er sein Handy wieder in der Hostentasche verstaute, sah er, dass Rebecca gedankenverloren in den Himmel schaute. Eine Brise zupfte an ihrem glänzenden Haar, der Saum ihres Kleides wurde leicht nach oben geweht. Sie sah wunderschön aus, und er fragte sich, warum er selbst sich noch nie Gedanken darüber gemacht hatte, ob andere sie zu dick oder was auch immer fanden. Für ihn war sie genau richtig, perfekt. Begehrenswert. Und er glaubte auch, dass er sie das hatte spüren lassen.

Trotzdem stand dieses Kleidergrößenthema jetzt irgendwie zwischen ihnen, und er wusste nicht, was er dagegen tun konnte. Vinzent trat vor sie und hob ihr Kinn mit seinem Finger an, sodass sie ihn ansehen musste. Für einen Moment sagte niemand etwas. Er verlor sich im sanften Schimmer ihrer Augen und spürte, wie sein Körper auf ihre Nähe reagierte. Er wünschte, ihm würde ein lockerer Spruch einfallen, mit dem er alles ins Lächerliche ziehen könnte.

Aber sein Gehirn war leer gefegt, und das Thema war auch zu ernst, um es mit einem dummen Kommentar beiseitezuwischen. Er wusste, dass er das Problem jetzt nicht lösen konnte. Deshalb entschied er sich dafür, einfach bei der Wahrheit zu bleiben. »Für mich bist du wunderschön, Becks, und ich hoffe, dass du mir glaubst, wenn ich dir sage, wie sehr ich dich begehre. Für mich bist du perfekt. Einzigartig.«

Er sah, dass sie schluckte. Ihre Augen weiteten sich, und sie öffnete ihren Mund, um ihre Lippen zu befeuchten. Ihr Busen hob und senkte sich ein wenig schneller. O ja, er liebte ihre Reaktion. Zu sehen, dass sie auch auf ihn reagierte, sandte Lust durch seine Adern. Er ließ seine Finger in ihren Nacken wandern und trat so nah zu ihr, dass sich ihre Körper berührten. Ihr frischer Duft stieg ihm in die Nase, und er seufzte genüsslich auf. »Darf ich dich küssen, Becks?«

Sie nickte kaum merklich, kein Wort kam über ihre sinnlichen Lippen. Er las in ihren Augen, dass sie ihn auch wollte. Und das machte ihn glücklich. Er fragte sich, was diese Frau hatte, das ihn so fesselte. Es war etwas, was sie so besonders machte wie keine andere. Es gab keinen Zweifel daran, dass er sich zu ihr mehr hingezogen fühlte als zu jedem weiblichen Wesen zuvor. Der Sex war spektakulär, sie war klug und witzig. Die Zeit mit ihr war besser als alles, was er mit anderen je erlebt hatte. Die Frage, die an ihm nagte, war jedoch die: Warum?

Er wollte nicht darüber nachdenken, deshalb flüsterte er heiser: »Lass uns ins Hotel zurückgehen.« Doch statt loszulaufen, presste er seine Lippen auf ihre, sacht zunächst, zärtlich. Rebeccas heißer Atem vermischte sich mit seinem, ihre Zungen spielten miteinander. Der süße Kuss wurde schnell fordernder, inniger. Vinzent genoss dieses Gefühl der rohen

Lust, die sofort zwischen ihnen loderte. Sie brauchten auf dieser Ebene keine Worte, ihre Körper verstanden sich, als wären sie füreinander gemacht. Er wusste, dass Sex nicht die Antwort auf alle Fragen war, aber gerade war es das Einzige, wo es keine Missverständnisse zwischen ihnen gab oder geben würde, also nahm er es einfach so hin. Atemlos löste er sich von ihr und legte einen Arm um ihre Schultern, während er langsam mit ihr losspazierte. »Ich weiß nicht, ob ich es bis ins Hotel schaffe, aber ich möchte dich auch nicht ins Gebüsch zerren.« Es hatte witzig klingen sollen, aber ihm war es erschreckend ernst damit. Die Lust, die in ihm tobte, war geradezu beängstigend. Er war besessen von ihr. Irgendwas an ihr ging ihm so dermaßen unter die Haut, dass er langsam anfing, sich Sorgen zu machen.

Auf dem Weg zum Hotel hatte er sich so weit beruhigt, dass es ihm nicht mehr unangenehm sein musste, anderen Menschen zu begegnen. Mit einem Grinsen ließ er Rebecca den Vortritt in den Aufzug. Es roch nach einem dezenten Raumduft, der zwar angenehm war, aber nicht einmal halb so betörend wie Rebeccas eigene Note. Er hielt sich jedoch mit erotischen Neckereien zurück, denn hier konnten ihm überall Geschäftspartner oder Bekannte begegnen. Vinzent wollte Rebecca nicht schon wieder in Verlegenheit bringen, indem er ihr seine Zunge vor anderen in den Mund schob, obwohl es genau das war, was er tun wollte. Er wollte sie überall küssen, aber nicht hier.

Gott, wie lange dauerte so eine blöde Fahrt mit dem Lift eigentlich?

»Was ist?«, fragte sie leise.

Er musste grinsen. So gut kannte sie ihn also schon. Er beugte sich zu ihrem Ohr, knabberte ganz sacht daran, ehe er antwortete. »Ich male mir gerade aus, wie ich dich gleich um den Verstand bringen werde, Becks. Was meinst du, womit soll ich anfangen? Hier?« Er ließ seine Finger über ihren Hals gleiten, »Oder dort?«, dann über ihr Schlüsselbein. »Oder damit?« Er strich zärtlich über den Ansatz ihrer Brüste, und Rebeccas zischendes Einatmen sagte mehr, als alle Worte es je könnten. Er lachte dunkel. »Gut, ich lasse mir was einfallen.«

Endlich öffneten sich die verdammten Türen zum Flur ihrer Etage. Vinzent verflocht seine Finger mit ihren, gemeinsam rannten sie hinaus. Kurz hielt er inne, um zu prüfen, wo ihre Suite lag, bis sie den Weg nach links einschlugen. Ganz bis zum Ende des Ganges. Das war gut, sehr gut. Hier hatten sie ihre Ruhe.

Vinzent lächelte in sich hinein, während er die Karte vor das Lesegerät hielt. Mit einem Surren öffnete sich die Tür. Er stieß sie auf und ließ ihr den Vortritt.

Rebecca trat über die Schwelle, dann blieb sie stehen und presste ein »Oh!« hervor.

Ja, es war eine große, noble Suite. Der Stil war nicht modern, sondern passend zum Alter des Gebäudes gestaltet. Opulente Teppiche, Vorhänge und Möbel dominierten das harmonische Bild, der Duft von Rosen zog durch den Raum. Vinzent hatte beim Einchecken zwei Dutzend bestellt – und eine Flasche Champagner. Beides entdeckte er auf dem Wohnzimmertisch im Salon. Außerdem gab es einen Besprechungsraum – den er nicht nutzen würde – und ein riesiges Schlafzimmer.

Moment mal, er überlegte. Vielleicht hatte er für den

breiten und glänzenden Besprechungstisch doch noch eine Verwendung. Er stellte sich vor, wie es wohl wäre, Rebecca darauf ...

Sofort wurde es wieder unangenehm eng in seinem Schritt. Er hatte aufgehört, sich über das Ausmaß seines Verlangens zu wundern, und nahm es einfach hin.

»Wow.« Rebecca strich mit den Händen über den feinen Stoff des hellen Polstersofas. Dann ließ sie sich darauf fallen und lachte. »Das ist definitiv das krasseste Hotelzimmer, das ich je betreten habe.«

Er hatte damit keinen Eindruck schinden wollen, sondern einfach nur eins gewählt, in dem sie sich beide wohlfühlen konnten. Außerdem gab es einen Jacuzzi auf der Terrasse ... Mal sehen, was sie dazu sagen würde, dachte er amüsiert und erregt gleichzeitig. Vinzent setzte sich neben Rebecca und zog den Dom Perignon aus dem Eis. »Wie wäre es mit einem Glas?«

»Wieso nicht?«, gab Rebecca lachend zurück.

»Ich werde ihn vielleicht aus deinem Bauchnabel schlürfen ...«, schlug er mit einem Augenzwinkern vor.

»Tu, was du nicht lassen kannst, ich bleibe bei der herkömmlichen Trinkweise.« Sie lächelte anzüglich. Rebecca kletterte hinter ihn und setzte sich. Ihre Hände wanderten unter sein Hemd und streichelten seinen Rücken, während ihre Schenkel neben seinen ruhten. Es fühlte sich wunderbar an, wenn sie so nah bei ihm war. Daran könnte er sich gewöhnen.

Der Korken glitt mit einem lauten »Plopp« aus der Flasche, er fing den übersprudelnden Schaumwein mit einem Glas auf. Nachdem das gefüllt war, kam das zweite dran. Rebecca fackelte nicht lange, sie war indes schon dabei, den

Verschluss seiner Hose zu öffnen. Vinzent sog scharf die Luft ein, als ihre Hände – wie zufällig, aber er wusste, dass sie es in vollem Bewusstsein tat – über seinen erigierten Schwanz glitten. Er schloss kurz die Augen und biss sich auf die Unterlippe. Diese Frau machte ihn wahnsinnig, dabei hatten sie noch nicht einmal richtig begonnen. Obwohl er sich eigentlich nicht von ihr entfernen wollte, drehte er sich doch ein wenig zur Seite und setzte sich wieder neben sie, um sie ansehen zu können. Er reichte ihr ein Glas und stieß mit seinem leicht dagegen. »Auf uns.«

Rebecca wirkte verdutzt, dann nickte sie. »Auf eine Nacht voller Überraschungen«, erwiderte sie und leckte sich lasziv über die Lippen.

Jesus Maria. Sie wusste genau, was sie da tat. Rebeccas Sinnlichkeit war einzigartig. Er wollte ihr die Kleider vom Leib reißen und sie hier und jetzt spüren, aber er beherrschte sich und nahm stattdessen einen tiefen Zug aus seinem Glas. Man sollte meinen, dass er in den letzten Tagen genug Orgasmen erlebt hätte, um nicht jetzt schon kopflos vor Lust zu zerfließen, aber genau das war der Fall.

Sei es drum, sagte er sich, trank noch einen Schluck und stellte dann den Drink weg.

Rebeccas Pupillen weiteten sich, als sie seinem Blick begegnete. Sie musste erkennen, wonach ihm der Sinn stand, und schien nichts dagegen zu haben. Dennoch nahm sie sich Zeit, nippte erneut an ihrem Getränk und noch einmal, dann erst rückte sie zu ihm und küsste ihn leidenschaftlich. Vinzent stöhnte auf und vergrub seine Hände in ihrem Haar, das ihr lose über die Schultern hing. Sie schmeckte köstlich, nach teurem Champagner und nach ihr selbst. Eine betörende Mischung, von der er gar nicht genug bekommen konnte.

Seine Hände wanderten über ihren Rücken zu ihrem wundervollen Po, der sich großartig anfühlte. Genau so, wie er es an ihr mochte: voll und rund. Er zerrte an ihrem Kleid, zog es ihr über den Kopf und bewunderte für einen Moment ihr perfektes Dekolleté und ihren Busen, der in weißer Spitzenwäsche steckte. Er streichelte mit dem Daumen über die Nippel, die sich rosa darunter abzeichneten. »So wundervoll«, hauchte er und bedeckte ihren Hals mit heißen Küssen, während sie ihren Kopf in den Nacken legte und einen kehligen Laut von sich gab, der tief in seinem Bauch ein heißes Lodern auslöste, das nach mehr verlangte. Er hatte keine Ahnung, wie lange sie auf dem Sofa schon miteinander spielten und sich gegenseitig erforschten, es war köstlich und sinnlich. Aber irgendwann war auch das einfach nicht mehr genug.

Vinzent stand auf, schlüpfte aus seiner Hose und half ihr dann auf die Beine. Rebecca trug nur noch einen Slip, in dem sie unendlich heiß aussah. Ihre Wangen waren gerötet, die Lippen geschwollen, und ihre Augen glänzten dunkel vor Lust. Ihre Brüste waren schwer und voll, die Warzen aufgerichtet und hart. Ein göttliches Bild, von dem er niemals genug bekommen würde. Vinzent griff nach ihrer Hand. »Komm mit mir ins Bett«, bat er sie mit belegter Stimme.

Sie zauderte nicht, sondern lief direkt los und zog ihn hinter sich her. Im Schlafzimmer schubste sie ihn spielerisch auf das überdimensionierte Bett und kletterte dann rittlings auf ihn. Vinzent erschauderte vor Lust, als ihr Spitzenhöschen seine Erektion streifte. Er atmete scharf ein und schluckte schwer. Verdammt, die Kondome waren noch im

Bad. »Warte«, bat er sie und schob sie sanft zur Seite. »Ich habe etwas vergessen.«

Rebecca legte sich auf die Seite und stützte ihren Kopf auf dem Ellenbogen ab. Sie begriff, was er meinte.

Vinzent kehrte nicht nur mit Verhütung, sondern auch mit ihren erneut gefüllten Gläsern zurück. Er trank einen Schluck, sie ebenso. Sein Kopf fühlte sich leichter an, aber einen Schwips hatte er nicht. Es war mehr das sinnliche Erlebnis als der Alkohol, das ihn berauschte. Rebecca war Droge genug.

Er kümmerte sich endlich um Rebeccas Höschen. Er fand, dass es Zeit war, das Ding loszuwerden, so verführerisch es auch sein mochte. Er bedeckte ihren Bauch, ihre Schenkel, ihre Knie und Füße mit Küssen, während er es ihr auszog. Langsam wanderte er wieder nach oben, streichelte jeden Zentimeter ihrer Haut, bis er zu ihrer Mitte gelangte. Sanft schob er seine Hände unter ihren perfekten Hintern und begann sie zu küssen. Rebecca stieß einen lustvollen Schrei aus, als seine Zunge langsam um ihre intimste Stelle kreiste. Er stöhnte auf, es erregte ihn, zu spüren, wie stark sie auf ihn reagierte. Vinzent kostete jede Sekunde aus, in der Rebecca sich unter ihm wand. Sie zerwühlte sein Haar, während sie immer schneller atmete. Sie war kurz davor, er merkte es an ihrem keuchenden Atem und ihrem durchgedrückten Rücken. Er war selbst zum Zerreißen gespannt, Lust pochte in seinen Lenden. Er saugte und leckte, bis sie sich mit einem Schrei unter ihm aufbäumte und ein heftiger Orgasmus ihren wundervollen Körper zum Beben brachte. Erst als die Wellen langsam abebbten, kroch er zu ihr nach oben und ließ sie von seinen Lippen kosten. Rebecca atmete noch immer heftig, sie schaute ihn aus halb gesenkten Lidern an. Sie hatte nie schöner ausgesehen. Ein träges Lächeln umspielte ihre geschwollenen Lippen. »Jetzt bist du dran«, verkündete sie heiser, und diese Worte genügten, um ihn noch härter werden zu lassen. Er protestierte nicht, als sie ihn ins Kissen zurückdrückte und seinen Oberkörper streichelte, ihn küsste und liebkoste. Ihre Nägel auf seiner Haut ließen ihn erschaudern, seine Hüften zuckten ungeduldig. Sie lachte noch einmal, weil ihr natürlich klar war, wie verrückt er nach ihr war.

»Becks«, flehte er und wusste nicht einmal selbst, worum er bat, bis sie seinen Schwanz in ihren göttlichen Mund aufnahm.

Es war kaum auszuhalten, so gut, so köstlich war die süße Folter ihrer Lippen, ihrer Zunge und ihrer Hände. Vinzent steuerte rasend schnell auf einen explosiven Orgasmus zu. Zu schnell. Er stöhnte und warf den Kopf hin und her, während er um Beherrschung rang.

»Warte, warte, warte!«, keuchte er flehend und schob sie mit letzter Kraft von sich.

Sein Brustkorb glänzte, hob und senkte sich, als hätte er einen Sprint hinter sich.

»Was ist?«, brummte sie, offenbar nicht glücklich darüber, unterbrochen worden zu sein.

»Nicht so«, bat er sie und rang noch immer um Luft.

»Wie dann?« Sie legte ihren Kopf zur Seite und schaute ihn aus halb gesenkten Lidern an. Ihre Brüste waren von ihrem glänzenden Haar bedeckt.

Er antwortete nicht, sondern griff sich ein Kondom und riss die Packung auf.

»Lass mich das doch machen«, tadelte sie ihn und zog ihm das Ding aus den Fingern. Vinzent hatte es noch nie als einen besonderen Moment, eher als einen lästigen empfunden, aber jetzt erlebte er etwas Neues. Er stützte sich auf die Arme, während er ihr dabei zusah, wie sie den Gummi über seiner Erektion abrollte. Er biss sich auf die Lippe und unterdrückte ein lustvolles Stöhnen, während er sie dabei beobachtete. Ihr Umgang mit ihm war so natürlich, so offen und unverstellt, dass er nichts anderes als tiefste Bewunderung für sie empfinden konnte. Nicht nur das, es war mehr, aber jetzt wollte er keine Zeit mit Grübeleien verschwenden, sondern ihr zeigen, wie sehr er sie begehrte. Er wollte sie spüren. Musste sie spüren. »Rebecca«, murmelte er, während er sie sanft unter sich bettete. Mit seiner rechten Hand streichelte er ihren Bauch, dann über ihren Venushügel und fühlte, wie bereit sie für ihn war. Sie spreizte ihre Beine und zog ihn an der Schulter auf sich herab. Vinzent glitt mit einer langsamen, köstlichen Bewegung in sie hinein. Er hielt den Atem an und schloss die Augen. Nur einen Moment, um sich an sie zu gewöhnen, an die Sinnesempfindungen, die ihm den Verstand raubten. Rebecca wand ihre Hüften ungeduldig unter ihm. »Mehr«, forderte sie. »Mehr!«

Ein kleines Lächeln stahl sich auf sein Gesicht, weil er es liebte, dass sie ihn genauso wollte wie er sie. Vinzent gab ihr, wonach sie verlangte. Langsam stieß er in sie. Wieder und wieder, bis zärtlich und vorsichtig von leidenschaftlich und drängend abgelöst wurde. Ihr keuchender Atem vermischte sich mit dem Geräusch von aufeinander klatschender, schweißbedeckter Haut. Die Lust, die er empfand, war weltverändernd, unglaublich und so ekstatisch, dass er keinen einzigen Gedanken mehr fassen konnte. Jeder Muskel, jede Sehne in ihm war zum Zerreißen gespannt. Immer fordernder wurden ihre Schreie, immer intensiver der Sog. Vinzent spürte, dass es um ihn geschehen war, er konnte sie nicht warnen oder bitten, mit ihm zu kommen – alles, was ihm noch gelang, war, ihren Namen zu rufen, während der Orgasmus sich ankündigte und nicht mehr aufzuhalten war. Hitze explodierte in seiner Mitte und breitete sich in jeder Zelle aus. Er war erleichtert, als er merkte, wie Rebecca sich unter ihm versteifte, das Gefühl ihrer Nägel ließ ihn erschaudern, während sie sich gemeinsam von ihrem Höhepunkt davontragen ließen.

VINZENTS HERZ DONNERTE NOCH IMMER, nur langsam beruhigten sich sein Puls und seine Atmung. Rebecca war ins Bad verschwunden, die Tür war offen. Das Wasser lief. Vielleicht hatte sie Durst. Er selbst könnte einen ganzen Brunnen austrinken, so ausgedörrt war seine Kehle. »Becks, komm wieder ins Bett«, rief er matt und konnte nicht einmal seine Hand heben. Der Orgasmus war heftig gewesen, so entspannt und befriedigt hatte er sich lange nicht gefühlt. Vielleicht noch nie.

»Vermisst du mich etwa schon?«, rief sie lachend aus dem Bad. Das Rauschen hatte aufgehört.

Tatsächlich stimmte das sogar, ohne sie fühlte sich das Bett leer an. »Ganz genau, also komm schnell wieder zu mir«, brummte er mit geschlossenen Augen und einem Grinsen, das seiner Stimme anzuhören war.

Er hörte ihre tapsenden Schritte, dann ein Rascheln, als die leichte Decke angehoben wurde. Rebecca schmiegte sich in seine Arme, und in Vinzents Welt war alles wieder in Ordnung. Er war müde, oder nein, er war selig – ein Wort, das er im Leben noch nicht benutzt hatte und dessen Sinn er erst jetzt begriff.

»Geht es dir gut?«, murmelte er erschöpft.

»Ja, sicher. Und dir?« Er hörte am Klang ihrer Stimme, dass sie etwas angespannt war. Er fragte sich wieso.

»Mir geht es hervorragend, Becks.«

»Schön.«

Er runzelte die Stirn und öffnete die Augen. Sie lag zwar in seinen Armen, aber es kam ihm so vor, als ob sie mit den Gedanken weit weg wäre. »Was ist los?«

»Ich weiß nicht, gar nichts.«

Vinzent atmete langsam ein und wieder aus. Er war zwar kein Frauenversteher, aber er war auch nicht komplett blöd. An ihrer Antwort war so viel zumindest eindeutig: Irgendwas lag in der Luft, und er ahnte auch, was es war.

Sie hatte vielleicht mit ihm geschlafen, aber das war es dann auch schon. Sexuelles Vergnügen, pure Lust – dass sie das nicht gespielt hatte, nahm er zumindest an –, aber mehr war nicht von ihrer Seite drin. Das musste er hinnehmen und akzeptieren. Gleichzeitig spürte er, dass sich etwas in seiner Brust verkrampfte. Er schluckte und räusperte sich, aber das dumpfe Gefühl blieb.

Vinzent war zu stolz, um sich seine Verletztheit anmerken zu lassen. Er fühlte sich zurückgewiesen, und es machte ihn auch wütend, dass sie ihm anscheinend noch immer nicht genug vertraute, um offen mit ihm über das zu sprechen, was in ihr vorging. Was lächerlich war, denn er kannte jeden Zentimeter ihres Körpers, er wusste, womit er sie um den Verstand bringen konnte, und er hatte mehr als einmal erlebt, wie sinnlich sie unter ihm erschauderte, wenn er ihr einen Orgasmus bescherte.

Ich weiß nicht, gar nichts, hallte es in seinem Kopf wider.

Sie wollte ihn offenbar für dumm verkaufen oder glaubte wirklich, dass er so dämlich war, es ihr abzunehmen. Vinzent verspannte sich, dann atmete er leise aus und versuchte, wieder locker zu lassen. Rebecca sollte nicht erfahren, dass sie ihn getroffen hatte. Sie wollte offenbar nur Sex, und das war okay.

Hatte er das letztens nicht sogar selbst gesagt?

Ja, das hatte er, aber seitdem war eine Menge mit ihm passiert. Er hatte sie besser kennengelernt und festgestellt, dass sie etwas in ihm berührte, was er bei keiner anderen je erlebt hatte.

Nun, dass es ihr offenbar nicht genauso erging, konnte er ihr letztlich nicht vorwerfen, also tat er es nicht. Er erinnerte sich an ihre Gespräche vom Nachmittag und fand hier vielleicht einen Anknüpfungspunkt. »Ist es wegen dieser Klage, von der du mir erzählt hast?«

Rebecca setzte sich ruckartig auf. »Wie kommst du jetzt darauf?«

Er zuckte die Schultern und tat lässig. »Wer verklagt dich und warum? Ich kann dir vielleicht helfen.«

Rebeccas Blick war misstrauisch, sie studierte ihn genau, dann ließ sie ihre Schultern ein wenig herabsinken, was er als Einverständnis interpretierte. »Wie willst du mir helfen? Es ist so, dass die Firma Strawberry meine Bilder fast zur Unkenntlichkeit verändert hat, aber man erkennt natürlich noch, dass ich es bin – nur die Aufnahmen sehen so künstlich aus, so retuschiert, dass ich das nicht hinnehmen konnte. Ich habe mich davon auf allen meinen Kanälen distanziert und mich für mehr Ehrlichkeit in unserer Branche und in allen Medien ausgesprochen. Nun, in meinem Vertrag – ich habe es, ehe wir losgefahren sind, nachgelesen – ist das nicht eindeutig festgehalten. Sprich: Es gibt keine Klausel, die dem Kunden untersagt, meine Bilder zu verändern, aber auch keine, die es ausdrücklich erlaubt. Es dürfte vor Gericht also Auslegungssache des Richters sein – das Problem ist nur, dass ich keinen guten Anwalt auftreiben konnte und mir auch keinen sehr teuren leisten kann, um gegen einen Modekonzern zu bestehen.«

»Verstehe«, meinte er und setzte sich ebenfalls auf. Er rieb sich das Kinn, das Geräusch seiner Bartstoppeln durchschnitt die Stille.

Rebecca fuhr sich durch die Haare. »Ja, es ist eine verzwickte Sache. Mein Ruf steht auf dem Spiel, meine Fans halten zu mir und glauben mir – aber nicht jeder weiß, wenn er diese Fotos sieht, dass ich nicht damit einverstanden war und noch immer nicht bin.«

»Du findest, es sollte geändert werden«, schlussfolgerte er.

»Ja. Aber ich möchte auch keine Klage am Hals haben, nur reden sie mit mir nicht mehr – ich war neulich ziemlich biestig am Telefon.«

»Verständlicherweise«, kommentierte er. »Ich wäre an deiner Stelle auch mächtig sauer.«

»Wirklich?«

Dass sie ihm etwas anderes zutraute, tat weh, überraschte ihn jedoch nicht weiter. Er hatte kapiert, dass er offenbar anders für Rebecca empfand als sie für ihn. Das musste er hinnehmen. Und auch wenn er den Gedanken nicht mochte, so konnte er damit umgehen. Helfen konnte er ihr vielleicht trotzdem. »Ja, Becks, wirklich.« Er sparte sich eine Rede darüber, dass sie ihm glauben konnte, auch wenn sie die

Marke Voss und ihn als Erben nicht leiden konnte, und sagte nur: »Ich kenne Clarisse Berger, die Eigentümerin von Strawberry, zufällig ganz gut, vielleicht würde es helfen, wenn ich vermittele?«

Rebeccas Augen wurden untertassengroß. »D-du kennst sie?«

Er grinste, er wusste, dass es ein spöttisches Lächeln war. Die Mauer zwischen ihnen war wieder errichtet, jetzt, wo die Lust abgeebbt war. »Ja, ich kenne sie. So groß ist die Branche nun auch wieder nicht.«

Rebecca schaute ihn an, und er sah die Fragezeichen auf ihrem Gesicht. »Woher kennt ihr euch? Habt ihr miteinander geschlafen?«

Er hob seine Augenbrauen. »Es ehrt mich, dass du mir das zutraust, aber nein, wir kennen uns von einigen gesellschaftlichen Anlässen. Wenn du möchtest, rufe ich sie an und versuche ihr diese Klage auszureden.«

»Und wie willst du das machen?«

Er atmete leise aus. »Ich biete ihr einen Deal an.«

»Und welchen?«

Vinzent stand auf und schlüpfte in seine Unterhose. Er drehte ihr dabei den Rücken zu. »Du denkst vielleicht, ich bin ein Arschloch, Rebecca, und es kann gut sein, dass du recht hast. Aber in diesem Fall könnte dir die Modemarke Voss und mein Name trotz aller Nachteile«, er malte Gänsefüßchen in die Luft und drehte sich zu ihr um, »helfen.«

Rebeccas Brauen zogen sich zusammen. »Wie sollte das gehen?«

»Das lass mal meine Sorge sein.« Sein Tonfall klang ein wenig arrogant, genau so, wie er es beabsichtigt hatte. Besser, sie glaubte weiter daran, dass er der Idiot war, den sie zu

Anfang in ihm gesehen hatte. So musste er nicht mehr von sich preisgeben, als ihm lieb war. Sie sollte nicht erfahren, dass es ihm leidtat, dass er ihr Herz nicht auf die gleiche Weise berühren konnte wie sie seines.

Rebecca blinzelte, und er bekam mit, wie sie sich in ihr Schneckenhaus zurückzog. »Gut, solange du ihr nicht erzählst, dass wir miteinander geschlafen haben, ist mir alles recht.«

»Natürlich nicht, wieso sollte ich das ausplaudern? Ich würde nicht wollen, dass jemand von unserer kleinen Eskapade erfährt, du etwa? So war es doch abgemacht.«

Sofort schlug sie den Blick nieder, und Vinzent begriff, dass er sie verletzt hatte. Er wollte seine Worte zurücknehmen, aber er tat es nicht. Es war besser so, wenn sie den Graben wieder ein Stückchen ausweiteten. »Bitte entschuldige mich einen Moment«, bat er und zog sein Telefon hervor. »Ich gehe in den Besprechungsraum, vielleicht erreiche ich sie ja.«

Ein Klopfen an der Tür durchbrach die Stille. »Ah, das wird mein Smoking sein«, murmelte er. »Ist es dir recht, wenn ich mich nach dem Telefonat darum kümmere, ehe wir essen gehen?«

Rebecca nickte nur. »Natürlich.« Dann verschwand sie im Bad, und er hörte nur noch das Klicken des Schlosses.

Okay, sie waren also bereits gefühlte Kilometer weit auseinandergedriftet. Er seufzte und öffnete die Hotelzimmertür, davor standen vier Leute mit Kleidersäcken. »Bitte, gehen Sie schon in den Salon, ich bin gleich bei Ihnen«, forderte er die Besucher auf Italienisch auf, ehe er im Meetingraum verschwand.

KAPITEL
VIERZEHN

R ebecca atmete erleichtert aus, als sie am nächsten Mittag die Tür des Cabrios auf dem Hotelgelände in der Toskana hinter sich zuschlug. Sie wusste noch immer nicht so recht, was sie von der Mailand-Reise halten sollte, einerseits war es prickelnd und aufregend gewesen, andererseits ernüchternd und deprimierend. Sie schob alles beiseite, es war vorbei, und sie waren wieder zurück in der Hotelanlage, nachdem sie direkt nach dem Frühstück losgefahren waren. Der Duft von Zypressen und Pinien hing in der heißen Luft. Die Sonne brannte heute mal wieder vom wolkenlosen, blassblauen Sommerhimmel. Eine Fliege schwirrte um sie herum, Rebecca wedelte mit ihrer Hand, dann flog sie weiter.

Vinzent stieg ebenfalls aus und schaute Rebecca an. Sie konnte seine Augen hinter der Sonnenbrille nicht erkennen. »Da wären wir«, erklärte er knapp, einen Mundwinkel hatte er dabei spöttisch nach oben gezogen, während er eine Hand auf das heruntergelassene Fenster legte.

Rebecca wollte etwas sagen, aber sie wusste nicht was. Seit dem Vorfall im Mailänder Flagship-Store war alles anders zwischen ihnen. Obwohl der Sex mit ihm nach wie vor fantastisch gewesen war, waren sie ansonsten sehr darauf bedacht gewesen, alle möglichen Klippen zu umschiffen. Anstrengend war das, um nicht zu sagen nervenaufreibend und irgendwie auch traurig.

Man konnte sich mit Vinzent über vieles unterhalten, er war ein angenehmer, ein eloquenter Gesprächspartner. Dass sie dabei gewisse Themen aussparen mussten – weil sich ihre Ansichten von Grund auf unterschieden –, war belastend, gerade deshalb war sie froh, dass der Kurztrip beendet war.

Besonders bedrückend fand sie, dass sie sich nach wie vor wünschte, dass Vinzent ihre Meinung teilte. Dass er nicht nur im Liebestaumel von ihren Kurven schwärmte, um sie zu umgarnen. Aber sie wusste, dass dem nicht so war. Er hatte ihr beim Thema Bodyshaming zwar zugehört, aber sie nie bestätigt, und sein Modehaus war der beste Beweis dafür, wie er dachte: Size Zero muss es sein. Verdammt, wieso konnte sie diesen blöden Satz nicht einfach aus ihrem Gedächtnis löschen? Sie unterdrücke ein Seufzen.

Sie wünschte zu vergessen, sie wollte es so sehr, wie sie ihn jetzt küssen und in ihr Bett zerren wollte. Aber ihr Gewissen, ihr Stolz und ihr Selbstwertgefühl rieten ihr, es nicht zu tun. Es würde auf jeden Fall im Desaster enden, wenn sie ihm ihr Herz öffnete. Denn sosehr er den Sex mit ihr ganz offenbar auch genoss, so wenig wollte er mit ihr in der Öffentlichkeit in Verbindung gebracht werden.

Sie erinnerte sich an sein Angebot, mit Clarisse Berger zu sprechen, die er leider nicht erreicht hatte. Danach hatte er auch noch einmal betont, dass er ihre »Eskapade« auf jeden

Fall geheim halten würde. Deutlicher hätte er es nicht sagen können: Ich will dich zwar flachlegen, aber niemand soll wissen, dass ich mit dir schlafe. Dafür gab es nur einen möglichen Grund: ihre Körperfülle, die vielleicht im Bett annehmbar war, die er aber ansonsten nicht vorzeigbar fand.

Rebecca schluckte und setzte ein nichtssagendes Lächeln auf. »Danke fürs Mitnehmen«, flötete sie.

Er hob die Hand an die Stirn und verbeugte sich spöttisch. »Zu Ihren Diensten.«

»Tja, wir sehen uns ja nachher sicher noch bei der Generalprobe.«

Vinzent stöhnte. Er sah aus, als ob er diesen Programmpunkt vergessen hätte. Kein Wunder, er wirkte nicht gerade wie ein ambitionierter Trauzeuge. Wenn sie ehrlich war, dann hatte sie in den letzten vierundzwanzig Stunden auch keinen Gedanken an Miriam und Götz verschwendet – sie hatte sich lieber von Vinzent liebkosen, küssen und befriedigen lassen.

Ja, auf dieser Ebene verstanden sie sich blendend, aber Rebecca fragte sich in diesem Moment, ob es das wert war. Nicht jetzt, nahm sie sich vor. Sie befand sich in einer Art Sex-Hangover – sie durfte jetzt nicht überreagieren, sondern musste dringend Abstand zwischen ihn und sich bringen, um diesem sexuellen Sog zu entkommen, der zwar wundervoll, aber auf der anderen Seite mindestens genauso destruktiv für ihre Werte war.

»Den Termin hatte ich total vergessen«, meinte er jetzt kopfschüttelnd. Er wirkte tatsächlich bedröppelt, fast hätte sie gelacht. Sie hielt sich in letzter Sekunde zurück, denn lustig war es nicht, dass sie über ihre kleine Affäre alles andere ausgeblendet hatten. Sie wollte mit einem kessen

Spruch reagieren, aber ihr fiel nichts ein. Deshalb zuckte sie nur die Schultern, während er seine Sachen aus dem Kofferraum nahm – den nagelneuen Smoking und die passenden Schuhe. »Danke noch mal fürs Mitnehmen, bis später dann«, murmelte Rebecca, dann trottete sie, ohne sich umzusehen, davon.

Sie hörte Vinzents Schritte einige Meter hinter sich auf dem gekiesten Weg. Es war albern, dass sie nicht stehen blieb und wartete, aber er könnte genauso gut auch rufen und sie bitten.

Keiner von ihnen wollte offenbar von sich aus reagieren, also blieb es dabei. Im Grunde war ohnehin alles gesagt. Sie fühlte jedoch seinen bohrenden Blick im Rücken und bemühte sich daher um einen möglichst sinnlichen und gleichzeitig lässigen Gang. Sie hasste es, dass es ihr nicht egal war, was er von ihr dachte.

In ihrem Zimmer angekommen, atmete Rebecca erst einmal tief durch, dann ließ sie sich rückwärts aufs Bett fallen und stöhnte theatralisch. Sie verstand einfach nicht, was mit ihr los war. Sie fühlte sich zu Vinzent hingezogen, gleichzeitig hasste sie ihn.

Es dauerte nicht lange, bis ein Klopfen ertönte und sie aus ihrem Elend riss.

Rebecca grinste. Aha, ihr Nachbar hatte es ja nicht lange ohne sie ausgehalten. Rebecca rutschte von der Matratze, stand auf und zupfte ihr Kleid zurecht, ehe sie die Tür öffnete. Ein Schwall heißer Luft strömte ins kühle Zimmer. Sie musste ihre Überraschung verbergen, als sie nicht in Vinzents, sondern in Nathalies Gesicht blickte. Ihre Freundin schob sie nach einer knappen Begrüßung beiseite und trat ein, als wäre es ihre eigene Bleibe. »Na, wie war es in Mailand?«, fragte Nathalie mit einem wissenden Grinsen.

Rebecca warf die Tür zu und überlegte, was sie erwidern sollte, ohne wie eine Idiotin dazustehen. »Mailand ist nicht mein Ding«, gestand sie. »All diese teuren Marken und das – nicht meine Welt.«

»Aha.« Nathalie ließ sich auf einen Stuhl fallen und überschlug ein Bein über das andere.

»Was, aha?« Rebecca furchte die Stirn und stemmte ihre Hände in die Hüften.

»Und sonst? Wie war die Nacht? Habt ihr ...?«

Die Stunde der Wahrheit nahte. Rebecca wollte nicht lügen, andererseits wollte sie auch nicht alles erzählen. »Was auch immer in Mailand passiert ist, hat weniger als nichts zu bedeuten. Vinzent Voss verkörpert alles, was ich nicht leiden kann.«

Nathalies Augen weiteten sich, dann verschränkte sie die Arme vor ihrem Busen. »So, so. Tut er das? Er hat ja einen göttlichen Körper. Körper – verkörpern, verstehst du?« Sie lachte.

Rebecca fragte sich, ob Nathalie getrunken hatte, aber sie wirkte, bis auf ihren seltsamen Humor, nüchtern. Manchmal hatte ihre Freundin einfach eine komische Ader, die nicht jeder witzig fand, Rebecca gerade auch nicht. Weil sie aber alle ein bisschen verrückt waren, passten die drei Freundinnen so gut zusammen. Noch ein Grund, warum es mit Vinzent niemals mehr sein könnte als eine kurze, heiße Affäre: Dieser Mann lebte in einer ganz anderen Welt als sie und vermutlich lebten die meisten Leute aus seinem Umfeld mit derselben Einstellung wie er. Nein, das war nichts für sie.

Warum musste sie dann trotzdem dauernd an ihn

denken? Es war irre, aber sie vermisste ihn bereits. Und das, obwohl er jetzt gerade vermutlich im Zimmer neben ihr war.

Rebecca ärgerte sich über sich selbst und wandte sich wieder an Nathalie. »O ja, ich verstehe dich, Süße. Und an seinem Body habe ich nichts auszusetzen – das wäre ja wohl auch sehr verlogen, wo ich doch dafürstehe, dass man sich so akzeptieren soll, wie man ist. Aber da kommen wir auch schon zum Punkt, wir waren im Voss-Flagship-Store, und da wurde mir sehr deutlich vor Augen geführt, dass diese Welt nicht meine ist und niemals sein wird.«

Nathalie setzte sich ein Stück nach vorn. »Wie meinst du das?«

»Eine Verkäuferin kam auf mich zu und erklärte mir sehr freundlich und professionell, dass sie keine Übergrößen führen würden und dass ich daher in ihrem Laden nichts finden werde.«

Nathalies Mund klappte auf. »Nein! Und Vinzent? Wie hat er reagiert? Das ist ja ein Ding!«

Rebecca winkte ab. »Es ist egal, was er gesagt oder getan hat, das wäre ja noch verlogener, wenn er so tun würde, als ob der Fehler bei der Mitarbeiterin läge – der Fehler liegt im System an sich. In der Modemarke Voss – denn wenn sie keine Kleidung für Frauen wie mich anbieten, dann liegt es an den Chefs, die bestimmen, was produziert wird. Oder liege ich da falsch?« Sie merkte, wie ihr Herz schon wieder schneller schlug.

Noch immer regte sie sich darüber auf, auch, weil sie Vinzent trotzdem irgendwie mochte.

Wie bescheuert war das denn? Rebecca verriet ihre Werte damit, nur, weil der Sex mit ihm gut war? Das war wirklich peinlich – und schlimmer noch: verlogen.

»Tja, da hast du leider recht. Ich habe ihn auch neulich mal gegoogelt – die Frauen, die mit ihm auf dem roten Teppich abgelichtet werden, sind allesamt Kategorie flotter Feger – dünn wie ein Besenstiel.«

Rebecca wusste das bereits, es noch einmal von einer Freundin zu hören, tat trotzdem irgendwie weh. Denn es hieß, dass Vinzent Rebecca zwar flachlegte, aber vielleicht nur aus Mangel an Alternativen.

Nein! Halt! Sie schob ihren selbstzerstörerischen Gedanken sofort einen imaginären Riegel vor.

An ihr war alles richtig.

Es interessierte sie nicht, mit wem Herr Voss sich auf dem roten Teppich zeigte.

Und Sex sollte sie auch keinen mehr mit ihm haben.

Genau.

Egal wie fantastisch die Orgasmen, die er ihr bescherte, auch gewesen sein mochten. Sie brauchte das nicht. Sie wollte es auch nicht mehr.

»Siehst du – beantworte dir die Frage doch damit einfach selbst. Vinzent und ich? Niemals!« Rebecca merkte, wie ihre Kehle eng wurde, und wechselte daher schnell das Thema. »Wie steht es eigentlich um unsere Braut?«

»Deswegen bin ich ja hier. Miriam ist irgendwie komisch drauf.«

»Inwiefern?«

»Keine Ahnung, sie wirkt so ... abwesend. Vorhin waren wir am Pool, und da hat sie die ganze Zeit über ihre Kunden in Hamburg geredet, so, als würde sie planen, morgen wieder zur Arbeit zu gehen, anstatt vor den Altar zu treten.«

Rebecca hatte keine Ahnung, was das bedeutete. »Vielleicht ist das normal, so eine Art

Verdrängung? Ich meine, zieh dir doch mal rein, wie stressig dieses ganze Theater ist, das um diese Hochzeit gemacht wird.« Sie guckte auf die Uhr. »Oh, oh, wo wir gerade beim Thema sind, wir müssen gleich zur Generalprobe. Hast du das Kissen für die Ringe bekommen?«

»Sollen wir die Hundenummer auch proben, ich dachte, es wäre eine Überraschung?«

»Ja, schon, aber was, wenn es morgen nicht klappt?«

»Dann testen wir es einmal in der Kirche, wenn Miriam und Götz wieder weg sind, also später heute, ich rede gleich mal mit Margot.« Nathalie stand auf.

»Okay, danke. Wir sehen uns in der Kirche, ja?«

Nathalie gab ihr ein Küsschen, danach verschwand sie wieder aus Rebeccas Zimmer. Die war zwar immer noch ein wenig verwirrt, aber überzeugter denn je, dass das mit Vinzent keine gute Idee war. Glücklicherweise hatte sie ihm keine Versprechungen gemacht, und es würde kein Theater geben, wenn sie nicht mehr mit ihm schlief. In wenigen Minuten konnte sie das mit der Zurückhaltung direkt üben, denn bei der Probe würde sie ihn wiedersehen. Und beim Abendessen.

Leider – und das bereitete ihr ein wenig Sorge – verriet ihr flatterndes Herz, dass sie der Gedanke an ihn doch nicht so kaltließ, wie sie es gern hätte.

～

REBECCA SEHNTE sich nach einem kühlen Getränk und Ruhe. Aber die Probehochzeit war noch nicht vorbei. Gerade standen sie am Altar, Vinzent an der Seite von Götz und Rebecca an Miriams Seite. Der Standesbeamte hielt natürlich noch nicht seine Rede, sondern erklärte dem Paar, wie alles ablaufen würde. Rebecca hatte einen Fake-Strauß in der Hand – man hatte hier wirklich für alles gesorgt – und hörte nur halb zu. Sie war in Gedanken immer noch mit Vinzent und all ihren Problemen beschäftigt. Als sie kurz zu ihm schielte, begegnete sie seinem Blick.

Ihr Herz setzte, wie so oft, einen Schlag aus. In Vinzents Augen las sie Sorge und Sehnsucht. Eine merkwürdige Kombination, die sie nicht verstand.

Sie wurde nicht schlau aus dem Kerl, nichts passte zusammen.

Er schaute sie an, als ob sie die einzige Frau auf der Erde wäre, aber das widersprach allen anderen Grundsätzen, nach denen er lebte. In einem Punkt musste er also lügen.

»... so, und jetzt käme dann der Part, an dem Sie die Braut küssen«, erklärte der Standesbeamte gerade.

»Oh, das muss ich üben«, scherzte Götz und zog Miriam an seine Brust und drückte ihr einen Kuss auf die Lippen. Und noch einen. Und noch einen.

Rebecca konnte sich ein Grinsen nicht verkneifen. Erst danach trat er zurück.

Miriam schob sich verlegen eine Strähne aus dem Gesicht, sie lächelte nicht.

Huch? Was war denn mit ihr los?

Sie wirkte nicht glücklich, sondern verschreckt?

»... Sehr gut, danach kommt nur noch der Auszug, und damit haben Sie es, wollen Sie das auch üben?«, erkundigte sich der Standesbeamte.

Miriam schüttelte den Kopf. »Ich denke, das bekommen wir hin.«

Götz nickte ebenfalls.

»Wunderbar, also sehen wir uns morgen.«

»Vielen Dank«, meinte Götz und schüttelte dem Mann die Hand, dann nahm er Miriam in den Arm und verließ die Kirche mit ihr.

Rebecca fühlte sich unbehaglich, denn sie spürte Vinzents Blick auf sich. Sie wollte jetzt nicht mit ihm reden oder auch nur an ihn denken. Das alles war zu intensiv, zu erschütternd. Ihr Herz und ihr Kopf waren sich nicht einig, deshalb ignorierte sie ihn und ging zu Nathalie. »Komm, Süße, lass uns schwimmen gehen.«

Die freute sich und hakte sich bei Rebecca ein. »Hast du auch Miris komische Reaktion gesehen?«, flüsterte sie Rebecca beim Hinausgehen zu.

»Ja, habe ich.«

»Sicher nur die Nervosität.«

»Ja, bestimmt.«

Rebecca hoffte, dass das auch stimmte.

REBECCA WAR STOLZ AUF SICH, dass sie der Versuchung, an die Zeit mit Vinzent zu denken, nicht – oder nur selten – erlegen war. Sie hatte den übrigen Tag und sogar das Abendessen hinter sich gebracht, ohne Vinzent anzuhimmeln oder sich auszumalen, was sie in der Nacht mit ihm anstellen könnte. Oder umgekehrt, sie hatte sich immer wieder daran erinnert, dass sie allein ins Bett gehen würde. Letztlich half der Appell an ihre Vernunft tatsächlich, so verabschiedete sie sich nach dem Dessert von allen mit der Begründung, dass sie für die große Hochzeit morgen ausgeruht sein wollte. Dafür, dass Marius angeblich ein Weiberheld war, hatte er sich während der letzten Tage auffallend zurückgehalten, er war nett und witzig, aber er flirtete nicht. Nicht mit Rebecca, nicht mit Nathalie und auch sonst niemandem. Vielleicht hatten Vinzent und Götz ja mit ihrer Erzählung über Marius neulich ein wenig übertrieben. Entweder das oder Marius dachte noch immer an seine Märchenprinzessin. Der Gedanke ließ Rebecca schmunzeln, während sie sich von den anderen verabschiedete. Miriam und Götz zogen sich ebenfalls zurück, sie begleitete die beiden noch ein Stück auf ihrem Weg zu deren Zimmer.

Das Paar ging Arm in Arm, und es wirkte auf Rebecca, als sei alles in Ordnung, trotzdem hatte sie heute öfter mal hingesehen, und sie teilte Nathalies Einschätzung, dass Miriam ein wenig schräg drauf war. Rebecca brachte es mit dem Stress der ganzen Planung in Verbindung; Miriam war es nicht gewohnt, ständig im Mittelpunkt zu stehen. Nun, morgen würde sie noch durchhalten müssen, überlegte Rebecca mit einem Lächeln. Der große Tag stand bevor, alles war geplant, und sie war davon überzeugt, dass alles gut laufen würde.

»So, ihr beiden, habt eine gute Nacht und träumt süß«, verabschiedete sich Rebecca und bog zu dem steinernen Häuschen ab, in dem sich ihr Zimmer befand. Es war noch immer herrlich warm, sie liebte diesen Duft nach Zitronen, Pinien und Zypressen. Am liebsten würde sie sich ein Glas davon einfangen und zu Hause, wenn sie das Fernweh mal wieder packte, öffnen, um daran zu schnuppern. Aber das ging natürlich nicht. Rebecca war noch nicht müde, ihr Abgang war ja nur ein Vorwand gewesen, trotzdem setzte sie sich nicht mehr auf die Terrasse. Sie wollte kein Risiko eingehen, Vinzent doch noch über den Weg zu laufen. Sosehr sie sich ihren Vorsatz, standhaft zu bleiben, auch eingebläut hatte, so wenig traute sie sich selbst über den Weg, wenn er ohne andere Menschen in ihrer Nähe war. Deshalb steuerte Rebecca schnurstracks ihr Zimmer an, schlüpfte in ihr Hängerchen und putzte sich die Zähne. Sie wollte gerade ins Bett krabbeln, als es klopfte.

Ihr Herz machte einen Satz.

Sollte sie es ignorieren?

Vielleicht war es gar nicht Vinzent, sondern Nathalie oder Miriam?

Okay, wem wollte sie etwas vormachen? Sie war neugierig, wer vor ihrer Tür stand, und ein ganz kleiner – sehr dämlicher – Teil von ihr hoffte, dass es Vinzent war.

Bleib standhaft, sagte sie sich stumm, als sie öffnete.

Das Zirpen der Grillen war laut, aber nicht so laut wie das Donnern ihres Herzschlages, als Vincent vor ihr stand. Er hatte eine Hand lässig in der Tasche seiner Leinenhose vergraben, in der Dunkelheit konnte sie sein Gesicht nicht vollständig erkennen.

»Ja?«, gab sie von sich, sie ärgerte sich sofort, dass ihre Stimme atemlos klang.

»Ich habe Clarisse endlich erreicht.« Er wirkte weder erfreut noch aufgeregt, sie konnte nicht erkennen, was in ihm vorging.

Ihr Herz machte erneut einen Satz, weil sie schrecklich nervös war. »Und?«

»Sie sagt, dass sie es sich überlegen will.«

Rebecca spürte, dass das nicht alles war. »Du willst mir nicht vom Gespräch erzählen?« Sie war so neugierig und aufgeregt, auch, weil er so dicht vor ihr stand. Sein Duft lullte sie ein, und seine männliche Präsenz zog sie an wie ein

Magnet. Sie wusste, wie es sich anfühlte, von ihm geküsst zu werden. Sie wollte es wieder spüren. Sich in seine Umarmung fallen und davontragen lassen, in eine Welt voller Sinnlichkeit und Erfüllung.

Nein. Nein! Nein!

Wollte sie nicht!

Ihr verräterischer Körper wollte Sex und Nähe, nicht ihr Verstand. Rebecca atmete einmal tief durch und befeuchtete sich die Lippen.

»Nicht wirklich, Becks. Ich habe versucht, sie zu überzeugen, warten wir ab, was dabei herauskommt. Was ist mit dir? Willst du mich nicht hereinbitten?«

Schweigen breitete sich zwischen ihnen aus, während Rebecca mit sich rang. Ihr Körper wollte es, aber sie hatte schon zu oft nachgegeben. Es tat ihr nicht gut, wenn sie sich immer wieder auf ihn einließ.

»Heute nicht«, sagte sie deswegen leise und wich seinem Blick aus. Seine Augen wirkten in der Dunkelheit beinahe schwarz, unergründlich in jedem Fall. Seine Körperhaltung konnte sie nach wie vor nicht deuten.

»Verstehe.« Vinzent hakte nicht weiter nach, fragte nicht einmal, ob alles mit ihr in Ordnung wäre, sondern drehte sich einfach um und stapfte in die Dunkelheit davon. Das Konzert der Zikaden übertönte alles um sie herum, nur nicht ihren donnernden Herzschlag und das Rauschen ihres kochenden Blutes.

Wohin ging er?

Und warum interessierte sie das überhaupt?

Rebecca seufzte leise und verzog ihre Lippen. Sie war eben so dicht davor gewesen, sich ihm an den Hals zu werfen, ihn in ihr Zimmer zu ziehen, damit sie ihm die Kleider vom Leib reißen könnte.

Zum Glück hatte sie es nicht getan.

Sie sollte zufrieden mit sich sein, glücklich, dass sie es geschafft hatte, für sich und das, was sie schätzte, einzustehen und nicht ihrer Lust zum Opfer zu fallen. Warum war dann das Gegenteil der Fall? Sie war einsam. Fühlte sich leer. Sie sehnte sich nach Vinzents starken Armen. Nach seiner dunklen Stimme, die ihr beim Liebesspiel so oft schmutzige und sinnliche Dinge zugeflüstert hatte, die ihren Herzschlag auch jetzt noch in die Höhe trieb. Sie wollte sich nicht zu ihm hingezogen fühlen, tat es aber doch.

Rebecca lehnte sich mit der Stirn gegen das kühle Holz und schloss die Augen. Da würde noch ein hartes Stück Arbeit auf sie zukommen, um sich aus seinem Bann zu befreien.

FÜNFZEHN

Miriam saß vor dem Spiegel und ließ sich die Haare frisieren, während sich eine Visagistin um ihr Make-up kümmerte. Nathalie und Rebecca wurden ebenfalls von zwei Damen aufgehübscht. Zu trinken gab es keinen Champagner, keine von den dreien wollte zur Zeremonie mit einem Schwips auftauchen, also hatten sie Zitronenlimonade vor sich stehen. Die Fenster der Suite waren geöffnet, sodass ein leiser Windhauch hier und da durchs Zimmer wehte. Miriams Kleid hing noch auf einer Kleiderpuppe, ihre Schuhe standen davor. Die Braut selbst saß in Strapsen, Höschen und Korsage auf einem Friseurstuhl und hatte die Augen geschlossen. Rebecca fand, dass sie ein bisschen wie in Trance ausschaute. »Miri, alles gut bei dir?«, rief sie der Braut zu.

»Jap, alles bestens«, gab diese zurück.

Nathalie und Rebecca tauschten einen Blick aus, keine von ihnen wurde aus Miriam schlau, die sonst gerne viel und ununterbrochen plapperte. Sollte sie nicht ein bisschen fröhlicher sein? Rebecca hatte keine Ahnung, irgendwie kam das in Hollywood-Filmen immer ein bisschen anders rüber, aber das war eben auch nicht die Realität.

Ein leises Klopfen an der Tür ertönte, dann wurde sie geöffnet, und Miriams Mutter Anita schwebte herein. Sie trug ein korallenfarbenes Seidenkleid und goldene Riemchensandalen an den Füßen, ihre grauen Haare trug die pensionierte Lehrerin kurz und modisch frisiert. »Hallo ihr Lieben«, grüßte die Brautmutter und ging dann zu ihrer Tochter, die gerade die Lippen geschminkt bekam. Sie hauchte ihr ein Küsschen auf die Wange. »Miriam, ich habe noch etwas für dich.«

»Ja?«, murmelte Miriam angespannt, weil sie den Mund gerade nicht richtig benutzen konnte, der dezente Lippenstift wurde von der Visagistin mit einem Pinsel aufgetragen.

»Jede Braut braucht etwas Geschenktes, etwas Geliehenes und etwas Blaues. Hier habe ich ein Strumpfband in Blau für dich und ... Omas Perlenkette. Vielleicht magst du sie dazu tragen?« Anita lächelte sanft.

Rebecca und Nathalie seufzten beide auf, das war wirklich süß.

Miriam nickte und an ihrem Schlucken erkannte Rebecca, dass ihr die Geste ihrer Mutter ans Herz ging.

»Darf ich?«, fragte diese und legte ihrer Tochter die einreihige Perlenkette um den Hals.

»Wie findest du es?«, fragte sie dann.

Miriam lächelte, zum ersten Mal seit einer ganzen Weile. »Wunderschön.«

Anita freute sich sichtlich, sie wischte sich eine Träne aus dem Augenwinkel. »Dann bin ich beruhigt, ich lasse euch drei jetzt mal allein, wir sehen uns in der Kirche, ja?«

Miriam nickte. »Natürlich, bis später, Mama. Und ... danke!«

Anita strich ihrer Tochter über den Handrücken. »Gern, mein Liebes. Götz weiß hoffentlich, was für ein Glück er hat?«

Miriam nickte. »Klar weiß er das.«

Kurz darauf waren sie wieder unter sich – wenn man mal vom Styling-Team absah. Rebecca war es gewohnt, dass man an ihr herumzupfte und pinselte, Nathalie schien es zu genießen, aber irgendwie wurde Rebecca das Gefühl nach wie vor nicht los, dass Miriam das hier nur leicht widerstrebend über sich ergehen ließ. Ihr Kleid war hübsch, aber es stand außer Frage, dass weder Rebecca noch Nathalie damit gerechnet hatten, dass ihre zierliche, liebenswerte Freundin sich so ein üppiges Ding aussuchen würde. Es passte perfekt zum Rahmen, zu der hübschen alten Kapelle und natürlich zum Bräutigam, der ganz bestimmt auch in Frack und Zylinder mit einer Kutsche vorgefahren kam, um seine Liebste nach der Hochzeit eine Runde zu entführen. Nachher würde man Tauben fliegen lassen und eine riesengroße Torte anschneiden. Es gab Champagner und Kaviar en masse ... Luxus pur.

Rebecca lag die Frage auf der Zunge, ob Miriam sich wirklich schon an den ganzen Kram gewöhnt hatte, sie selbst hätte vermutlich Schwierigkeiten. Ihr hatte schon ein Tag mit Vinzent in seiner Welt genügt, um festzustellen, dass das nichts für sie war. Aber Miriam liebte Götz ja auch, für seinen Partner konnte man sich vermutlich an einiges gewöhnen. Und vielleicht war Rebecca die Einzige, die diesen übertriebenen Pomp zu krass fand. »Bist du glücklich?«, fragte sie Miriam.

Die blinzelte kurz irritiert, dann lächelte sie. »Natürlich, heute wird der schönste Tag meines Lebens, ich heirate.«

Rebecca lächelte. »Das freut mich.« Ihre Frisur saß, sie war quasi entlassen.

Rebecca stand auf und begutachtete sich einmal im Spiegel. Sie war zufrieden mit sich. Sie trug ein kobaltblaues Kleid, das bis kurz über das Knie reichte und sich wunderbar an ihre Kurven schmiegte. Es hatte einen dezenten V-Ausschnitt und kurze Ärmel, die bis knapp über die Schultern fielen. Ihre Haare waren kunstvoll hochgesteckt, einige Locken kringelten sich um ihr Gesicht. Die Visagistin hatte gute Arbeit geleistet, ihre Augen waren betont, aber nicht dramatisch, sondern dezent. Mit ein wenig Rouge auf den Wangen sah sie gesund und munter aus, ihre Lippen hatten lediglich etwas farblosen Gloss abbekommen, denn heute spielte Miriam die Hauptrolle, niemand sollte auch nur versuchen, ihre Schönheit und ihren Glanz mit zu viel Schminke zu stören. Rebecca strich eine Falte glatt und lächelte sich zu, dann guckte sie zu Nathalie, die sich mit einem Ächzen erhob. »Gott, mein Kleid lässt mir kaum Luft zum Atmen.«

Rebecca grinste. »Ich hab dich gewarnt, dass Korsagen zwar schick sind, aber extrem einengen.«

»Tja, zu spät, außer ihr wollt, dass ich nackt gehe.« Nathalie kicherte. Ihr schulterlanges Haar war mit Wet-Gel dramatisch nach hinten frisiert und zusammengesteckt, dafür trug sie kaum Farbe im Gesicht, lediglich etwas Lippenstift zum orangefarbenen Kleid.

Nathalie trat neben Rebecca. »Ich gehe mal vor, ja? Du weißt schon, noch mal nach dem Rechten sehen.« Sie zwinkerte Rebecca zu, die sofort verstand. Sie wollte nach den Hündchen und den Ringen gucken, damit die Überraschung nachher gelang.

Kurz darauf war sie mit Miriam allein, ihre Frisur saß nun endlich, jetzt musste nur noch der Schleier befestigt werden. Rebecca zog sich einen Stuhl heran und nippte an ihrer Limonade. »Wenn du mal musst, wäre es jetzt ein guter Zeitpunkt, um aufs Töpfchen zu gehen; wenn du erst mal in dem Kleid steckst, wird es schwierig.«

»Gute Idee, mache ich gleich.« Miriam nestelte an einem Finger herum.

»Nervös?«

»Ja, schon irgendwie. Ist ja normal. Ich sollte mein Gelübde durchgehen, wo liegt dieser Zettel nur?«

Rebecca stand auf und reichte ihn ihr, sie hatte ihn vorhin beim Reinkommen auf die Kommode an der Wand gelegt. »Soll ich dich abfragen?«, bot Rebecca an.

»Nein, lass mal.« Miriam lächelte schwach, dann guckte sie auf ihren Zettel. Ihre Lippen bewegten sich beim Lesen mit, ohne dass ein Wort zu hören war.

»Autsch«, stieß sie hervor, als die Friseurin sie offenbar mit einer Klammer in die Kopfhaut piekste.

»Sorry«, sagte diese, sehr viel mehr Englischkenntnisse waren nicht vorhanden, was keinen störte, Miriam war ohnehin nicht zum Plaudern aufgelegt gewesen.

Als endlich auch die Frisur und der Schleier saßen, erhob sich Miriam und huschte ins Bad. Das Stylingteam packte zusammen, und noch bevor Miriam aus dem Bad zurückkehrte, waren auch sie verschwunden.

»Jetzt wird es ernst«, scherzte Rebecca, als Miriam herauskam und zur Modepuppe tapste.

»Erst die Schuhe? Oder erst anziehen?«, fragte sie und furchte die Stirn.

»Erst das Kleid würde ich sagen.«

Nachdem auch das vollbracht war, standen die beiden nebeneinander und guckten in den Spiegel. Miriam wirkte in sich gekehrt.

»Dein Vater wird gleich hier sein, um dich abzuholen«, stellte Rebecca fest, nachdem sie die Uhrzeit gecheckt hatte. »Alle sollten jetzt in der Kirche sein.«

»Danke, dass du das alles für mich tust.«

»Ich? Was denn?«

Miriam drückte sie an sich. »Na, alles. Du solltest jetzt gehen, Rebecca, ich brauche dich am Altar.« Dann schob sie Rebecca sanft von sich und lächelte schüchtern.

»Ja, in Ordnung, ich geh schon mal rüber, ja?«

»Ja, mach das. Ich möchte meinen Trauspruch noch mal üben. Allein.«

»Okay, bis gleich, Süße.« Rebecca gab ihr einen Luftkuss, danach verließ sie die Suite und ging über den gekiesten Weg zur nahe gelegenen Kirche.

Vor der Tür atmete sie einmal kurz durch, ihr Herz klopfte schnell. Sie war aufgeregt, vielleicht sogar nervöser als die Braut.

Rebecca stieß die Tür auf, und alle Köpfe wandten sich zu ihr. Sie grinste. »Ich bin's nur, nicht die Braut.« Dann schritt sie eilig den roten Teppich entlang nach vorn. Dabei sah sie einige bekannte Gesichter, denen sie fröhlich zunickte. Der Blumenschmuck verströmte einen intensiven, aber sehr angenehmen Duft. Es war auch nicht so warm, die dicken Mauern hielten einiges von der Sommerhitze ab. Miriams Mutter und ihre Cousinen, die in den letzten Tagen zum Glück keinen größeren Schaden mehr angerichtet hatten, saßen in der rechten vorderen Bank, Götz' Eltern auf der linken. Götz' Freund Marius saß bei den anderen Gästen, die

Spannung und die feierliche Atmosphäre übertrugen sich auf alle.

Der Bräutigam stand bereits vor dem Altar, er sah gut aus. Der Frack saß perfekt und seine Haare waren dezent, aber modisch frisiert. Er war glatt rasiert, und er wirkte um einiges nervöser als seine Braut. Das war süß. Götz war ein feiner Kerl; dafür, dass er aus einer alteingesessenen Hamburger Kaufmannsfamilie stammte, konnte er ja nichts. Damit einher ging nun mal ein gewisser Hang für Exklusives und Luxuriöses.

Rebecca fragte sich, was sie eigentlich gegen Leute mit Geld und ihre Vorlieben hatte, als sie Vinzents Blick begegnete. Er trat neben Götz und musterte sie eindringlich. Sein Starren war so intensiv, dass Rebecca ein Schauder über den Rücken lief.

»Becks«, grüßte er mit einem Kopfnicken. Ein Muskel an seiner Wange zuckte. Auch Vinzent hatte sich zur Feier des Tages rasiert, er sah ein wenig verändert aus, sonst hatte er immer einen Dreitagebart gehabt. Er trug einen Frack wie Götz, nur ein wenig gedeckter. Was war aus dem Smoking geworden?

Nun, das ging sie zum Glück nichts an.

Rebecca merkte, wie trocken ihr Mund geworden war, und befeuchtete sich die Lippen. Sie überlegte, wie sie sich verhalten sollte. Statt Götz ein Küsschen zu geben, reihte sie sich neben Nathalie ein, die auf der anderen Seite des Altars stand, gegenüber den beiden Männern. In der Kirche wurde gemurmelt und sich unterhalten. Rebecca entdeckte das Streichquartett, das sich für seinen Einsatz bereit machte. Der Standesbeamte, den das Paar extra für die Zeremonie hatte herkommen lassen, trat aus einer Nebentür in die Kirche.

Sie guckte noch einmal zu Vinzent, weil sie sich beobachtet fühlte, und war nicht überrascht, dass sein durchdringender Blick wieder auf sie gerichtet war.

Ihr Magen machte eine nervöse Umdrehung. Warum musste er sie die ganze Zeit ansehen? Wollte er sie irritieren?

Nun, Rebecca würde sich nicht aus der Ruhe bringen lassen und schaute weg. Nathalie trat näher zu ihr. »Wo bleibt die Braut eigentlich? Sollte es jetzt nicht bald mal losgehen?«

»Sie sorgt nur für ein bisschen Spannung«, scherzte Rebecca. »Sie will sichergehen, dass sie auch wirklich die Letzte ist, die kommt. Sicher betritt sie gleich mit ihrem Vater die Kirche.«

»Ich weiß nicht, es ist Viertel nach, um eins sollte es doch losgehen«, flüsterte Nathalie. »Soll ich mal rausgehen und gucken?«

»Noch nicht«, bat Rebecca.

Weitere Minuten verstrichen, Götz schaute immer wieder auf seine Armbanduhr, Vinzent klopfte ihm beschwichtigend auf die Schulter. Rebecca wurde selbst unruhig.

Miriam müsste längst hier sein.

Auf einmal ging die Tür auf. Das Streichquartett setzte ein, ein Raunen ging durch die versammelte Gemeinde.

Rebeccas Herz blieb stehen, als Miriams Vater mit weit aufgerissenen Augen hereingestürmt kam. »Miriam ist verschwunden!«, rief er und lockerte sich die Fliege.

»Miriam ist verschwunden?«, wiederholten Nathalie und Götz gleichzeitig.

Rebecca wurde schwarz vor Augen, sie taumelte und musste sich am Altar festkrallen, um nicht zu stürzen.

Sie schloss die Lider und öffnete sie wieder. Sie musste

träumen, ein Albtraum, um genau zu sein. »Miriam ist ... verschwunden?«, hauchte Rebecca atemlos vor Entsetzen. »Wo ist sie hin?«

»Vielleicht ist ihr schlecht geworden?«, flüsterte Nathalie. »Und sie ist nur im Badezimmer. Komm, wir gehen nach ihr sehen.« Nathalie zupfte an Rebeccas Kleid, sie stolperte hinter ihrer Freundin her. Beim Weg nach draußen guckte sie sich nach Götz um, der so weiß wie ein Bettlaken geworden war.

Er rührte sich nicht, ebenso wenig wie Vinzent, der wie ein Fels in der Brandung neben seinem Freund wachte. Mit diesem Bild vor Augen stürzten sie aus der Kirche zur Suite, die gemietet worden war, um die Styling-Arie in Ruhe durchführen zu können. Miriams Vater sowie die Brautmutter kamen hinterher. »Miriam?«, rief Rebecca, dann hastete sie ins Bad. »Hier ist sie auch nicht.«

Rebeccas Herz klopfte wie verrückt, sie standen zu viert in der Suite, einer ahnungsloser als der andere. »Wo ist Miriam?«, fragten sie sich unisono.

KAPITEL

SECHZEHN

Vinzents Kiefer mahlten, während er sich fragte, was hier eigentlich los war. Götz war nicht ansprechbar, nachdem die Hölle losgebrochen war und alle wild durcheinanderliefen, weil sie Miriam suchten. Sein Freund hingegen war wie versteinert, er brachte kein Wort hervor. Vinzent hatte keine Ahnung, was man in so einer Situation tat oder sagte, wenn der beste Kumpel vor dem Altar stehen gelassen wurde. Immerhin, Miriam hatte ihnen allen wenigstens einen theatralischen Abgang erspart und war gar nicht erst zur Zeremonie aufgetaucht.

»Wir sollten gehen«, meinte er schließlich zu Götz und legte ihm einen Arm um die Schulter. Marius trat zu ihnen und klopfte Götz mitfühlend auf die Schulter. »Ich bin hier, Mann. Wir sind an deiner Seite.«

»Wie, gehen?« Götz stand offenbar unter Schock. Verständlicherweise.

»Ich denke, wir sollten uns einen Schluck genehmigen, auf den Schreck.« Vinzent enthielt sich eines Kommentares, dass ihm so wenigstens die Scheidungskosten erspart bleiben würden.

»Das geht nicht, ich muss Miriam finden. Was, wenn sie jemand entführt hat?«, wandte Götz ein. Vinzent und Marius tauschten einen Blick aus.

An eine Entführung glaubte Vinzent nicht, außer Götz meinte einen Liebhaber, der Miriam vor den Fängen ihres zukünftigen Ehemannes rettete. Was anderes konnte es ja wohl nicht sein. Er erinnerte sich an die Aktion beim Junggesellinnenabschied, vielleicht hätte er damals doch nicht alles als unwichtig abtun sollen und Götz bereits warnen müssen. Nun war es zu spät, aber er hatte seinen Freund immerhin oft genug darauf hingewiesen, dass die Ehe nichts Erstrebenswertes für Kerle wie sie war. Das half ihm jetzt jedoch nicht weiter, deswegen hielt Vinzent die Klappe und zog Götz mit Marius durch die Seitentür nach draußen in den Schatten der Kirche. Es war irrsinnig heiß, die Sonne strahlte von einem wolkenlosen Himmel. Ein wunderbarer Tag für eine große Party, blanker Hohn für jemanden, der gerade vor versammelter Gemeinde verlassen worden war.

»Was für eine Scheiße«, murmelte er kopfschüttelnd, während Götz sich mit dem Rücken an die Wand lehnte und seinen Kopf nach hinten sinken ließ.

»Warum macht sie das?« Götz rieb sich mit der Hand über die Stirn und wirkte zutiefst verzweifelt.

Er tat Vinzent wirklich leid, niemand sollte derartig gedemütigt werden. Von Miriam hätte er das nicht erwartet, sie hatte immer so nett und liebenswürdig gewirkt. Das zeigte nur mal, dass man Frauen nicht trauen sollte.

Vinzent hatte nicht die geringste Idee, was er tun konnte,

damit es Götz besser ging. »Willst du, dass ich sie mit dir suche?«, bot er ihm deshalb an.

»Wo kann sie nur hin sein?«

Das alles war so absurd, dass Vinzent nicht wirklich wusste, was er dazu sagen sollte. »Vielleicht finden wir mal heraus, ob sie ihre Sachen mitgenommen hat«, schlug Marius vor. Vielleicht hatte sie Götz' Konto leer geräumt und war gerade auf dem Weg, sich auf den Bahamas eine neue Bleibe zu suchen.

Möglich war auf dieser Welt beinahe alles, auch unter Frauen gab es Wölfe im Schafspelz. Vinzent verdrehte die Augen über sich selbst, dann zuckte er die Schultern. »Ich versuche mal, etwas in Erfahrung zu bringen, vielleicht wartest du besser hier, ich bin gleich wieder da, nur für den Fall, dass sie doch noch auftaucht.«

»Meinst du?«

Vinzent nickte, aber er war davon überzeugt, dass eher gleich ein grünes Schwein über den Himmel fliegen würde, als dass Miriam tatsächlich vor dem Altar erschien. »Rühr dich einfach nicht von der Stelle, bin gleich wieder da.«

»In Ordnung.« Götz guckte stur geradeaus, wohl fühlte sich Vinzent nicht dabei, ihn kurz allein zu lassen, aber immerhin war ja Marius noch da. Der hatte eine ganz gute Art, nur zu schweigen und die Situation gemeinsam mit Götz einfach auszuhalten. Vinzent joggte über den Kiesweg zur Suite, wo die flüchtige Braut sich zuletzt aufgehalten hatte. Dort war es heute Morgen zugegangen wie in einem Taubenschlag, er musste also nicht lange suchen. Die Tür stand jetzt offen, Rebecca trat gerade heraus in die Sonne. Sie war allein und wirkte mitgenommen.

Vinzent kam vor ihr zum Stehen. Er war stinkwütend. »Wo ist sie?«, forderte er barsch.

Rebecca blinzelte und schaute zu ihm auf. »Woher soll ich das wissen?«, zischte sie.

Er schob sie um die Ecke in den Schatten, in der Hitze würde er nur in seinem festlichen Aufzug zerfließen. Die ganze Tour nach Mailand hätte er sich sparen können, weil Götz für ihn einen maßgeschneiderten Frack hatte anfertigen lassen. Egal, das war hier nicht das Thema.

»Erzähl mir nicht, dass du keine Ahnung hast, Becks!« Seine Stimme war gefährlich leise. Obwohl er sauer war, wollte er sie küssen. Verlangen pulsierte durch seine Adern, und das Gefühl machte Vinzent nur rasender vor Frust. Er wollte Rebecca gegenüber nicht so empfinden, wollte nicht der Sklave seiner Lust sein. Lächerlich genug, dass er sich von einer Frau zurückweisen lassen musste und sie trotzdem noch begehrte.

Vinzent biss die Zähne zusammen. »Sag es mir!«, forderte er.

Rebecca reckte ihr Kinn nach vorn. »Ich weiß nicht, wer du bist, dass du glaubst, dich hier wie der Rächer aufspielen zu können.«

Ihre Augen sandten Blitze an ihn, die ihn direkt dort trafen, wo es am meisten schmerzte. Vinzent rang mit sich und seinem halb erigierten Schwanz. So ein Mist, dass er sich so wenig im Griff hatte.

Götz, hier ging es um Götz, rief er sich in Erinnerung.

Das half zumindest ein bisschen.

»Erzähl mir keine Märchen, Becks.« Er schaffte es, all seinen Ärger in seinem Tonfall widerzuspiegeln. »Du lebst mit Miriam zusammen, du musst wissen, dass sie geplant hatte abzuhauen. Du warst den ganzen verdammten Morgen mit ihr in der Suite! Hast du nichts gemerkt? Das kann ich nicht glauben.«

Er sah, wie Rebecca schneller atmete, ob vor Ärger oder Verlangen konnte er nicht sagen. Aber ihn reizte sie so sehr, dass er seine Hände zu Fäusten ballte und in seinen Hosentaschen vergrub, dass er sie nicht doch hier und jetzt gegen die Wand drückte, um sie spüren zu lassen, wie sehr er sie wollte. So einer war er aber nicht, Vinzent wusste, wann er sich zurückhalten musste – Begehren hin oder her. Das unterschied ihn von einem Tier, und seine Grundsätze würde er nicht verraten oder vergessen.

»Ich muss gar nichts!«, zischte sie. »Ich weiß nicht, wo sie ist. Hör auf, mich anzuschreien!«, forderte sie wütend.

Vinzent atmete langsam aus, dann fuhr er sich mit beiden Händen durch die Haare und trat einen Meter zurück. Sie hatte recht. Sie hatte absolut recht. »Na schön. Also sag mir, was du weißt.«

Rebecca musterte ihn skeptisch, sie zupfte an ihrem Kleid herum. Sie wirkte unsicher, ehe sie wieder zu ihm aufsah. Ihre dunklen Augen sprühten vor Lebendigkeit.

Er konnte nichts dagegen tun, aber er konnte sie nicht hassen, sondern einfach nur bewundern. Das würde sie jedoch nicht erfahren, deshalb setzte er ein spöttisches Lächeln auf, das er seit Jahren perfektioniert hatte.

Sie räusperte sich. »Alle ihre Sachen sind noch hier – bis auf ihre Handtasche.«

»Hast du sie angerufen?«

Rebecca stieß einen leisen Schrei aus. »Ob ich sie angerufen habe? Natürlich habe ich das!« Sie atmete langsam aus und wieder ein. »Stell dir vor, das Handy ist abgeschaltet oder hat keinen Empfang. Sie möchte offenbar mit niemandem reden, was ich irgendwie verstehen kann, denn sie hat gerade ihre eigene Hochzeit gesprengt!«

Okay, das klang überzeugend. Vinzent musste zugeben, dass Rebeccas Entsetzen nicht gespielt wirkte, also hatte sie vermutlich doch nichts davon gewusst, was Miriam vorhatte. Er hatte in seinem Schock überreagiert.

»Das passt so gar nicht zu ihr«, erklärte Rebecca noch und lief hin und her. Sie dachte angestrengt nach und nagte dabei an der Innenseite ihrer Wange.

»Was denkst du, wo ist sie hin?«

»Ich habe keine Ahnung, aber so schwer dürfte es nicht sein, eine Frau im weißen Brautkleid ausfindig zu machen, weit kann sie ja nicht gekommen sein, oder?«

»Du denkst nicht, dass sie entführt wurde?«

Rebecca schnappte nach Luft. »Entführt?«

Vinzent merkte, dass ihm heiß wurde unter seiner Fliege. Er zerrte am Kragen und riss sie sich vom Hals. Das blöde Ding brauchte er jetzt sowieso nicht mehr. »Götz hatte das als Möglichkeit geäußert, weil er sich nicht vorstellen kann, dass Miriam ihm so was antut. Was meinst du dazu? Ist Miriam so eiskalt, dass sie einfach abhaut?«

»Eiskalt? Wohl kaum.« Rebeccas Stimme klang auf einmal frostig. »Sie kann so was nur aus purer Verzweiflung getan haben.«

»Als ob es so schrecklich wäre, einen gut aussehenden Millionär zu heiraten«, spottete Vinzent, seine Stimme troff vor Sarkasmus.

Rebecca kam einen Schritt auf ihn zu; eine Sekunde glaubte er, dass sie ihm eine runterhauen würde, doch sie stellte sich nur dicht vor ihn und funkelte ihn wütend an.

»Klar, dass du das sagst. In deiner Welt zählen ohnehin nur Äußerlichkeiten und die Zahl auf dem Bankkonto. Widerlich.«

Dann wandte sie sich auf dem Absatz um und schritt davon.

Vinzent blieb konsterniert zurück und schaute ihr betroffen hinterher. Wow, die Frau hatte die theatralischen Abgänge aber so was von drauf, und sie hatte es geschafft, dass er sich mal wieder wie ein gewissenloses Schwein fühlte.

Vinzent war blau. Daran gab es nichts zu rütteln. Er saß mit einem Glas in der Hand auf Götz' Terrasse, die Flasche vor ihm war leer. Seinen Kumpel hatte er vor ein paar Minuten ins Bett befördert, der hatte so viel getankt, dass er nicht mehr geradeaus hatte gehen können. Marius war mit von der Partie gewesen, aber auch er hatte nach zu viel Alkohol vor einer Weile kapituliert.

Was für ein Tag!

Ein Glück, dass er vorbei war.

Vinzent trug noch immer das weiße Hemd zu feiner Hose und Lackschuhen. Nichts davon war für den Moment passend, aber das war ohnehin nicht mehr wichtig. Sie hatten überall nach Miriam gesucht, im Ort in der Umgebung, bei der Quelle der heiligen St. Anna. Keine Spur.

Bis ihnen irgendwann Toni über den Weg gelaufen war – oder vielmehr, bis er an ihnen mit seinem beschissenen Traktor vorbeigerumpelt war. Er konnte den Kerl nicht leiden und hatte nur aus purer Verzweiflung gefragt, ob er Miriam gesehen hatte.

Daraufhin hatte der Idiot doch tatsächlich bejaht.

Vinzents Magen zog sich auch jetzt noch voller Wut zusammen, wenn er sich an den überheblichen Gesichtsausdruck des Mistbocks erinnerte. Toni hatte süffisant gelächelt und erwidert: »Si, si, ich habe die Signora zum Bahnhof im Ort gefahren, dort ist sie in den nächsten Zug eingestiegen.«

»In welche Richtung?«

»Scusi, das weiß ich nicht.« Dann war er weitergefahren. Arschloch.

Götz hatte kein Wort hervorgebracht, aber Vinzent hatte gespürt, wie tief getroffen sein Freund von der Tatsache war, dass seine große Liebe ihm den Laufpass auf eine Art und Weise verpasst hatte, die er sein Lebtag nicht mehr vergessen oder gar verkraften würde.

Bis dahin hatte noch die Möglichkeit bestanden, dass die Hochzeit stattfinden könnte, aber mit Tonis Aussage hatten sie nun den endgültigen Beweis, dass Miriam Götz nicht heiraten würde.

Blöde Kuh.

Und eigentlich hatte Vinzent sie gemocht. Das sagte wohl genügend über seine Kenntnis, was Frauen betraf, aus. Über Rebecca wollte er gar nicht erst nachdenken. Sie musste er dringend aus seinem Gedächtnis löschen, aber nicht mal die mittlerweile leere Flasche Grappa hatte dabei geholfen. Gut, vielleicht auch, weil Götz den Großteil davon gesoffen hatte. Der würde morgen einen üblen Schädel haben, aber der Kater war auch dann vermutlich noch das geringere Problem. Die Schmach und der Kummer überwogen für Götz alles andere.

Vinzent schüttelte den Kopf und drehte das leere Glas zwischen seinen Fingern. So hatte er sich die Reise in die Toskana nicht vorgestellt. Obwohl er Götz von einer Hochzeit abgeraten hatte, hatte er seinem Freund niemals gewünscht, dass ihm so etwas widerfuhr. Das wünschte man nicht mal seinem ärgsten Feind.

Vinzent stand auf und musste sich kurz an der Tischkante festhalten. Der Boden schwankte unter ihm. Die Mischung aus Schnaps und Müdigkeit ließen ihn nach einem langen und ereignisreichen Tag fühlen wie ein Boxer nach dem K. o.

Für Vinzent war es Zeit, endlich selbst etwas Schlaf abzubekommen, ehe er morgen mit Götz zurück nach Hamburg fuhr. Oder übermorgen, je nachdem, wie sein Kopf sich morgen anfühlen würde. Der bescheuerte Vulkan hatte gerade zur rechten Zeit aufgehört, Asche zu spucken, die übrige Gesellschaft konnte fliegen. Aber Vinzent hatte keine Lust darauf, Rebecca in einer Reihe vor ihm oder sonst wo zu sehen.

Vinzent hatte Schlagseite auf dem Weg zu seinem Zimmer, dort angekommen öffnete er die Tür mit seinem Schlüssel. Er spürte Rebeccas Anwesenheit, ehe er sie hörte.

»Was willst du?«, knurrte er, dann erst drehte er sich um.

Sie stand in der Dunkelheit und guckte ihn an. Sie hatte ihr blaues Kleid gegen Shorts und T-Shirt ersetzt. Ein Hauch von Shampoo wehte zu ihm herüber, vermutlich war sie eben aus der Dusche gestiegen. Vinzent wehrte sich gegen die aufsteigende Sehnsucht und kämpfte sie halbwegs erfolgreich nieder.

»Wie geht es Götz?«, wollte sie wissen. Ihre Stimme klang dünn, traurig vielleicht.

»Wie soll es ihm schon gehen? Beschissen natürlich. Im Gegensatz zu denen deiner Freundin waren seine Gefühle nämlich echt, das sind sie noch immer.«

»Miriam liebt ihn«, verteidigte Rebecca die davongelaufene Braut.

Vinzent lachte humorlos. »Ja, sicher.«

»Kann ich etwas für Götz tun?«, fragte Rebecca und ging nicht auf seinen bitteren Kommentar ein.

Vinzent dachte kurz nach, dabei atmete er langsam ein und wieder aus. Er wusste, dass er Rebecca gegenüber nicht fair war, aber er war selbst noch immer so wütend und verletzt. Die folgenden Worte sprudelten aus ihm hervor, ehe er seinen Mund verschließen konnte. Der blöde Grappa hatte seine Zunge gelockert und letztlich musste es sowieso einmal gesagt werden: »Das Beste, was du für ihn tun kannst, ist, ihm nicht mehr unter die Augen zu treten. Dann muss Götz nicht wieder an Miriam denken. Und was mich betrifft ...« Er holte tief Luft. »Ich bin froh, dass wir uns ab morgen endlich nicht mehr begegnen müssen. Ein schönes Leben wünsche ich dir, Becks.«

Ohne auf ihre Antwort zu warten, verschwand er in seinem Zimmer und warf die Tür mit einem lauten Krachen ins Schloss. Dann ging er zur Minibar; er holte eine Flasche Bier heraus, sogleich stellte er sie wieder zurück. Er genehmigte sich lieber eine Flasche Wasser, um dem morgigen Kater ein wenig vorzubeugen.

REBECCAS SCHULTERN SANKEN MUTLOS HERAB, sie ließ sich kraftlos auf ihren Stuhl zurückfallen, nachdem sie bei Nathalie auf der Terrasse angekommen war.

»Wow, das war ... nicht nett«, hörte sie Nathalie sagen. Ihre Freundin hatte die kurze Unterhaltung mit Vinzent mitbekommen, seine Zimmertür befand sich nur um die Ecke.

»Tja«, war alles, was Rebecca selbst hervorbrachte, sie war mit ihrem Latein am Ende.

»Götz, Marius und Vinzent sind sternhagelvoll, du darfst das nicht überbewerten«, versuchte Nathalie sie zu beruhigen. Leider wirkte es nicht.

»O doch, kennst du den Spruch nicht: ›Kinder und Betrunkene sagen immer die Wahrheit‹?«

Nathalie gluckste. »Ja, bei Vinzent war aber auch eine Menge Verbitterung mit dabei. Wenn du mich fragst, klingt er eher wie ein verschmähter Liebhaber.«

Rebecca stieß einen hysterischen Lacher aus. Das war ja absurd. »Verschone mich bitte mit deinen Theorien. Jetzt geht es gar nicht um mich. Was machen wir nur? Wo könnte Miriam hingefahren sein? Ich meine, sie hatte noch ihr Brautkleid an! Wer macht denn so was, einfach abhauen?«

»Du hast es doch mitbekommen, sie hat sich in einen Zug gesetzt, und vermutlich kommt sie morgen in Hamburg an, weißer Hochzeitsfummel hin oder her.« Nathalie war deutlich gefasster und ruhiger als sie. Rebecca beneidete sie ein bisschen darum, sie war selbst total durch den Wind.

Miriams Eltern hatten sich, nachdem klar war, dass ihre Tochter verschwunden war, direkt ins Auto gesetzt und waren nach Hause gefahren, um sie zu finden, aber auch, weil sie die Peinlichkeit vor den anderen Gästen nicht ertragen hatten. Rebecca konnte es ihnen nachempfinden, auch wenn die Brauteltern natürlich nichts für den seltsamen Abgang ihrer Tochter konnten. Letztlich sorgten sie sich hauptsächlich um Miriams Wohlbefinden, was vermutlich der größte Ausschlaggeber für die Abreise gewesen war.

Sie wollten für Miriam da sein, falls sie bei ihnen auftauchte.

»Sie wird sich doch nichts antun?«, flüsterte Rebecca.

»Miriam? Nein. Bestimmt nicht. Sie wollte nur einfach Götz nicht heiraten.«

»Aber ich verstehe das nicht.« Rebecca raufte sich zum gefühlt tausendsten Mal die Haare. »Sie liebt Götz doch.«

»Das dachte ich auch.«

»Es ist einfach unerklärlich, und ich frage mich die ganze Zeit, wohin sie nur gefahren ist und warum, wenn sie doch Gefühle für ihn hat?«

»Vielleicht wartet sie ja wirklich morgen zu Hause auf uns und klärt uns auf. Vielleicht gibt es ja etwas, was wir nicht wissen. Womöglich hat Götz sie betrogen oder so?«

»Götz? Nein, er ist vielleicht ein bisschen steif und machomäßig, aber er liebt unsere Miriam abgöttisch, der betrügt sie doch nicht. Es muss was anderes sein. Hoffentlich hast du recht und sie ist wirklich schon zu Hause.«

Sie hatten glücklicherweise einen direkten Flug von Florenz ergattert, der Preis war sogar erschwinglich gewesen. Rebecca war froh, dass sie diese lange Fahrt mit Vinzent nicht noch ein zweites Mal auf sich nehmen musste. Und er garantiert auch, das hatte er eben erst deutlich gemacht. Seine harten Worte hatten sie getroffen, aber letztlich konnte sie froh darüber sein, denn diesen Vinzent würde sie nicht vermissen. Den zärtlichen, humorvollen schon. Aber der war nur eine Illusion gewesen, das musste sie endlich mal begreifen. Trotzdem dachte sie zu oft an die heißen Nächte mit ihm zurück, an seine wundervollen Augen, sein dunkles Lachen und seine geflüsterten Worte – die vermutlich allesamt Lügen gewesen waren.

»Was ist?«, wollte Nathalie wissen. »Du hast so komisch geseufzt.«

Hatte sie? Rebecca merkte, dass sie rot wurde, zum Glück war es dunkel und ihre Freundin bekam das nicht mit.

»Es ist einfach eine bescheuerte Situation«, wich sie aus.

»Das kannst du laut sagen.«

»Komm, wir gehen ins Bett, nicht dass wir morgen verschlafen und unsere Abreise verpassen.«

Rebecca stand auf und war sich beinahe sicher, dass sie kein Auge zutun würde. Vielleicht lag es ja doch an der toskanischen Hitze, dass erst sie selbst durchdrehte und mit Vinzent rummachte und dann Miriam ihren wunderbaren Bräutigam sitzen ließ. Es sah ihrer Freundin nicht ähnlich, einfach so abzuhauen. Was war nur passiert?

SIEBZEHN

E s wurde immer mysteriöser. Als Rebecca am Mittag nach der Landung in Hamburg ihr Handy einschaltete, empfing sie eine Nachricht von Miriam.

Sucht nicht nach mir, es geht mir gut, ich brauche Zeit zum Nachdenken. Alles Liebe, Miriam. PS: Ich hab euch lieb. PPS: Ich will wirklich meine Ruhe. PPPS: Nein, ich bin nicht mit einem Lover durchgebrannt.

Rebecca zeigte Nathalie ihr Display.

»Ich habe die gleiche bekommen«, gab diese zurück.

»Glaubst du, sie ist echt?«, wandte Rebecca ein.

Nathalie lachte. »Du liest zu viele Krimis. Natürlich ist die SMS echt, und ich weiß jetzt auch, wo Miriam sich aufhält.«

Rebecca schnappte nach Luft. »Nein! Wo? Und wie kommst du darauf?«

»Ich habe die halbe Nacht überlegt, wohin ich an ihrer Stelle wohl fahren würde.«

»Ja, und? Ich habe mir die Frage selbst gestellt und mir

keine Antwort darauf geben können. Ich erkenne sie gerade einfach nicht wieder, so was zu tun, ist so untypisch für sie.«

Nathalie und Rebecca packten ihr Zeug zusammen, die Flugzeugtür war geöffnet worden und der Ausstieg hatte begonnen. In Hamburg regnete es, der Himmel war grau und wolkenverhangen. Na super, Hamburger Schietwetter. Darauf hätte sie heute gut und gern verzichten können.

Als sie mit Nathalie in den Bus einstieg und sich einen Stehplatz am Fenster sicherte, sprach Nathalie sie noch einmal an. »Also, willst du mal raten, wo ich unserer Runaway-Braut vermute?«

Rebecca verstand nicht, warum Nathalie sich auf einmal so sicher war. »Schieß los!«

»Wir sind uns doch einig, dass sie Götz liebt und dass Zweifel an ihm nicht der Grund waren für ihre, äh, Flucht?«

Rebecca nickte. »Ja, klar. Die beiden sind wunderbar zusammen, auch wenn sie sehr unterschiedlich sind.« Sie dachte kurz an Vinzent und daran, wie sauer er auf sie und Miriam gewesen war. Immerhin ein Pluspunkt für ihn, weil ihm an Götz anscheinend wirklich etwas lag und er aus Loyalität zu seinem Freund wütend auf die drei Freundinnen war. Rebecca wollte jetzt nicht an ihn denken. Nie mehr. Denn jede Erinnerung versetzte ihr einen kleinen Stich in der Magengrube. Sie vermisste ihn. Aber das war nur ein sehr dummer hormongesteuerter Teil von ihr – und überhaupt ging es jetzt um Miriam und nicht um sie und ihr eigenes verkorkstes Liebesleben.

»Ich denke, dass sie an einem Ort ist, an dem sie über die Beziehung zu Götz nachdenken kann. Sie meinte, dass sie ihre Ruhe möchte«, erklärte Nathalie verschwörerisch. Rebecca verstand nach wie vor nur Bahnhof.

»Ja, und? Sorry, bei mir klingelt einfach nichts.«

»Ich glaube, dass sie an dem Platz ist, an dem sie mit ihm immer glücklich war, um sich darüber klar zu werden, ob sie das alles wirklich will, du weißt schon, diese Verpflichtungen als Ehefrau eines Kaffeemillionärs und all das.«

»Boah, mach es nicht so spannend!«

Nathalie lachte, der Bus setzte sich ruckartig in Bewegung. Rebecca klammerte sich an einem Haltegriff fest. »Ich bin mir ziemlich sicher, dass sie in St. Peter Ording ist, du weißt schon, in dieser kleinen Pension direkt am Strand.«

»Wow.« Rebecca war beeindruckt. Darauf wäre sie selbst nicht gekommen, aber es war irgendwie logisch – auf eine verdrehte Weise. »Das könnte möglich sein. Und jetzt? Sagen wir Götz Bescheid? Er sollte das wissen, oder nicht?«

Nathalie grübelte. »Ich weiß nicht, frag doch mal Vinzent, wie die Lage ist. Vielleicht will er ja nichts mehr mit Miriam zu tun haben, immerhin hat sie ihn sitzen gelassen.«

Rebecca atmete scharf ein. Sie sollte Vinzent kontaktieren? »Nur über meine Leiche melde ich mich bei Vinzent Voss.«

»Hui, das ist aber krass. Wieso nicht?«

Rebecca wollte ihrer Freundin nicht jetzt im Bus – oder jemals – die ganze Geschichte erklären, aber eins stand fest: Mit Vinzent würde sie nicht kommunizieren. »Dann rufe ich lieber Götz an.«

»Du hast doch gestern gehört, dass der Verlassene nicht besonders gut auf uns zu sprechen ist – verständlicherweise.«

»Ja, aber diese Nachricht wird er vielleicht hören wollen?«, wandte Rebecca ein. »Mein Gott, wieso ist das mit der Liebe so kompliziert?«

Nathalie grinste. »Du klingst, als hättest du damit Erfahrung. Meinst du zufällig Vinzent?«

»Meine Güte, jetzt hör doch mal mit Vinzent auf!«, blaffte Rebecca.

Nathalie ließ sich davon nicht beeindrucken. »Ja, dass da zwischen euch was vor sich geht, war mir gleich klar, als ich euch zusammen gesehen habe. Aber es scheint ja auch echt intensiv zu sein. Der Mann geht dir unter die Haut, Süße.«

Rebecca verdrehte die Augen. »Und du kannst einem ganz schön auf die Nerven gehen. Hast du keine eigenen Probleme?«

»Zum Glück gerade nicht. Vor allem keine mit Männern.«

»Marius hat dir nicht gefallen?«

»Er ist attraktiv, ja, aber das war es auch schon. Der Arme hat genug um die Ohren, ich habe mich ein bisschen mit ihm unterhalten, das Familienunternehmen soll ein wenig in Schieflage geraten sein, und er arbeitet jetzt an einem Plan, das zu ändern. Nur seine Eltern wollen gar keine Veränderung.«

»Klingt nach einem klassischen Generationenkonflikt«, meinte Rebecca.

»Ja und wie! Deshalb ist er auch nach London gefahren und nicht zurück nach Hamburg.«

»Ihr scheint euch ja gut verstanden zu haben.«

»Ja, das ist richtig – aber gefunkt hat da nichts, falls du darauf anspielen möchtest. Der Mann, der mir noch mal an die Wäsche darf, muss erst noch geboren werden – oder so ähnlich. Und jetzt komm endlich, wir haben eine Braut zu finden.« Nathalie lachte und schnappte sich ihr Handgepäck, als der Bus vor dem Terminalgebäude zum Stehen kam.

Rebecca folgte ihrer Freundin und grübelte, ob sie Götz kontaktieren sollten oder nicht. Wollte Miriam denn gefunden werden? Und was war das überhaupt für ein bescheuertes Versteckspiel? Rebecca konnte dem Ganzen einfach nicht folgen. Und sie selbst hatte auch genügend eigene Sorgen am Hals. Diese Frau Berger der Firma Strawberry hatte sich nicht gemeldet, und jetzt, wo Rebecca zurück war, musste sie zusehen, dass ihre Karriere nicht den Bach runterging. Vielleicht konnte sie die Klage ja doch noch abwenden, ohne dabei ihr Gesicht zu verlieren. Nur wie?

Sie hatte nicht den blassesten Schimmer.

GÖTZ HING neben Vinzent wie ein Schluck Wasser in der Kurve. Kein schöner Anblick. Sein Zustand war natürlich nicht nur wegen des Katers dermaßen schlecht, hauptsächlich lag das Problem im Liebeskummer begründet. Vinzent war nicht klar gewesen, wie sehr sein Freund an Miriam hing. Dumm von ihm, sonst hätte er vorher kapiert, warum Götz sie hatte heiraten wollen.

Sie hatten schon ein gutes Stück geschafft und waren jetzt auf der A7 bei Würzburg, bis nach Hamburg waren sie aber noch mindestens sechs, eher sieben Stunden unterwegs – wenn sie nicht in einem Stau landeten. Trotzdem bereute er nicht, dass er auf den Flug verzichtet hatte. Alles war besser, als Rebecca noch einmal sehen zu müssen.

»So, mein Freund«, wandte er sich an Götz. »Sollen wir irgendwo anhalten und uns einen Kaffee besorgen?«

»Mir egal«, murmelte er und lehnte seinen Kopf gegen

die Stütze zurück. Er trug eine dunkle Sonnenbrille auf der Nase und hatte kaum gesprochen, seit sie losgefahren waren.

Vinzent wollte ihm keinen Druck machen, aber er fühlte sich dazu verpflichtet, ihn ein wenig aufzumuntern oder ihn wenigstens zu unterhalten. »Sieh es mal so, Götz«, fing er an und brach den Satz ab, weil er begriff, dass das keine Hilfe für seinen Freund sein würde. Er hatte sagen wollen, dass er glücklich sein konnte, dass er wieder frei war und dass andere Mütter auch schöne Töchter hatten.

Vinzent verdrehte die Augen über sich selbst. Seit wann dachte er in Plattitüden, die von seiner Oma – Gott hab sie selig – stammen könnten? So unsensibel war er doch sonst nicht.

»Wie soll ich was sehen?«, brummte Götz.

»Ähm, ich meinte«, stammelte Vinzent und überlegte, womit er nicht ins Fettnäpfchen treten konnte. »Ich bin mir sicher, dass sich alles aufklärt«, war das Beste, was ihm einfiel.

Götz schnaubte. »Was soll sich aufklären? Die Lage ist doch eindeutig. Miriam hat mich vor dem Altar verlassen. Ende der Geschichte.«

Vinzent kam das alles auch heute noch spanisch vor. Eigentlich hatte er von sich gedacht, dass er eine ganz gute Menschenkenntnis hätte. Tja, aber bei Rebecca hatte er sich ja auch getäuscht – oder nicht direkt, aber er war ihren Reizen erlegen und hatte gehofft ... Egal. Rebecca war so passé wie die Toskana.

Er konzentrierte sich auf die Straße und die Antwort an Götz. »Hast du versucht, sie zu erreichen?«

»Natürlich! Ich habe dreihundertmal auf ihre Mailbox gesprochen. Sie hat ihr Handy abgestellt, Vinzent. Sie möchte nicht mit mir reden, weil sie keine Lust auf mich als Ehemann hat.«

Das klang hart, aber war tatsächlich eine Möglichkeit, auch wenn es Götz das Herz zerriss. Dass Miriam so abgebrüht war, wollte Vinzent aber irgendwie nicht glauben.

»Du hängst an ihr«, stellte Vinzent fest.

Götz stöhnte und rieb sich über die Stirn. »Natürlich! Ich liebe Miriam, immer noch. Gefühle stellt man nicht mal einfach so ab. Warst du denn niemals richtig verliebt?«

Vinzent dachte über die Frage nach. »Ja, doch, in der zehnten Klasse. Sonja, aber sie wollte nicht mit mir gehen.«

Götz schaute ihn durch die Sonnenbrille an und schüttelte den Kopf. »Wieso rede ich mit dir über Liebe? Du hast es ja selbst gesagt, du vögelst lieber verschiedene Frauen, ehe es kompliziert wird. Schätze, meine Geschichte bestätigt dich nur darin, genau so weiterzumachen.«

Vinzent dachte kurz darüber nach, dann begriff er, dass er seit Januar nur mit einer einzigen Frau geschlafen hatte: Rebecca.

Seit er ihr begegnet war, hatte er keine andere ein zweites Mal angesehen.

Er wollte jetzt nicht darüber nachdenken, was das für ihn bedeuten könnte. »Götz«, sagte er stattdessen. »Ich verstehe durchaus, warum jemand heiratet, und ich habe gesehen, dass Miriam und du – dass ihr zusammengehört. Es tut mir deshalb sehr leid, dass es so ausgegangen ist.«

Götz seufzte. »Tja, mir auch. Aber ich möchte Antworten von meiner Ex-Verlobten, deswegen will ich, dass du mich zu ihr bringst.«

Vinzent lachte kurz auf, dann kapierte er, dass Götz keinen Witz gemacht hatte. »Und wo sollte das sein? Ich bin dein Fahrer, kein Hellseher. Ich dachte, du hättest nicht mit ihr gesprochen?«

Götz zückte sein Handy und schaute aufs Display. »Auch wenn ich das Gefühl habe, dass ich Miriam nicht so gut kenne, wie ich dachte, so bin ich mir fast sicher, dass sie nicht abgehauen ist, weil sie mich nicht liebt. Das ist mir bei unserem Gespräch eben klar geworden.«

Vinzent behielt die Szene aus Florenz lieber für sich, im Nachhinein betrachtet war jetzt klar, dass sie wohl schon am Abend ihres Junggesellenabschieds Bedenken gehabt hatte. »Und weiter?«, fragte er nur, während er einen Lkw überholte.

»Was auch immer der Grund ist, dass sie mich nicht heiraten möchte, ich will ihn aus ihrem Mund hören – so oder so, denn ohne eine Erklärung gebe ich mich nicht zufrieden.«

Vinzent war froh, dass Götz nicht mehr so verzweifelt war, aber er fürchtete, dass das vielleicht nicht lange anhielt, sollten sie Miriam nicht finden. Gut, bis sie in Hamburg wären, hatten sie eine Menge Zeit. Aber was, wenn sie gar nicht in Hamburg war? Und dann wäre da noch Rebecca – denn die Frauen lebten schließlich zusammen in einer Wohngemeinschaft. Vinzent hatte wenig bis gar keine Lust, sie schon wieder zu sehen, eigentlich hatte er das Kapitel mit ihr hinter sich lassen wollen. Nun, nicht direkt, aber das war das Einzige, was infrage kam, nachdem sie ihm mehrfach klargemacht hatte, wie sehr sie ihn verabscheute.

Vinzent musste zugeben, dass er nach wie vor verletzt war, von Rebecca als Lustobjekt benutzt worden zu sein. Gut, er hatte diesen Teil genossen, aber ...

Nicht jetzt, sagte er sich und wählte noch einmal die

Nummer von Clarisse Berger. Er wollte herausfinden, ob sie schon über sein Angebot nachgedacht hatte.

GÖTZ HATTE BEI VINZENT ÜBERNACHTET, sie waren um vier Uhr morgens in Hamburg angekommen. Jetzt saßen sie mit einer Tasse Kaffee auf Vinzents Dachterrasse. Vor ihnen standen zwei Schüsseln mit Müsli und H-Milch – mehr hatte Vinzent nicht zu Hause gehabt. Götz hatte sowieso keinen Hunger, und Vinzent reichte es, überhaupt etwas im Bauch zu haben. Er ahnte, dass er heute weiter den Chauffeur spielen würde, und hatte nichts dagegen. Im Gegenteil, es fühlte sich gut an, etwas für Götz tun zu können.

Vinzent nippte an seinem Wachmacher und ließ seinen Blick über die Elbe schweifen. Sonnenstrahlen glitzerten auf dem Wasser, von hier aus konnte er die Elbphilharmonie gut sehen. Er mochte sein Penthouse, trotzdem fehlte ihm seine übliche Leichtigkeit. Das hatte einerseits mit der Tatsache zu tun, dass er bald wieder ins Büro zurückkehren würde, andererseits auch mit Rebecca.

So einfach war es leider nicht, das alles abzuhaken.

Vinzent seufzte und blies in seinen Kaffee, der noch immer irre heiß war. Sein Handy brummte.

Er lächelte in sich hinein, als er die Nachricht von Clarisse Berger las, die er gestern nicht erreicht hatte. Wir haben einen Deal.

Sehr schön.

Vinzent stellte die Tasse ab und stand auf. »Götz, entschuldigst du mich bitte kurz, ich muss ein paar geschäftliche Dinge regeln, dann können wir fahren. Ich würde sagen, wir beginnen mit der Suche bei Miriam zu Hause. Ihre Eltern hast du erreicht?«

Götz nickte. »Bei denen ist sie nicht, aber zu Hause offenbar auch nicht.«

Vinzent hob eine Braue. »Davon würde ich mich lieber persönlich überzeugen. Freundinnen würden füreinander lügen, bestimmt würden sie jetzt auch Miriam verleugnen. Lass uns einmal selbst nachsehen, ob sie wirklich nicht zu Hause ist. Wo sollte sie denn sonst sein?«

Götz grübelte angestrengt. »Mir fiele schon ein Ort ein ...«

Vinzent unterbrach ihn. »Okay, pass auf. Ich muss kurz telefonieren, dann starten wir, und du hast meine volle Aufmerksamkeit, ja?«

»Klar. Lass dir Zeit – noch mal wird sie nicht davonlaufen, wo auch immer sie ist.«

Vinzent war erleichtert zu sehen, dass Götz anscheinend etwas von seinem Humor wiedergefunden hatte. Das war ein gutes Zeichen.

Im Arbeitszimmer angekommen fuhr er seinen Laptop hoch und schrieb ein paar Anweisungen an das Social-Media-Team der Voss-Gruppe und instruierte seine Assistentin, dass die geplante Aktion von ihm autorisiert worden war. Vielleicht konnte Rebecca ihn nicht leiden, aber er hatte versprochen zu helfen, und er war zufrieden mit sich, dass er ihr Problem für sie hatte lösen können.

Zumindest das rechtliche, um alles andere musste sie sich selbst kümmern. Er würde ihr jedoch nichts davon erzählen, vielleicht war sie überrascht, wenn sie von der Firma Strawberry Post bekam, in der sie ihr schrieben, dass sie die Klage fallen lassen würden. Was die bearbeiteten Bilder betraf, hatte Clarisse ihm zugestimmt, dass es für viele Marken zukunftsweisend wäre, auf mehr Natürlichkeit zu setzen. Seine eigene Firma zählte Vinzent im Übrigen dazu, aber das war ein Thema, das er mit seinem Vater klären würde; er war schon gespannt auf dessen Reaktion. Ein wenig fürchtete er sich auch davor. Aber jetzt musste er sich erst einmal um Götz kümmern.

KAPITEL
ACHTZEHN

Es war später Nachmittag, als die beiden Freunde in St. Peter Ording eintrafen. Vinzent war noch immer überrascht, wo die Reise sie hinführte, aber Götz war, nach einem kurzen Gespräch mit Nathalie, das er vom Auto aus beobachtet hatte, sicher gewesen, dass Miriam – wenn sie gefunden werden wollte – sich hier aufhalten musste.

»Dort haben wir unsere Pläne geschmiedet, unsere ersten Tage miteinander verbracht, nachdem ich ihr meine Liebe gestanden habe. Wir haben eine wunderbare Zeit an diesem Ort verbracht«, hatte Götz ihm auf der Fahrt erklärt.

»In dir steckt also ein Romantiker«, hatte Vinzent mit einem Schmunzeln festgestellt.

Götz hatte ihm auf die Schenkel geklopft. »Wenn dir mal die Richtige begegnet, wirst du es verstehen, mein Freund.«

Vinzent schwieg und umfasste das Lenkrad fester. Oh, er verstand schon ganz gut, sein Problem lag nicht direkt in der Romantik, sondern in der Tatsache begründet, dass die Frau, die Potenzial auf den Titel Herzdame besaß, leider nichts von ihm als Mensch wissen wollte. Das war bedauerlich, aber Vinzent würde sich nicht unterkriegen lassen. Er war froh, dass er sich vor ihr nicht lächerlich gemacht hatte, indem er ihr gestanden hatte, dass er sich mehr mit ihr vorstellen konnte. Wenigstens das war ihm geblieben; nichts wäre schlimmer, als sich vor ihr emotional nackt gemacht zu haben und dann eine Abfuhr zu bekommen.

So hatte er gerade noch einmal die Kurve bekommen, und in einigen Wochen konnte er sicher wieder mit seinem Leben weitermachen wie zuvor.

Vinzent bog links ab und erreichte die Pension, von der Götz die ganze Zeit über gesprochen hatte. Sie lag abgeschieden direkt am Strand, ein echter Geheimtipp. Vor dem Haus standen Strandkörbe, Möwen kreischten und flogen über dem Meer. Es wehte ein raues Lüftchen, aber es war nicht kalt. Der Himmel war hie und da von einigen Schleierwolken bedeckt. Vinzent war froh, dass er noch das Cabrio hatte, und atmete tief ein, während er zusah, wie Götz ausstieg und auf einen der Strandkörbe zuging.

Ah, wirklich. Dort saß eine Frau. Und tatsächlich: Es war wirklich Miriam.

Verrückt. Götz hatte also recht gehabt.

Vielleicht bestand ja doch noch Hoffnung. Er drückte seinem Freund die Daumen, und zum ersten Mal in seinem Leben verstand Vinzent wirklich, was in Götz vorging.

Sein eigenes Herz klopfte schneller, während sich sein Magen sehnsüchtig zusammenzog.

Miriam drehte sich um. Als sie Götz entdeckte, schrie sie leise auf, und ein Lächeln schlich sich auf ihre Lippen. Sie stand auf und ging einen Schritt auf ihn zu, Götz war jetzt bei ihr angekommen. Vinzent war sich ziemlich sicher, dass hier womöglich doch noch ein Happy End bevorstand, Miriam wirkte hocherfreut und Götz ebenso.

Liebe überwand alle Hindernisse, so hieß es zumindest immer. Warum Miriam weggelaufen war, wollte er trotzdem wissen. Vinzent hörte nicht, was die beiden besprachen, und er wollte auch kein Spanner sein, deswegen lenkte er seinen Blick auf den Strand. Warum nicht, entschied er und stieg aus. Er ging über den weißen Sand, Dünengras wuchs hier und da. Zum Glück war außer ihm niemand in der Nähe, er freute sich, dass er in Ruhe nachdenken konnte.

Menschenleer und friedlich. Vinzent schlüpfte aus seinen Schuhen und schlenderte über den warmen Sand zum Wasser. Dort ließ er sich seine Füße vom Meer umspülen.

Er wusste nicht wieso, aber seine Gedanken schweiften zu Rebecca. Mit etwas Abstand betrachtet tat es ihm leid, dass er beim letzten Gespräch so hart zu ihr gewesen war. Er hatte sie absichtlich beleidigt, weil er selbst verletzt war.

Kindisch.

Wer tat so was?

Der Gedanke traf ihn wie ein Paukenschlag in völliger Stille.

So handelte nur jemand, der verliebt war.

Vinzent erstarrte und guckte auf seine Füße im Wasser.

War das möglich?

Liebe? Er keuchte und fuhr sich durch die Haare.

Wann war das denn passiert?

Vinzent ging ein paar Schritte am Ufer entlang und dachte nach. Er erinnerte sich an die erste Begegnung, schon damals hätte ihm auffallen müssen, dass er völlig anders auf

Rebecca reagiert hatte als auf alle anderen Frauen zuvor – oder danach.

Ja, es stimmte, aber da war noch mehr. Er war sogar zurückgekommen zur Party, weil er sie suchen wollte, aber schon damals hatte sie ihn barsch abgefertigt.

Trotzdem hatte er sie nicht aus seinem Kopf bekommen. Und dann hatte die Geschichte ihren Lauf genommen – irgendwie. Er wusste nicht, weshalb es gerade Rebecca war, die er einfach nicht aus seinem System bekam. Aber er verstand sehr gut, warum er es bis eben verdrängt hatte: Sie hatte ihm von Anfang an zu verstehen gegeben, dass sie ihn nicht leiden konnte und dass sie nicht an ihm interessiert war.

Bis auf Sex natürlich.

Er lächelte bitter. Dafür war er gut genug gewesen. Deshalb war er auch so mürrisch gewesen, ehe er abgereist war.

Vinzent war kein guter Verlierer, war er noch nie gewesen. Nun stand er also hier am Strand und war zur Erkenntnis gelangt, dass er zum ersten Mal in seinem Leben wirklich verliebt war. Nur was sollte er damit anfangen? Das Traurige an der Sache war, dass Rebecca nichts an ihm lag.

Er sollte sie trotzdem anrufen und ihr sagen, was er für sie empfand. Er zückte sein Handy und schaute das Selfie an, das sie in Italien gemacht hatten. Sein Herz zog sich sehnsuchtsvoll zusammen. Er hatte es wirklich nicht kommen sehen, obwohl es damals wohl schon offensichtlich gewesen sein musste. Aber er hatte sich von anderen Dingen ablenken lassen. Nun war es zu spät. Nun, nicht für alles. Er konnte ihr immer noch helfen, deshalb wählte er jetzt ihre Nummer. Es klingelte.

Sein Herz klopfte wie verrückt.

Nein.

Er legte wieder auf. Zum Glück hatte sie nicht abgehoben.

Er würde sich nicht noch einmal zum Hanswurst machen.

Scheiße. Warum war das mit der Liebe so kompliziert?

Kein Wunder, dass Dichter und Liedermacher seit Ewigkeiten nur darüber redeten, was dieser Irrsinn mit einem anstellte. Vinzent konnte nicht mehr klar denken.

Er stapfte am Strand entlang, bis er sich wieder einigermaßen beruhigt hatte.

Ja, vielleicht war er in Rebecca verliebt, aber dass das einseitig war, war leider genauso klar. Möglicherweise reagierte er auch nur über, weil er seit zwei Tagen für Götz Kindermädchen spielte und sich von dessen emotionalen Turbulenzen hatte anstecken lassen.

Er würde zunächst ein wenig Abstand zu dieser verdammten Toskanareise gewinnen müssen. Ja, das war sicher das Richtige. Erleichtert atmete er aus und schaute noch einmal auf sein Handy. Er checkte die eben online gegangenen Posts auf den Voss-Kanälen und war zufrieden.

Mehr konnte und würde er nicht für Rebecca tun. Er erwartete keine Dankbarkeit oder Demut von ihr, aber falls ihr nur etwas an ihm lag, würde sie sich melden. Wenn nicht, wurde nur das bestätigt, was er ohnehin schon zu wissen glaubte: dass sie nicht an ihm als Mensch interessiert war.

Drei Tage später saß Vinzent in seinem Büro und grinste über das letzte Telefonat, das er mit Götz geführt hatte. Die Hochzeit war wieder »on«, dieses Mal würde es jedoch anders werden. Ganz anders.

Vinzent war gespannt darauf, am Samstag um vierzehn Uhr würden sich die beiden endlich das lang ersehnte Jawort geben – in St. Peter Ording. Mehr hatte Götz nicht verraten am Telefon. Er war froh, dass sein Kumpel doch noch zu seinem Happy End kommen würde, daher bemerkte er erst jetzt, dass sein Vater im Türrahmen stand.

Sein Gesicht war verkniffen, der Blick herablassend.

»Es ist schön, Vinzent, dass du dein Leben offenkundig genießt und du einfach machst, was du willst.« Er trat näher. »Weniger schön ist jedoch, dass du unsere Firma missbrauchst, um deine Hirngespinste in die Welt zu tragen.«

Vinzent war sprachlos. Sein Lächeln erstarb, während er merkte, dass sich alles in ihm verkrampfte. Ganz langsam stand er auf und fragte, nur zur Sicherheit, noch einmal nach, obwohl er ahnte, dass er die Aktion mit Clarisse Bergers Unternehmen meinen könnte. »Was genau wirfst du mir jetzt wieder vor?«

Der Schreibtisch trennte sie voneinander, nun donnerte die Faust seines Vaters so kräftig darauf nieder, dass die Platte vibrierte. »Willst du mich für dumm verkaufen? Ich meine diese grauenhafte Social-Media-Aktion! Wie in drei Teufels Namen kommst du darauf, auf unseren Kanälen Cross-Werbung für eine Marke zu betreiben, die Bikinis für Fettleibige produziert? Nachhaltige Mode für Dicke? Vinzent: Bist du verrückt geworden? Das kann doch nicht dein Ernst sein!«

Vinzent war auf einmal ganz ruhig. »Zunächst mal, Vater, die Marke Strawberry steht für nachhaltige Produkte. Das Thema ist wichtig, und wir müssen uns damit beschäftigen, Stoffe in unsere Kollektion zu bringen, die unsere Erde schützen, und gleichzeitig auch darauf achten, dass wir an Orten produzieren lassen, die Menschenrechte nicht mit Füßen treten. Die Zeiten ändern sich, Vater. Zweitens: Strawberry führt Größen von XS bis maßgeschneidert! Das ist nachhaltig und vor allem passend für jeden Körper. Menschen sind nicht alle gleich, das solltest du wissen. Ich habe die Marke bei uns gepostet, weil das Konzept mich überzeugt.«

»Bikinis für Fette«, wiederholte sein Vater abfällig und holte tief Luft. Und dann polterte er los. Er machte Vinzent buchstäblich wie einen Dreijährigen zur Schnecke. Er warf ihm Dinge an den Kopf, die er lieber nicht hätte hören wollen – schon gar nicht von dem Mann, aus dessen Lenden er entsprungen war.

Vinzent blieb ruhig und ließ seinen Vater sich austoben; das war nicht leicht, er war mehrfach drauf und dran, seinen Vater zu unterbrechen und ihn ebenso anzubrüllen. Aber er wusste, dass das nicht auf fruchtbaren Boden fallen würde, er hatte jahrelang versucht, seine Ideen anzubringen. Seinen Vater hatte es nie interessiert, er wollte ihn nicht im Unternehmen.

Endlich begriff Vinzent, was er tun musste.

»Schön«, antwortete Vinzent ruhig und gefasst. Er klappte seinen Laptop zu und schob ihn in seinen Rucksack. »Du und ich, wir haben anscheinend unterschiedliche Vorstellungen, wie wir die Marke Voss für die Zukunft fit machen wollen. Ich weiß, dass dieser Weg hier ...«, er machte eine umschweifende Handbewegung. »... falsch ist – deswegen überlasse ich dir das Feld, Vater. Ich tue das einzig Richtige: Ich kündige. Ich steige aus.«

Sein Vater wurde blass, zum ersten Mal, seit Vinzent mit ihm arbeitete, sah er ihn sprachlos.

Vinzent fühlte keinen Triumph, das hier war für ihn mindestens genauso schwer wie notwendig. Sein ganzes Leben hatte er darauf hingearbeitet, eines Tages die Geschäfte so erfolgreich zu führen wie seine Vorfahren. Aber es sollte nicht sein, denn er stand nicht hinter dem Konzept. Nicht mehr.

Die Welt drehte sich weiter, und man musste daran arbeiten, dass auch in vierzig, fünfzig und zweihundert Jahren eine Erde existierte, auf der man leben konnte. Die Modeindustrie hatte der Ausbeutung zu lange zugesehen und tat es immer noch. Vinzent wollte kein Teil mehr davon sein – und dann war da auch der Punkt mit den Kleidergrößen. Auch hier symbolisierte die Marke Voss völlig überalterte Vorstellungen, die Menschen diskriminierten, die nicht in eine Schublade passten.

»Es tut mir leid«, sagte er und schaute seinem Vater ins Gesicht. »Es tut mir aufrichtig leid, dass wir keinen Weg gefunden haben, die Firmengeschichte gemeinsam erfolgreich und nachhaltig weiterzuschreiben. Für mich gibt es in deinem Unternehmen keinen Platz, Vater, deswegen gehe ich.«

Vinzent drehte sich nicht mehr um, nachdem er sein Büro verlassen hatte. Er verabschiedete sich nicht von den Mitarbeitern, weil er fürchtete, dass er es sich womöglich doch anders überlegte. Voss hatte ihm immer alles bedeutet – tat es heute noch. Aber so konnte er nicht weitermachen.

NEUNZEHN

Rebecca saß mit Nathalie im Auto, sie waren auf dem Weg zum Strand von St. Peter Ording. Rebecca war nervös. Heute würde Miriam nicht davonlaufen, da war Rebecca sich sicher. Es war auch nur die engste Familie geladen. So würde ihre Freundin doch noch ihre Traumhochzeit bekommen. Rebecca bewunderte Miriam für ihren Mut – alles zu riskieren, um sich selbst nicht zu verleugnen. Natürlich hatte sie nicht aus Berechnung gehandelt, sondern aus echter Verzweiflung. Miriam hatte sich nicht wohlgefühlt mit all dem Tamtam, das Götz' Familie in gutem Glauben in der Toskana heraufbeschworen hatte – weil es schlicht nicht das war, was Miriam sich wünschte. Es hatte sie beunruhigt, dass auch das Glück ihrer Ehe von einer Fassade aus luxuriösem Schein überdeckt werden könnte. Rebecca hatte es die ganze Zeit über gespürt, aber nicht ausgesprochen. Hätte sie vielleicht etwas gesagt, hätte man sich die Aufregung sparen können.

Egal, jetzt wurde alles gut!

Kurz dachte sie an die Zeit in der Toskana zurück. Mit ziemlicher Sicherheit würde Vinzent heute auch aufkreuzen, immerhin war er Götz' Trauzeuge. Sie wollte ihn nicht sehen. Und irgendwie doch.

Rebecca wollte ihm aber auch die Augen auskratzen – vor zehn Minuten im Auto hatte sie ein neues Kampagnenvideo der Marke Voss gesehen. Willkommen zurück in den Neunzigern – abgemagerte Models und eine klare Botschaft, die Rebecca verabscheute: Abgemagert ist cool.

So schrecklich sie die neue Kampagne seiner Firma fand, so sehr stand sie auch in Vinzents Schuld. Sie war ihm zu Dank verpflichtet, denn Clarisse Berger hatte sich gestern gemeldet und ihr verkündet, dass sie die Klage fallen lassen und man der Strawberry-Kampagne sogar ein Update verpassen würde. Es gäbe bald neue Plakate und eine neue Aktion, in der Rebeccas Aufnahmen mit Makeln und Dellen gezeigt würden – ganz natürlich. Rebecca konnte noch immer nicht fassen, dass sich das Blatt für sie diesbezüglich zum Guten gewandt hatte. Natürlich ahnte sie, dass es etwas damit zu tun hatte, dass Voss auf seinen Kanälen kürzlich Cross-Werbung zu Strawberry geschaltet hatte. Dafür war Vinzent sicherlich verantwortlich, trotzdem passte das alles nicht zusammen. Sie kapierte diese Widersprüche einfach nicht. Ein Hin und Her, das keinen Sinn ergab.

Rebecca wollte sich jetzt nicht damit beschäftigen, denn gleich würde geheiratet, und sie wollte und würde sich unter keinen Umständen ihre romantische Stimmung trüben lassen. Nathalie parkte das Auto in zweiter Reihe. »Denkst du, das ist eine gute Idee?«, wandte Rebecca ein.

Nathalie lachte und zog ein Pappschild hervor, auf das

hatte sie mit rotem Edding geschrieben: Achtung! Hier wird heute geheiratet, bitte nicht abschleppen!

»Schau!«, verkündete sie und hielt es erst Rebecca vor die Nase, dann stieg sie aus und klemmte es unter den Scheibenwischer.

»Es ist dein Auto.« Rebecca strich mit einem Grinsen über ihr geblümtes Kleid. Es war im Nacken zusammengehalten und reichte ihr bis zu den Knöcheln. Ihre Haare hatte sie zu einem Kranz geflochten, ein paar Blüten steckten auch darin. Sie schmiss ihre Flipflops in den Fußraum – Schuhe waren am Strand nicht angesagt. Es war ein wunderbarer Tag, nicht zu heiß und nicht zu frisch. Eine kühle Brise wehte vom Meer über den Sand zu ihnen herüber. Möwen kreischten, Dünengras wogte sanft hin und her. Eine Strandhochzeit, davon hatte Miriam immer geträumt. Rebecca war froh, dass ihre Freundin nun doch noch ihre Traumhochzeit mit ihrem Traummann bekam, der ihr nach dem Desaster der Toskana nachgereist war, weil er sie über alles liebte.

»Da drüben ist es!«, rief Nathalie. »Los, wir müssen uns beeilen!«

Tatsächlich waren sie richtig spät dran, deswegen nahmen die Freundinnen ihre Beine in die Hand und rannten über den Sand zu der kleinen Hochzeitsgesellschaft.

Rebecca und Nathalie waren völlig außer Atem, als sie am Ziel eintrafen. Ein mit Sommerblumen geschmückter Bogen war aufgestellt worden, unter dem sollte das Paar sich gleich das Jawort geben.

Nur die engste Familie und Freunde waren eingeladen, für sie standen weiße Stühle im Sand, die Eltern waren schon da. An den Lehnen waren bunte Bänder befestigt, die im Wind flatterten. Marius hatte es so kurzfristig nicht einrichten können, er war noch immer mit den Problemen des Familienimperiums beschäftigt.

»Entschuldigung«, murmelte Rebecca atemlos und gab der Brautmutter ein Küsschen. »Wir sind spät dran.«

Anita lächelte. »Keine Sorge, ihr kommt noch rechtzeitig. Dieses Mal geht Götz auf Nummer sicher und führt seine Braut selbst zum Standesbeamten.« Sie zwinkerte. Und Rebecca begrüßte auch Miriams Vater, der erleichtert wirkte, dass ihm eine zweite unangenehme Überraschung erspart bleiben würde. Rebecca war froh über die nordische Brise, ihr war nach dem Sprint noch ganz schön heiß. »Ich nehme mal meine Position ein«, erklärte sie den Brauteltern grinsend, dann sagte sie Götz' Eltern rasch »Hallo«. Aus dem Augenwinkel erkannte sie Vinzent, er stand mit einer hübschen Frau unter dem Bogen und plauderte.

Rebecca richtete sich auf und ging über den Sand zu ihrer Seite, zu dem Platz, den sie als Trauzeugin einnehmen sollte, und nickte Vinzent ein wenig steif zu, als er sie auch entdeckt haben musste. Es gab keinen festen Ablaufplan, kein Streichquartett, für diese Zeremonie war keine Generalprobe nötig gewesen. Rebecca sah das hier alles zum ersten Mal. Ebenso wie die blonde Begleitung Vinzents, die jetzt den Kopf in den Nacken warf und über etwas lachte, was er gesagt hatte.

Ein Gefühl, das sie als Eifersucht identifizieren konnte, loderte in ihrer Magengrube auf. Es überraschte sie, sie hatte es niemals zuvor in dieser Intensität verspürt.

Verdammt.

Sie hatte gedacht, dass sie nach den letzten stressigen Tagen über ihn hinweg wäre. Nun, da hatte sie sich wohl getäuscht. Dieser Mann hatte noch immer diese eigenartige

Wirkung auf sie, dass sie ihn einerseits küssen, andererseits beschimpfen wollte.

Rebecca atmete ein und wandte sich dann der Hochzeitsgesellschaft zu. Sie wollte nicht sehen, wie Vinzent seine Begleitung womöglich gleich noch betatschte oder küsste.

Igitt.

Rebecca setzte ein professionelles Lächeln auf, aus dem ein echtes wurde, als sie Götz und Miriam über den Strand laufen sah. Die beiden gingen Hand in Hand nebeneinanderher. Miriams Haar wehte im Wind, sie trug ein ganz einfaches, cremefarbenes Seidenkleid mit dünnen Trägern. Schuhe hatte niemand von ihnen an. Götz hatte seinen Frack durch eine helle Leinenhose und ein blaues Hemd ersetzt. Seine Haut war sonnengebräunt, und er strahlte, wie Rebecca ihn nie zuvor erlebt hatte.

Ihr Herz machte einen Satz, sie freute sich so für die beiden. Gitarrenklänge ertönten, Rebecca identifizierte das Lied nach ein paar Akkorden als Can't help falling in Love von Elvis Presley. Nicht gerade neu, aber so romantisch und wundervoll, dass sie sich nicht über die Auswahl des Paars wunderte.

Moment mal.

Gitarre? Liebeslied?

Rebecca guckte sich um und erkannte die Blondine wieder, die zuvor mit Vinzent geplaudert hatte. Sie saß jetzt auf einem Stuhl und zupfte die Saiten so gefühlvoll und perfekt, dass Rebeccas Mund aufklappte. Sie blinzelte irritiert und ließ ihren Blick langsam zu Vinzent gleiten. Sie war überrascht, als sie seinem begegnete. Seine Augen schimmerten unergründlich, seine Lippen waren streng aufeinandergepresst. Rebecca konnte nicht erkennen, was hinter seiner

Stirn vor sich ging, aber sie selbst fühlte sich sehr merkwürdig. Ihre Knie waren weich geworden.

Sie hatte das eben völlig falsch interpretiert, er hatte sich nur mit der Frau unterhalten. Er war nicht mit ihr hergekommen. Sie war keine neue Eroberung – nur eine Gitarristin, eine äußerst talentierte noch dazu.

Sie schluckte und wandte sich ab. Rebecca war gerührt – das Brautpaar näher kommen zu sehen, war einfach schön –, gleichzeitig war sie schockiert über ihre Reaktion Vinzent betreffend. Sie hatte unbedingt etwas finden wollen, um ihn in ein schlechtes Licht rücken zu können. Endlich begriff sie auch, wieso.

Es war eine Abwehrreaktion, um sich zu schützen. Denn sie hatte sich in den Mistkerl verliebt.

Vielleicht lag sie auch damit falsch. Vinzent hatte sich für sie eingesetzt, in ihrer Gegenwart war er immer zuvorkommend und einfach großartig gewesen – bis auf ein paar Ausnahmen, bei denen sie sich selbst auch nicht gerade mit Ruhm bekleckert hatte. Er war gar kein Mistkerl.

Rebecca schluckte und lächelte Miriam und Götz zu, die nun bei dem blumengeschmückten Torbogen angekommen waren. Sie konnte sich jetzt keinen Nervenzusammenbruch erlauben und würde sich zusammenreißen.

Sie fokussierte sich auf ihre Aufgabe als Trauzeugin, sie hatte nichts weiter zu tun, als zu lächeln und nach dem Jawort ihren Hans-Peter unter das Protokoll zu setzen. So ungefähr.

Rebecca hörte die Worte des Standesbeamten kaum, sie war zu sehr mit sich und ihrem inneren Aufruhr beschäftigt.

Sie hatte es nicht kommen sehen. Sich in Vinzent zu verlieben, war wirklich dämlich und hoffnungslos noch dazu.

Sie brauchte sich hier und jetzt nicht alle Punkte ins Gedächtnis zu rufen, warum aus ihnen niemals ein Paar würde, sie hatte das oft genug getan. Seltsam, dass sie bei all ihren Grübeleien nicht kapiert hatte, dass es doch nur auf eines hinauslief: dass sie mit Liebeskummer zu Hause sitzen würde.

Rebecca lächelte mechanisch und klatschte, als der Bräutigam die Braut endlich küssen durfte, nachdem die Hündchen die Ringe artig und ohne Umwege gebracht hatten. Rebecca freute sich von Herzen für die beiden, dass sie ihre Schwierigkeiten überwunden und endlich zueinandergefunden hatten, und schob ihre eigene Misere in eine dunkle Ecke ihres Bewusstseins. Erst umarmte und beglückwünschte Rebecca Miriam, dann Götz. Kurz streifte sie Vinzents Blick, und was sie darin las, ließ ihr Herz holpern.

Sehnsucht. Begehren. Traurigkeit.

Hatte sie sich das eben nur eingebildet? Oder waren es ihre eigenen Gefühle, die sie in seinen Augen zu lesen glaubte?

Sie konnte es nicht eindeutig benennen, und ihr blieb auch keine Zeit, weil auf einmal alle den Frischvermählten gratulieren wollten.

Nach der Zeremonie stiegen die Brautleute in ein weißes Oldtimer-Cabrio, Dosen waren an der Stoßstange befestigt, ein Schild klebte am Kofferraum: Just Married, stand darauf. Götz saß hinter dem Steuer, und Miriam warf ihren Brautstrauß aus dem Wagen.

Rebecca fing ihn auf. Sofort ließ sie ihn wieder fallen, als hätte sie sich daran die Finger verbrannt.

Nathalie stupste sie an. »Nun nimm ihn schon, jeder hat es gesehen.«

»Das ist nicht fair«, brummte sie. Trotzdem nahm sie das Bouquet an sich. Als sie sich aufrichtete, begegnete sie erneut Vinzents unergründlichem Blick. Leider reagierte ihr verräterisches Herz mit einem sehnsüchtigen Brennen darauf.

»So ein Käse«, schimpfte Rebecca und verzog ihr Gesicht. »Zum Glück wissen wir ja, dass diese alberne Tradition nichts bedeutet.«

Anita lachte und kniff ihr in die Wange. »Auf jeden Topf passt ein Deckel, Liebes.«

Nathalie stupste Rebecca in die Seite. »Ich weiß auch schon, wer die Suppe gern mit dir kochen würde.«

Rebecca stöhnte und schüttelte den Kopf. »Ihr seid schlimm.«

Sie überlegte, was sie tun sollte. Langsam löste sich die kleine Gesellschaft auf – es gab keine große Feier, es gab nicht mal eine kleine. Miriam und Götz starteten direkt zu ihrer Hochzeitsreise – sie wollten einfach nur zusammen sein, ohne Feier, ohne Party, ohne andere Menschen, und Rebecca konnte das gut nachvollziehen nach dem ganzen Stress.

Sie würde jetzt mit Nathalie vielleicht etwas essen gehen und dann wieder nach Hause fahren. Aber zuvor musste sie sich noch bei Vinzent bedanken, so blöd sie die neue Kampagne auch fand, so sehr forderte es der Anstand von ihr, dass sie seine Hilfe anerkannte.

Rebecca guckte sich um und entdeckte ihn am Straßenrand, er schaute aufs Meer. Er wirkte etwas verloren, nachdenklich in jedem Fall. Sie zögerte kurz und schluckte, dann gab sie sich einen Ruck. Wie schwer konnte es schon sein, Danke zu sagen? Langsam und mit schnell klopfendem Herzen trat sie neben ihn. Er schien ihre Anwesenheit zu spüren, aber er rührte sich nicht.

»Dann hätten wir es also noch geschafft, die beiden unter die Haube zu bringen«, fing Rebecca an.

»Ja, ein Glück, Götz ging es ganz schön dreckig.«

»Es tut mir wirklich leid, aber jetzt ist ja alles gut. Vinzent, warum ich dich noch einmal sprechen wollte ...« Ihr Mund war trocken, ihr Magen fuhr Achterbahn.

»Ja?« Er schaute zu ihr herüber, und die Sehnsucht nach ihm wuchs ins Unermessliche.

Sie hielt sich zurück, natürlich. Sie konnte ihm schlecht hier um den Hals fallen und ihn küssen. Dazu gehörten immer noch zwei, und sie hatte nicht vergessen, wie kalt und abweisend er zuletzt zu ihr gewesen war, bevor sie aus der Toskana abgereist waren. Es tat weh, aber sie musste den Tatsachen ins Auge blicken: Es war nur Sex gewesen, für ihn zumindest.

Rebecca atmete hörbar ein und wieder aus. »Ich möchte mich bei dir bedanken, ich habe mit Clarisse Berger gesprochen, und sie hat mir erzählt, dass sie die Kampagne noch einmal neu aufrollen – mit unbearbeiteten Bildern. Sie lassen auch die Klage fallen. Also ...«

O Gott. Wieso war das so schwer? Sie schaute zu ihm auf und suchte nach einer Regung in seinem attraktiven Gesicht, das ihr mittlerweile so vertraut geworden war. Sein Dreitagebart war wieder da, und sie wünschte sich, dass sie mit ihren Händen über die Stoppeln streichen könnte. Sie wollte seine Lippen auf ihren spüren. Seine Arme, die sie festhielten. Seinen Atem, der ihr süße Dinge ins Ohr hauchte.

Nein. Halt!

Sie musste damit aufhören.

Das mit ihnen war vorbei. Das hier war ein Abschied. Die

Regeln waren von Anfang an klar gewesen. Sex ohne Verpflichtungen.

Vielleicht würde man sich hin und wieder über den Weg laufen. Bei einer Geburtstagsfeier oder bei einer Taufe.

So viele Kinder würden Götz und Miriam wohl nicht bekommen, dass das zu regelmäßigen Gelegenheiten ausuferte. Rebecca kämpfte gegen ihre Zerrissenheit an. Hinter ihren Augen brannte es. Sie wollte ihm nicht Lebwohl sagen, aber sie musste es tun.

Sein Ausdruck war unergründlich. Sie liebte dieses Gesicht. Sie liebte diesen Mann.

Der Schmerz zerriss sie innerlich, als sie ihre Lippen öffnete. »Danke, Vinzent«, wiederholte sie. Dann stellte sie sich auf die Zehenspitzen und gab ihm einen flüchtigen Kuss auf die Wange. »Ich weiß es wirklich zu schätzen, dass du das für mich getan hast.«

Seine Pupillen weiteten sich kurz, dann hob er eine Augenbraue. »Gern, Rebecca.«

»Ich verstehe zwar nicht, warum du es getan hast, aber ich bin dankbar. Gleichzeitig bin ich auch traurig darüber, wie es bei Voss weitergeht. Ich habe vorhin die neue Kampagne gesehen, und ... egal, es ist deine Sache und geht mich nichts an. Alles Gute, Vinzent, und das meine ich wirklich ernst. Nur weil wir nicht einer Meinung sind, heißt es nicht, dass ich deine nicht respektiere. Ich teile sie nur nicht und finde es sogar brandgefährlich, in den Heroin-Look der Neunziger wieder einzusteigen. Irgendwie schade, dass ich mir bei dir offenbar den Mund fusselig geredet habe, warum Natürlichkeit wichtig ist.« Sie hob eine Hand, um sich selbst zu bremsen. »Entschuldige, nicht meine Baustelle. Ich sollte jetzt gehen.«

Ehe sie mehr Dinge sagte, die sie lieber für sich behalten sollte – wie zum Beispiel, dass sie ihn liebte –, ging sie davon, ohne ihn erneut anzusehen.

Nathalie raunte sie im Vorbeigehen zu, dass sie schon mal zum Auto vorgehen wollte und sie gleich loskönnten. Rebeccas Herz pochte noch immer wie verrückt, während sich ihre Beine wie Gummi anfühlten. Sie war aufgewühlt und gleichzeitig auch traurig. Der Drang, sich nach Vinzent umzublicken, war groß, aber sie gab ihm nicht nach und guckte stur geradeaus.

Auf der Rückfahrt war sie schweigsam, irgendwann fragte Nathalie sie: »Was hast du mit Vinzent besprochen?«

»Ich habe mich bedankt, was sonst?«

»Ach, nur so.«

»Ich konnte ihn ja wohl kaum zur neuen Kampagne beglückwünschen.« Nathalie hatte ihren kleinen Ausbruch auf der Hinfahrt natürlich mitbekommen, als sie das Video zum ersten Mal angesehen hatte, in dem sich Magermodels in Voss-Kleidung rekelten.

»Was hast du zu ihm gesagt?«

»Na, meine Meinung natürlich, dass ich die Kampagne grauenhaft finde ... So ungefähr.«

»Ich kann mir vorstellen, dass das nicht genau deine Wortwahl war.«

Rebecca grinste. »Nein.«

»Dann hast du es also noch nicht gehört?«

»Was?«

Nathalie schüttelte den Kopf. »Man sollte meinen, dass

du News aus deiner Branche eher mitbekommen würdest als ich ...«

»Mensch, Nathalie, sag schon, was meinst du?«

»Vinzent Voss ist offiziell nicht mehr Teil des Voss-Konzerns, er ist auf eigenen Wunsch aus dem Unternehmen ausgestiegen, sein Vater führt die Geschäfte jetzt allein. Das offizielle Statement lautet: Vinzent Voss wünscht seinem Vater alles Gute, er selbst müsse neue Wege gehen, indem er an einem eigenen Label arbeiten wolle, das für Nachhaltigkeit, Natürlichkeit und Ehrlichkeit stehe.«

Rebeccas Mund klappte auf. Wie hatte ihr das entgehen können? Und wieso hatte er nichts gesagt, als sie mit ihm gesprochen hatte?

Ihr wurde schlecht.

Gleichzeitig tummelten sich Schmetterlinge in ihrem Magen.

Dann war alles, was sie gepredigt hatte, doch nicht umsonst gewesen.

Oje. Ihr fiel wieder ein, was sie ihm vorhin an den Kopf geworfen hatte.

Meine Güte. Warum hatte Vinzent sie nicht unterbrochen?

Sie wurde schuldbewusst rot. Ihr war klar, dass sie, wenn sie sich in Rage redete, einfach nicht zu bremsen war.

»Scheiße«, murmelte sie.

»Was ist?« Nathalie klang amüsiert.

»Ich muss mich bei ihm entschuldigen.«

»Bei wem?«

»Na, bei Vinzent natürlich.« Sie zerrte ihr Handy aus der Handtasche und wählte seine Nummer. Sie hatte vor einer

Weile einen verpassten Anruf auf dem Display gehabt, aber angenommen, dass er sich einfach verwählt hatte.

Was, wenn er sie hatte sprechen wollen?

Was, wenn er auch etwas für sie empfand?

Aber das war doch nicht möglich, so schlimm, wie sie sich immer in seiner Gegenwart verhalten hatte.

Rebecca keuchte und rieb sich die Nasenwurzel. »Ich glaube, ich habe wirklich Bockmist gebaut.«

Die Mailbox sprang an, und sie legte konsterniert auf. Mist.

»Dann kannst du endlich zugeben, dass du in Vinzent verknallt bist?«, hakte Nathalie nach.

»Warum kennt ihr mich besser als ich mich selbst?«

Nathalie lachte und bog auf eine Landstraße ab, an die Rebecca sich nicht erinnern konnte. »Soll ich umdrehen?«

»Sind wir vorhin hier lang gekommen? Ich weiß nicht. Nein. Doch. O Gott. Keine Ahnung. Ich weiß gar nicht, wo mir der Kopf steht. Die ganze Zeit habe ich gedacht, dass er ... was gegen kurvige Frauen hat!«

»Wie kommst du auf den Unsinn? Er hat dich von Anfang an angehimmelt, aber du hast ihm die kalte Schulter gezeigt.«

»Aus gutem Grund. Auf der Party habe ich ein Gespräch mit angehört, in dem hat er jemandem erklärt, dass es Size Zero sein muss.«

Nathalie zuckte die Schultern. »Und? In welchem Zusammenhang?«

»Was meinst du?«

»Du hast einen Gesprächsfetzen aufgeschnappt, richtig? Hast du ihn gefragt, was er damit meint?«

»Äh, nein! Natürlich nicht.«

»Wieso nicht?«

Ja, das fragte sie sich auch gerade. »Du weißt doch irgendwas darüber, warum solltest du sonst so bohren? Also, erzähl es mir, Nathalie.«

Ihre Freundin grinste breit. »Ich habe mich in Italien mit ihm unterhalten und ihn gefragt, warum ihr euch so bekriegt. Weißt du, was er mir da verraten hat?«

»Nein. Natürlich nicht. Mensch, Nathalie!«

»Dass er es nicht weiß und es schade findet, weil er dich nämlich mag.«

»Was? Und das sagst du mir erst jetzt, und was hat das mit dem Size-Zero-Spruch zu tun?«

»Dazu komme ich gleich. Pass auf.« Nathalie konnte es echt spannend machen, Rebecca hielt den Atem an, als ihre Freundin endlich weitersprach. »Wir haben über Voss geredet und über Mailand ...«

Rebecca schloss die Augen. »Ihr habt über den Vorfall im Laden geredet?«

»Ja, und ich hätte dir schon noch darüber berichtet, aber dann ist die Braut abgehauen, und wir mussten erst mal die Hochzeit retten ...«

Rebecca winkte ab. »Ja, ja, schon gut. Dann erzähl es einfach jetzt.«

»Also er hat mir niedergeschlagen berichtet, was ihr erlebt habt – deine Version der Geschichte kannte ich ja schon. Und er hat mir auch erklärt, dass er mit seinem Vater schon lange Stress hat, weil er neue Ideen in die Firma einbringen will, gegen die der Alte sich sträubt. Alle Vorschläge wurden immer abgeschmettert. Rebecca, Vinzent hat damals garantiert über seinen Vater geredet, als es hieß,

x

Size Zero muss es sein – das galt nicht für ihn, für seinen V-A-T-E-R.«

»Warum hat er mir nichts davon erzählt? Immerhin hatte ich Sex mit ihm. Oft.«

Nathalie gackerte. »Ach, ich wusste es! Haha.«

»Nathalie!«

»Gut, er hat nichts gesagt, weil er sicher war, dass du ihm nicht glauben würdest. Und mal ehrlich, du kannst ganz schön stur sein.«

Nathalie hatte recht. Rebecca konnte nicht viel zu ihrer Verteidigung vorbringen, außer dass Vinzent selbst überaus ätzend sein konnte. Hatte er das etwa alles nur getan, weil er selbst nicht verletzt werden wollte? Dass er Angst gehabt hatte, dass sie ihm nicht glaubte, sprach dafür.

Rebeccas Magen drehte sich um. Ihr wurde so schlagartig übel, dass sie das Fenster herunterließ und ihr Gesicht in den Wind halten musste. In ihrem Kopf drehte sich alles.

Es war doch nicht möglich, dass die ganze Streiterei und Abneigung auf einem Missverständnis basierte …

O Gott.

Sie erinnerte sich an jeden Kampf. An jedes Streitgespräch. An die Nummer mit dem Pool. Moment mal. Warum hatte er das gemacht?

»Nathalie, du bist ja so schlau, also verrate mir mal, warum Vinzent mich vor versammelter Mannschaft ins Becken geschubst hat? Das verstehe ich nun wirklich nicht.«

Nathalie lachte laut. »Du Dummerchen, na, weil er eifersüchtig auf Toni war, das ist doch glasklar. Das habe ich dir auch oft genug gesagt.«

Das stimmte, aber Rebecca hatte es nicht glauben wollen.

»Und jetzt?«

Nathalie verringerte die Geschwindigkeit, und Rebecca kapierte, dass sie wieder am Strand angekommen waren. »Was zur Hölle?«, stieß Rebecca hervor und guckte sich um. »Wir sind doch schon 'ne Ewigkeit gefahren. Wieso ...?« Sie begriff nicht.

Nathalie legte ihr eine Hand auf den Schenkel. »Ich habe das Gefühl, dass ich bald mal einen Orden verdient hätte, weil ich meinen Freundinnen ständig die Männer bringen muss – oder umgekehrt.« Sie lachte, aber Rebecca konnte ihr immer noch nicht folgen.

»Steig schon aus, du Gänschen, dein Prinz ist am Strand und wartet auf dich.«

»Wie?« Sie schnappte nach Luft, ihre Hände wurden feucht.

»Ich will nicht zu viel verraten, Rebecca, aber er hat mich gebeten, dich hier wieder abzuliefern, er musste noch was vorbereiten.«

Rebeccas Mund war trocken, das Blut rauschte in ihren Ohren. Nathalie schob sie vom Sitz, beugte sich rüber und machte sogar die Tür für sie auf. »Laufen musst du selbst, nun husch an den Strand, und sag ihm, was du für ihn empfindest. Versau es nicht, Herzchen«, drohte Nathalie mit einem Augenzwinkern. »Ich fahre schon mal los – ich rechne nicht mit dir zu Hause. Tu nichts, was ich nicht auch tun würde.« Rebecca stieg aus, schnappte sich ihre Handtasche und sah zu, wie Nathalies verbeulter Polo davonrollte.

Eine leichte Brise zupfte an ihrem Kleid und kühlte Rebeccas heiße Wangen.

War das hier ein Witz?

Nein, Nathalie würde über so ein Thema keine Scherze machen.

Vinzent hatte etwas geplant? Wieso hatte er vorhin nichts gesagt?

Oje. Sie schämte sich wegen ihrer Sprüche und Vorurteile, gleichzeitig war da diese Freude, dieses Kribbeln. Sie hatte keine Ahnung, was gleich kommen würde, aber sie wünschte sich einfach nur, ihn wiederzusehen, um ihm sagen zu können, was sie für ihn empfand.

ZWANZIG

Vinzent schaute immer wieder auf seine Armbanduhr. Es war später Nachmittag, die Sonne stand längst nicht mehr hoch am Himmel. Er hatte ein Fleckchen am Strand gefunden, an dem er ein Picknick arrangiert hatte. Eine Decke lag ausgebreitet auf dem Sand, und in einem Korb befanden sich eine Flasche Champagner und Erdbeeren.

Er hatte keine Ahnung, ob Nathalie Rebecca dazu bewegen konnte, noch einmal mit ihm zu sprechen. Aber ihm war auf der Fahrt hierher klar geworden, dass er Rebecca sagen musste, wie er fühlte – auch wenn sie nicht das Gleiche für ihn empfand.

Selbst dann musste er es tun, sonst könnte er nie mit dem Gedanken weiterleben, was wäre, wenn ....

Wenn sie ihn doch liebte ...

Wenn sie eine Zukunft hätten ...

Vielleicht kam sie nicht, vielleicht war sie mit Nathalie längst auf dem Weg zurück nach Hamburg.

Er hoffte, dass es anders wäre.

Er hatte vorhin die Gelegenheit gehabt, mit Nathalie zu reden und sie um ihre Hilfe zu bitten. Obwohl er in Italien einmal kurz mit ihr geplaudert hatte, hatte er sie nie richtig greifen können. Vermutlich auch, weil er immerzu nur auf Rebecca geschaut hatte. Wie dem auch sei, er hoffte, dass Nathalie ihm geglaubt hatte und bei seinem kleinen Komplott mitmachte ...

Vinzent seufzte und schaute sich in der Hoffnung um, Rebecca zu entdecken. Aber da kam niemand über den Sand zu ihm. Da war nichts, nur das Rauschen des Meeres.

Womöglich musste er sich langsam mit dem Gedanken anfreunden, dass er sich umsonst Hoffnungen gemacht hatte. Aber er hätte schwören können, dass etwas zwischen ihnen war. Nicht nur bei der Trauung heute hatte er es gespürt, auch die vielen anderen Male zuvor. Aber so deutlich wie heute hatte er es nie gesehen, gefühlt ...

Vielleicht war es auch nur Wunschdenken. Ja, wahrscheinlich, denn Rebecca war nicht gekommen.

Vinzent seufzte leise und legte den Kopf in den Nacken. Die sommerliche Brise fuhr ihm in die Haare. Er schloss die Augen und versuchte sich damit abzufinden, dass Liebe manchmal einseitig blieb.

»Ist alles in Ordnung?«, holte ihn eine weibliche Stimme aus seinen trüben Gedanken.

Vinzent riss die Augen auf und wirbelte herum. Rebecca stand zwei Meter entfernt von ihm – sie war aus der anderen Richtung über den Strand gekommen.

Er atmete zischend aus, sein Herz hämmerte hart gegen seinen Brustkorb.

»Du bist hier«, stellte er erleichtert fest.

Ihr Gesicht leuchtete auf, dann lächelte sie. Sein Herz machte einen freudigen Hüpfer. »Ich habe gehört, dass du mir etwas sagen möchtest ...«

O ja, das wollte er, aber alle Sätze, die er sich in seinem Kopf zurechtgelegt hatte, hatten sich mit ihrer Erscheinung in Luft aufgelöst. Er war sprachlos. Glücklich. Und ein wenig ängstlich.

Das hier war absolutes Neuland für ihn, er hatte keine Ahnung, wie man jemandem mitteilte, dass man sie liebte.

Rebecca kam zu ihm und blieb vor ihm stehen. Sie blickte zu ihm auf. »Lass mich kurz etwas erklären«, wisperte sie, ihre Stimme zitterte.

Vinzent schluckte und nickte.

»Ich möchte – muss mich zuerst bei dir entschuldigen. Es tut mir leid, dass ich so voller Vorurteile dir gegenüber war, Vinzent. Das war nicht fair, und ... ich möchte einfach, dass du weißt, dass es mir unangenehm ist, wie zickig ich mich benommen habe. So bin ich nicht – normalerweise jedenfalls.«

Er spürte, dass sich seine Mundwinkel nach oben bogen. Er nahm ihr Gesicht zwischen seine Hände und betrachtete sie voller Zuneigung. »Es gibt nur eines, was ich dir sagen will, Becks. Ich liebe deine Ecken und Kanten ebenso wie deine Kurven und deine perfekte Unvollkommenheit. Ich liebe dich, Rebecca.«

Eine Sekunde schauten sie sich nur tief in die Augen, die Welt um sie herum versank in Belanglosigkeit.

Sie befeuchtete sich ihre Lippen mit der Zunge. Er grinste, als er sah, dass sie nach Worten suchte, dass er sie mit seinen berührt hatte.

Er lehnte seine Stirn gegen ihre und legte seine Hände auf

ihren unteren Rücken, Rebeccas ruhten auf seinen Hüften. »Das wollte ich tun, seit ich dich zum ersten Mal gesehen habe«, murmelte er rau.

»Warum hast du es nicht getan?«, flüsterte sie mit belegter Stimme.

»Uns kamen ein paar Vorurteile dazwischen«, erwiderte er.

»Das Curvy Model und der Millionär.« Sie mussten beide lachen.

»Ich bin so froh, dass du gekommen bist, Becks.«

»Ich muss dir noch etwas sagen ...« Sie löste sich von ihm, hielt seine Hände in ihren.

Er vergaß zu atmen, für einen Moment kehrte die Angst zurück, doch an ihrem Lächeln erkannte er, dass seine Sorge unbegründet war. »Was war es, was du mir sagen wolltest?«, erinnerte er sie lächelnd.

»Ach, ja richtig. Wenn ich dir in die Augen schaue, vergesse ich immer, was ich sagen wollte, weil ich dich die ganze Zeit küssen möchte.«

»Oh, dagegen habe ich nichts einzuwenden.« Er grinste breit.

»Vinzent.« Auf einmal war sie sehr ernst. Beinahe feierlich. »Ich liebe dich, Vinzent. Ich liebe dich, seit ich dich auf dieser Party zum ersten Mal gesehen habe. Deswegen war es ja so schwierig und ... anstrengend.«

Er nickte und wusste genau, was sie meinte. »Ich habe eine Lösung dafür.«

»Welche?«

»Ab sofort räumen wir Missverständnisse aus, ehe sie entstehen können.«

»Ach ja? Zum Beispiel?«

Er zog sie an seinen Körper. »Zum Beispiel: das.« Und dann küsste er sie lange und zärtlich. Seine Lippen strichen über ihren sinnlichen Mund, während seine Hände in kreisenden Bewegungen über ihren Rücken wanderten.

Ihr leises Seufzen löschte auch den letzten klaren Gedanken in ihm aus. Er musste jetzt nicht mehr denken, nur noch fühlen. Und das war gut so. »Ich liebe dich, Becks«, murmelte er erneut. Jetzt, wo er es endlich ausgesprochen hatte, konnte er es gar nicht oft genug sagen.

»Ich liebe es, wenn du mir deine Gefühle gestehst, und weißt du was?«

»Hm?« Er bedeckte ihren Hals mit tausend Küssen.

»Ich liebe dich mehr, als Worte jemals ausdrücken können, und bin dankbar, dass du nicht aufgegeben hast, als ich in dir nur das Falsche sehen wollte.«

Er legte ihr einen Finger an die Lippen. »Es ist okay, Becks, wirklich. Ein wenig habe ich unsere kleinen Neckereien auch genossen. Aber so ist es schöner, viel schöner.« Er öffnete den Korb, zog den Champagner hervor und ließ den Korken knallen.

»Auf unsere Freunde, ohne die wir niemals zusammengefunden hätten«, rief er und reichte Rebecca ein Glas.

»Auf dich und mich, weil wir mal wieder beweisen, dass es keine Rolle spielt, wer man ist und wo man herkommt, wenn Liebe alles ist, was zählt.«

Sie stellte sich auf die Zehenspitzen, küsste ihn und verschüttete dabei die Hälfte ihres Schaumweins lachend über seinen Rücken. Er nahm kaum Notiz davon, denn ihre Nähe raubte ihm den Verstand, und wenn er ehrlich war, wollte er diese störenden Klamotten ohnehin bald loswerden. Aber nicht hier, nicht jetzt.

Glücklich ließen sie sich auf die Decke sinken und beob-achteten den sich allmählich rötlich färbenden Himmel über der Brandung, Rebeccas Kopf ruhte an seiner Schulter, und zum ersten Mal in seinem Leben fühlte er, was es bedeutete, jemanden von ganzem Herzen zu lieben. Ein wohliger Schauer lief über seinen Rücken, während er seine Finger mit ihren verschränkte. Das hier war die pure Freiheit, das ganz große Glück.

EPILOG

Vinzent stand in seiner Küche und schnippelte Zitronenscheiben für die Drinks. Das Fenster war geöffnet, eine leichte Brise wehte an diesem sonnigen Spätsommertag in den Raum. Rebecca trat zu ihm heran, legte ihre Arme um Vinzents Hüften und schmiegte sich gegen seinen Rücken. »Hm, du riechst so gut«, murmelte sie, und Vinzents Mundwinkel bogen sich nach oben. Rebecca war noch nicht offiziell bei ihm eingezogen, aber er wollte sie bald fragen. Vielleicht heute Abend nach der Party.

Sein Herz ging auf. Er liebte diese Frau über alles. »Habe ich dir heute schon gesagt, wie glücklich ich bin?« Vinzent legte Zitrone und Messer beiseite und drehte sich zu Rebecca, um sie zu küssen.

»Sag es mir noch mal«, erwiderte sie mit funkelnden Augen.

Er grinste. »Ich liebe dich, und ich bin unglaublich froh, dass wir uns begegnet sind.«

»Ich auch, Vinzent, ich liebe dich.«

Und dann versanken sie in einen innigen Kuss, bis Rebecca sich von ihm löste. »Wenn wir so weitermachen, sind wir nackt, wenn die Gäste kommen.«

»Gäste ... welche Gäste?«, neckte er sie und streichelte an ihrer Wirbelsäule entlang. »Ist mir egal, die können warten.« Er senkte seinen Mund und strich mit seinen Lippen über die empfindliche Stelle an ihrem Hals. Rebecca reagierte mit einem wohligen Seufzen.

Doch dann schob sie ihn bestimmt von sich. »Ich weiß genau, was du da machst, nichts da ... Heute wird gefeiert.«

Vinzent strich sich durch die Haare und lachte. »Okay, Boss. Natürlich feiern wir!«

Weiter kamen sie nicht, denn dann klingelte es an der Tür.

Kurz darauf standen sie auf seiner Dachterrasse. Leise Loungemusik ertönte aus den Lautsprechern, Lampions erhellten die Umgebung, die Korbmöbel unter dem Sonnensegel waren mit hübschen Kissen drapiert. Es gab ein kleines Häppchenbuffet und einen Haufen gekühlter Getränke, die in einer Zinkwanne mit Eis darauf warteten, dass jemand sich bediente. Der Blick von der Dachterrasse über die Elbe bis hin zur Elbphilharmonie war atemberaubend in der Abendsonne.

Rebecca ließ gerade den Korken einer Magnumflasche knallen. Nathalie hielt die Gläser bereit, in die der überschäumende Champagner direkt fließen konnte.

Götz und Miriam waren gekommen, genauso wie Nathalie und ein paar weitere Freunde und Bekannte.

Nur Marius fehlte. Wo er wohl steckte?

Gerade bimmelte Vinzents Handy. Wenn man vom Teufel sprach. »Hey, Marius, was geht?«

»Hallo, mein Lieber. Ich verspäte mich leider.«

»Was ist los? Alles okay?«

»Ich schaffe es leider nicht, es gibt ein paar Probleme, um die ich mich dringend kümmern muss.«

Vinzent schmunzelte. Ja, für sie alle fing der Ernst des Lebens früher oder später an. Jetzt war Marius an der Reihe. Der Erbe einer Süßwaren-Dynastie war zurückgerufen worden, um in die Geschäftsleitung mit einzutreten. Sein Gummibärchen-Imperium nannte er es immer. Vinzent konnte gut nachvollziehen, welche Probleme der Arme gerade durchzustehen hatte. Bis vor Kurzem hatte Marius' Leben noch aus Reisen und Feiern bestanden. Jetzt musste er sich mit Mitarbeiterproblemen und Bilanzen herumschlagen, weil der Vater gesundheitliche Probleme hatte. Außerdem gab es da wohl eine Frau in Marius' Leben, die nicht nach seiner Pfeife tanzen wollte. Der Gedanke erheiterte Vinzent, früher oder später waren sie wohl alle an der Reihe, von Amors Pfeil getroffen zu werden ...

»Kein Problem«, sagte er daher zu Marius. »Schau einfach, ob du es noch schaffst.«

»Danke, mein Freund, hoffentlich bis später. Bis dann.«

Vinzent legte auf und ließ sich von Rebecca ein Glas in die Hand drücken. »Alles okay?«, wollte sie von ihm wissen.

»Ja, alles gut, das war nur Marius, er kommt vielleicht später nach. Hat noch zu tun.«

»Verstehe, der Gute scheint ganz schön unter Strom zu stehen. Ist wirklich alles okay?«

»Doch, ich denke schon. Ich vermute, er hat Frauen-probleme ...«

»Tatsächlich? Das kann ich mir bei ihm gar nicht vorstellen.«

»Bis vor Kurzem hätte ich das auch nicht geglaubt, aber

wie es scheint, hat ihn doch die Märchenprinzessin verzaubert.«

Rebecca kicherte. »Das klingt wirklich kitschig, wenn du das erzählst.«

Vinzent zuckte die Schultern. »Ich weiß auch keine Details, vielleicht erfahren wir ja bald mehr – und heute geht es auch um uns, meine Liebe. Bist du bereit?«

Sie nickte. Rebecca gab Vinzent einen kurzen Kuss, dann schlug sie mit einem Löffel gegen ihr Glas. »Ihr Lieben, danke, dass ihr zu unserer kleinen, spontanen Party gekommen seid.«

»Ist das eine Verlobungsparty?«, wollte Götz wissen. Alle johlten, und er fing sich dafür von seiner Frau einen Knuff mit dem Ellenbogen ein. »Pst, verrate doch nicht alles.«

Vinzent lachte und ließ Rebecca reden.

»Nein, das ist keine Verlobungsparty.« Sie grinste verschmitzt. »Heute haben wir etwas anderes zu feiern. Wir hatten heute einen äußerst erfolgreichen Termin bei der Hamburger Landesbank. Die Finanzierung für unsere neue Firma ist durch. Und dann waren wir noch beim Notar und haben alles schriftlich festgehalten. Heute feiern wir die Geburt von Everybody, unserer nachhaltigen Modemarke für alle! Es ging alles rasend schnell und wir können unser Glück noch immer kaum fassen.«

Ein erstauntes Raunen ging durch die kleine Feiergemeinde.

»Also, ihr Lieben, feiert mit uns die Entstehung eines neuen, hoffentlich erfolgreichen Labels. Danke, Rebecca, ohne dich wäre das nicht möglich gewesen.« Er stieß sein Glas gegen ihres und lächelte aus vollem Herzen.

»Wir sind einfach ein gutes Team«, gab Rebecca mit

funkelnden Augen zurück. »Also, ihr Lieben, feiert mit uns heute! Auf die Zukunft.«

Alle erhoben ihr Glas und stimmten mit ein. »Auf die Zukunft. Auf Everybody, Rebecca und Vinzent.«

Rebecca erhob ihr Glas erneut in den Hamburger Abendhimmel. »Auf die eine große Liebe, die man nicht immer gleich kommen sieht.« Sofort umarmte sie Vinzent so stürmisch, dass etwas von ihrem Champagner auf sein Hemd schwappte. Es war ihm egal, denn er küsste die Frau seines Lebens und wusste, dass das erst der Anfang ihrer wunderbaren Reise war.

FREEBIE IM NEWSLETTER

Vielen Dank, dass du mein Buch gekauft und gelesen hast. Wenn es dir gefallen hat, freue ich mich über Feedback, sei es als Rezension oder als Beitrag in den sozialen Medien.

Wenn du keine Neuerscheinung mehr verpassen und ein kostenloses E-Book von mir lesen möchtest, das es nicht im Handel gibt, melde dich gleich zu meinem Newsletter an.

Du findest mich bei Instagram, Facebook oder auf meiner Website. Wenn du Lust hast, dich mit gleichgesinnten Lesern und Leserinnen auszutauschen, kommt gern in meine private Facebook-Gruppe. Hier sprechen wir über Bücher – nicht nur über meine...

Alles Liebe,
deine Karin

ÜBER DIE AUTORIN

Karin Lindberg stammt aus Süddeutschland und lebt in der Lüneburger Heide. Zehn Jahre war sie in den Chefetagen großer Konzerne tätig – um direkt nach ihrer ersten Romanveröffentlichung zu kündigen und ausschließlich zu schreiben. Heute zählt sie zu den beliebtesten und erfolgreichsten Autorinnen Deutschlands, ihre millionenfach verkauften Liebesromane stürmen regelmäßig die Bestsellerlisten. Ihre Fans begeistert sie mit Geschichten voller Humor, aber vor allem mit ihrem Gespür für große emotionale Momente.